W0180056

**BASTEI
LÜBBE**
TASCHENBUCH

Charlotte Stein

# TABULOS

## Erotische Storys

Aus dem Englischen von
Markus Berg

BASTEI
LÜBBE
TASCHENBUCH

BASTEI LÜBBE TASCHENBUCH
Band 16 643

1. Auflage: November 2011

Vollständige Taschenbuchausgabe

Bastei Lübbe Taschenbuch in der Bastei Lübbe GmbH & Co. KG

Deutsche Erstausgabe

Titelillustration: © panthermedia.net / Anja Roesnick
Umschlaggestaltung: Kirstin Osenau
Satz: Urban SatzKonzept, Düsseldorf
Gesetzt aus der Palatino
Druck und Verarbeitung: CPI – Ebner & Spiegel, Ulm
Printed in Germany
ISBN 978-3-404-16643-5

Sie finden uns im Internet unter
www.luebbe.de
Bitte beachten Sie auch: www.lesejury.de

Der Preis dieses Bandes versteht sich einschließlich
der gesetzlichen Mehrwertsteuer.

# Inhalt

# *Weil ich dich dazu machte*

Niemand weiß, warum Professor Clenham romantische Literatur lehrt. Sie vermutet, dass es eigentlich gar nicht seltsam ist, dass ein Mann solche Sachen unterrichtet: Wie man zum Beispiel Archetypen in Liebesromanen erkennt, oder etwas lernt über die Geschichte des Verlags Mills and Boon. Dennoch ist es irgendwie seltsam.

Zumindest sie findet es seltsam. Sie findet *ihn* seltsam. Er ist sehr reserviert und in sich gekehrt, als würde ihm jedes Wort zu viel oder ihn jede überflüssige Bewegung Kraft kosten. Wenn er dich ansieht, denkt sie, dann hat sie das Gefühl, dass er sie gar nicht richtig wahrnimmt. Ständig ist er nur bei sich selbst – in seinen reservierten, merkwürdigen Gedanken in seinem Kopf.

Er ist außerdem phänomenal groß, was ihn umso merkwürdiger erscheinen lässt. Sie schätzt, dass er mindestens 1,90 Meter groß ist, aber das ist nicht so phänomenal, wie er manchmal wirkt. Er ist eben nicht zu übersehen, fällt auf und überragt alle anderen. Wenn sich die Fahrstuhltür vor einer Gruppe Leute schließt, dann ist er es, der ins Auge fällt.

Sie sieht ihn immer, auch wenn er sie nicht sieht. Sie nimmt die verborgenen, geheimnisvollen und vielen Unregelmäßigkeiten seines inneren Wesens wahr, obwohl sie auch nicht weiß, wie sein Leben aussieht. Aber anders als die anderen tuschelnden und kichernden Mädchen, die ihn für kalt und farblos halten, weiß sie zumindest, dass es das bei ihm gibt –

diesen Ort hinter seinen eigenartigen, ruhigen wasserblauen Augen.

Alle sagen sie: »Seine Augen sollen *blau* sein?«, wenn sie das Thema anschneidet, und dann würde sie am liebsten die Augen verdrehen. Natürlich sind seine Augen blau! Wie könnte man das übersehen? Er hat eher stumpfes, braunes Haar und trägt eintönige Kleidung. Und deshalb sind seine Augen wie sprühende Funken in Sackleinen.

Diese Beobachtung gefällt ihr so gut, dass sie sie sogar in den Rand ihrer Vorlesungsnotizen schreibt – die Notizen, die sie sich bei seiner Vorlesung »Männliche Archetypen in romantischer Fiktion« gemacht hat. *Seine Augen sind wie . . . , sein Gesicht ist wie . . . , er ist wie . . .*

Dabei weiß sie eigentlich gar nicht, wie er wirklich ist. Wahrscheinlich ist er ganz anders, wie er zu sein scheint. Vielleicht vögelt er all seine Studentinnen, die ihn für »intellektuell« und für »Byron«, halten, auch wenn er allein vom Typ her schon nicht wie Byron aussieht und auch sonst nicht damit prahlt, wie intellektuell er ist.

Er sieht sie nur so eigenartig an, mit einem eigenartigen Blick, der noch betont wird von seiner grüblerisch zerfurchten Stirn. Worauf sie sich notiert: *Seine Augenbrauen sind auffallend beweglich, in einem ansonsten reglosen Gesicht. Als ob sie – zusammen mit seinen Augen – das Reden für ihn übernehmen wollen.*

Sein Mund hat eigentlich keinen Anteil an seinem Reden. Natürlich kommen da Wörter heraus, aber seine Lippen bilden immer einen leichten Schmollmund, und manchmal entblößt er so eigenartig die untere Zahnreihe, als versuche er, die Worte im Zaum zu halten.

Sie mag sein seltsames Gesicht voller Widersprüchlichkeiten. Sie mag auch seine Kurse. Die Stunden sind trocken, wenn es eigentlich um üppige und schwülstige Stories geht. Man hat das Gefühl, er hält einen Vortrag über einen Blowjob und beschreibt dabei jedes Detail ganz genau und distanziert – die minutiöse Beschreibung müsste total uninteressant und todlangweilig sein, ist es aber irgendwie nicht. Stattdessen sind seine Darstellungen faszinierend und lehrreich, als würde man plötzlich einen Blick auf ein kompliziertes Uhrwerk werfen, und dann mag man diese Uhr umso mehr, weil man endlich weiß, wie sie im Innersten funktioniert.

Die anderen Mädchen scheinen das aber gar nicht interessant zu finden. Sie scheinen nur wissen zu wollen, wo all die pikanten Stellen in der romantischen Literatur stehen: die blumigen Beschreibungen der Heldinnen, deren Herzschlag und Atem sich beschleunigt. Wenn er dann referiert, dass das Genre durch viele Phasen gegangen sei und viele gesellschaftliche Aspekte und Probleme der jeweiligen Zeit widerspiegelt, rutschen die anderen Zuhörerinnen nur auf ihren Plätzen herum und sehen gelangweilt aus. Der postmoderne Feminismus der 1970er habe das männliche Alphatier wiederbelebt, und Vergewaltigung oder Sex, dem man nur halb zustimmt, werde als selbstunterjochende, unterbewusste Strafe für feministische »Verbrechen« gesehen.

Es gefällt ihr, wie er das Wort »Verbrechen« ausspricht. Mit einem höhnischen Unterton.

Aber vielleicht nimmt sie da nur wieder Dinge wahr, die sie wahrnehmen möchte.


Als der Kurs das Thema »Romantik in den Jahrhunderten«, behandelt, taucht er in dem schwülstigen Roman auf, den sie offenbar nicht mehr zurückhalten kann. Alles begann mit Sackleinen und fragend hochgezogenen Brauen, aber jetzt quellen die Ränder ihrer Notizzettel über und verlangen nach eigenem Papier.

Der Held ist Lord Clemmings. Und Miss Havershore ist die Heldin. Er ist kalt und abweisend, wohingegen sie leichtfertig und albern ist und eine harte Hand braucht. Natürlich hat er viele furchtbare, heimliche Vorlieben. So vögelt er zum Beispiel die Dienstmädchen in der Küche oder dem Stall und so weiter, und einige dieser Vorlieben machen die Heldin ganz scharf.

Vieles wird sehr viel anschaulicher als sie beabsichtigt hatte, und dann muss sie im Kurs immer auf ihrem Platz hin und her rutschen. Aber wenn sie diese Dinge nicht während des Kurses aufs Papier bringt, wo ist dann ihre Inspiration? Professor Clenham zieht eine Augenbraue hoch, und schon huscht ihr Füller ohne ihre Erlaubnis nur so über das Papier:

*Lord Clemmings zog eine Braue hoch, als er das Mädchen betrachtete. Sie war ein kleines, kokettes Ding, wusste es aber wohl selber nicht. Außerdem war sie zu albern. Aber, bei Gott, sie entfachte eine verzehrende Leidenschaft in seiner bis dahin kalten Brust. Gewiss, er könnte ihr nie mitteilen, wie –*

»Miss . . . Shore? Sind Sie noch da?«

Einige Mädchen kichern, allerdings nicht lange. Sobald er sie nur ansieht, verstummen sie, aber leider bleibt es nicht so. Denn schon bald huscht sein Blick wieder zu ihr, metallisch und bitter, wie es die meisten Helden romantischer Literatur nicht sind. Viel häufiger flammt unter dem eisernen Blick Leidenschaft auf, das gewisse Etwas, das der Heldin nicht entgeht. Ein Blick, der ein glückliches Leben verheißt, bis ans Ende ihrer Tage, auch wenn es nur um zweitrangige Charaktere geht.

Und so sieht sie sich auch. Er ist die Hauptfigur, und sie ist bloß die beste Freundin des hübschen Mädchens. Oder vielleicht noch nicht einmal das – vielleicht dient sie nur als warnendes Beispiel für die Heldin, die im Hörsaal sitzt und zusieht, wie sie abgekanzelt wird.

Du musst dem Helden stets die volle Aufmerksamkeit zollen, Heldin. Denn wenn du unaufmerksam bist, dann versohlt er dir später den Hintern.

»Ja«, sagt sie und denkt, dass ihr Part jetzt definitiv vorbei ist.

»Können Sie mir sagen, welcher bildliche Ausdruck 1985 besonders populär war?«

In Gedanken ist sie wieder kurz in ihrer Schulzeit. Damals war alles so anders. Kein Lehrer kümmerte es, ob sie nun da war oder nicht, weil sowieso alle wussten, dass sie eine Einser-Schülerin war.

Doch offensichtlich ist es Professor Clenham nicht egal. Und es sollte ihm auch nicht egal sein. Bislang hatte er ihr nur eine 3 und eine 2 gegeben. Sie sei nicht mit dem Herzen dabei, und dergleichen. Nicht wirklich interessiert an albernen, romantischen Liebesromanen.

Es sei denn, es kommt eine Menge Sex drin vor, aber die Romane mit viel Sex behandelt er ja nicht.

»Nein«, erwidert sie und merkt, wie ihr Gesicht sich verzieht bei dem heißen Druck dieses Wortes. Jetzt ist sie ganz rot im Gesicht und passt farblich zu der Frau mit dem flammendroten Haar auf dem Cover des Liebesromans, das er mit Powerpoint an die Wand projiziert hat. Sie hat wirklich riesige Brüste und scheint in die Ferne zu entschweben, geradewegs aus den Armen des Beef McLunkheart.

»Gehört Aufmerksamkeit nicht zu Ihren starken Seiten, Miss Shore?«

Oh, diese wunderbare Art von Fragen, die alle Lehrer stellen und auf die es keine Antwort gibt. Es sei denn, man will wie ein Idiot dastehen. Sie hasst Professor Clenham. Und hasst ihren Helden. Und hasst alle Männer, die so sind wie er. Gott, Frauen können solche Trottel sein, nicht wahr, Professor?!

»Sie schreiben keine Essays anderer Leute in meinem Kurs, Miss Shore. Haben Sie das verstanden?«

Fast hätte sie die Frage gestellt. Beinahe hätte sie laut gerufen: »Denken Sie etwa, ich schreibe hier *Essays*?« Doch stattdessen spürt sie dieses Brennen im Gesicht und nagt am Winkel der Unterlippe. Und hasst, hasst, hasst ihn dafür, dass er so ein aufgeblasenes, furchtbares Arschloch ist.

Gegen Ende des Kurses knallt sie ihm ihre schön geschriebene Antwort auf sein Pult, und zwar auf die Frage: »Warum kommen so viele männliche Alphatypen in romantischen Liebesromanen vor?«

Erst auf dem Weg zurück zum Apartment, das sie sich mit einem der kichernden Mädchen teilt, wird ihr klar, was sie gemacht hat. Doch sie braucht noch eine Stunde, bis sie es für sich akzeptiert. Weitere fünf Stunden vergehen, ehe ihr Magen sich wieder ganz beruhigt hat.

*Du hast einen Teil deiner dämlichen Story zusammen mit deinem Essay eingereicht. Bravo!*

Die halbe Nacht überlegt sie, ob sie die Uni nicht besser verlassen soll und nach Brasilien zieht. Brasilien wäre wirklich optimal. Denn selbst wenn er nicht darauf kommt, dass *er* das Vorbild für ihren Helden ist, so ist es doch eine ganz schöne Menge Pornografie, und alles in ihrer Handschrift.

Keinem wäre es recht, dass jemand wie der strenge Professor Clenham die eigenen pornografischen Texte liest. Sie weiß, dass er auch einen Kurs für kreatives Schreiben leitet, aber sie kann sich nicht vorstellen, dass ihm jemand je etwas vorliest – und selbst wenn, dann wäre null Sex darin. Allein wenn sie sich *vorstellt*, in seiner Gegenwart das Wort »Schwanz« in den Mund zu nehmen, hat sie das Gefühl, eine kalte Dusche zu bekommen.

Gott, wie furchtbar. Albtraumartig. Und wie wacklig sie auf den Beinen ist, als sie am nächsten Tag doch wieder in den Kurs geht, anstatt nach Brasilien zu ziehen.

Im Schlaf denkt sie über die ganze Sache nach: *Oh, er wird schon nichts zu dir sagen! Er wird gar nichts machen! Er wird mich nicht vor allen anderen erniedrigen! Schließlich ist er ein Dozent, und ich bin eine Studentin! Er trägt Verantwortung. Vermutlich darf er keinen Sexkram in seinen Kursen lesen – deshalb hat er sich noch nicht an die einschlägigen Titel der großen Verlagshäuser herangewagt.*

*Außerdem ist er wahrscheinlich asexuell.*

Dennoch, Erleichterung durchströmt sie, als sie den Hörsaal betritt und die Stufen erklimmt, um einen Sitzplatz zu ergattern, der möglichst weit weg ist von dem Rednerpult. Und er sagt kein Wort. Er schaut nicht mal von dem Pult auf – ein Punkt für sie!

Dennoch, ihr Herz schlägt deutlich schneller als sonst. Er wird wieder eine Powerpoint-Präsentation machen, und es wird ihre Story sein, sie weiß es. Schauen Sie sich das an, liebe Kursteilnehmer. Schauen Sie, wie Miss Shore in sämtliche alten Muster und Stereotypen verfällt.

Sie legt sich sogar eine Antwort zurecht, die sie durch den Hörsaal rufen will: Ich weiß, dass es so ist, verdammt, aber es gibt eben, verdammt noch mal, einen Grund, warum das so ist!

Weil es einfach verdammt scharf ist, du trockener, langweiliger, alter Fisch!

Irgendwie ist es sogar noch schlimmer, als nichts dergleichen geschieht. Er sagt gar nichts, er macht auch nichts. Am Ende der Vorlesung gibt er bloß die Arbeiten zurück, und alle handgeschriebenen Seiten verschwinden wieder in den Ordnern.

Dass er bereits alles durchgesehen hat, ist ungewöhnlich,

aber wiederum kein Anzeichen für irgendetwas. Wahrscheinlich dachte er, es seien ihre Aufzeichnungen aus der Vorlesung, und hat deshalb keinen Blick darauf geworfen –

Abgesehen von der roten 1, die er unten auf die letzte Seite geschrieben hat.

Es fällt ihr doppelt schwer, von der rasch durchgeblätterten Arbeit aufzuschauen. Doppelt schwer, weil sie ihn dann anschauen müsste und weil alle anderen längst aus dem Hörsaal strömen. Jetzt ist nur noch sie da und sitzt ganz oben in der letzten Reihe des steil ansteigenden Auditoriums und wünscht, sie wäre in Brasilien. Oder im England des neunzehnten Jahrhunderts. Oh, die Zeiten waren so viel einfacher damals.

Als sie dann tatsächlich aufschaut, steht er neben dem Pult und stützt sich mit einer Hand auf der Oberfläche ab. Ein ganz wenig steht er vornüber gebeugt, aber das macht ihn nicht weniger zu einem Riesen. Tu einfach so, als wäre nichts gewesen, denkt sie. Doch das ist verdammt hart, wenn er dich anstarrt.

Seine Miene kann sie überhaupt nicht deuten. Er scheint sie streng zu mustern, aber er ist offenbar nicht verärgert. Heiterkeit kann sie in seinen Zügen auch nicht entdecken, obwohl sie damit gerechnet hatte. Zumindest mit einem spöttischen Blick hatte sie gerechnet. Vielleicht gelingt es ihr ja, einfach mit gesenktem Kopf den Hörsaal zu verlassen.

Sie ist schon fast an ihm und dem Pult vorbei – und hält die ganze Zeit den Atem an –, als er sie anspricht: »Einen Moment, Miss Shore.«

Beinahe platzt es aus ihr heraus, dass er sich doch kaputtgelacht haben muss. Aber sie hat es mit Professor Clenham zu tun, und der ist viel gemeiner und bedeutender und kaltherziger als es ihr Held je sein wird. Manchmal lässt sie ihre Heldin wissen, was Lord Edward gerade denkt.

Sie selbst jedoch wird wohl nie erraten, was der Professor im Augenblick denkt.

Langsam kommt sie zurück und stellt sich seinem kritischen Urteil.

»Sie haben mir da noch etwas anderes geschrieben – wie aufmerksam von Ihnen.«

Urteile können sehr grausam sein. Sie hofft, dass er nicht hört, wie sie schluckt.

»Ich –«, fängt sie an, aber mehr will ihr nicht über die Lippen kommen. Ihr Gesicht hat nicht mehr länger die Farbe der roten Haare. Es ist noch viel röter, eher so rot wie das Kleid von der Frau auf dem Cover von *Die Lady und der Barbar*. Es wird noch schlimmer, als er von seinem Pult zurücktritt – sehr geschmeidig und sehr zielstrebig – und sich setzt. Jetzt hat die Szene etwas von einem Verhör. Sie kommt sich wie eine Gefangene vor, von der man ein Geständnis verlangt.

»Vielleicht sollten Sie mir das erklären«, sagt er nach einer bedrückenden Pause, in der sie sich einbildet, in Handschellen vor ihrem Richter zu stehen. Er lehnt sich in seinem Stuhl zurück – hat den Rücken aber immer noch gerade – und taxiert sie mit seinen kalten, echsenartigen Augen. Sie scheinen Funken zu sprühen! Es sind Reptilienaugen.

Natürlich kann sie ihm das nicht erklären. Sie drückt ihren Ordner an sich und hofft darauf, dass ihre klägliche Angst ihn dazu bringt, Gnade walten zu lassen. Er wird ihr doch ihre Furcht anmerken? Es muss so aussehen, als vergehe sie.

»Nein?«, sagt er und zieht eine bewegliche Braue hoch. »Dann lesen Sie mir doch bitte etwas aus Ihrem netten Werk vor, Miss Shore. Vertreiben wir uns ein wenig die Zeit. Und für die Unterhaltung sorgen Sie.«

Verschreckt huscht ihr Blick zur Tür des Hörsaals. Es wird doch jemand kommen, der sie rettet – so weit darf es nicht kommen. Womöglich wird *er* noch festgenommen.

»Nein, ich –«

»*Nein?*« Er lacht; ein seltsames Aufleuchten in seinem sonst so verschlossenen Gesicht. »Aber wir beide wissen doch sehr genau, was darin vorkommt, nicht wahr? Wie können Sie dann etwas dagegen haben?«

»Weil . . .«

Weil es *erniedrigend* ist. Es ist sogar so erniedrigend, dass sie von innen zu verglühen scheint. Am liebsten würde sie heulen, um ihre Gefühle zum Ausdruck zu bringen, aber es wollen keine Tränen kommen. Gott, was ist er doch für ein verdorbener, bösartiger Bastard.

»Kommen Sie. Fangen Sie vorn in Ihrem Auszug an – ich nehme doch an, dass es ein Auszug eines längeren Werks ist? Kein Problem. Wie hieß es da noch gleich? Sanft zwängte er ihre samtenen Schenkel auseinander . . .«

Sie möchte die Augen schließen, aber wenn sie das zulässt, dann könnte sie verpassen, was er macht. Es könnte nämlich noch schlimmer für sie kommen. Er könnte auf sie zu kommen. Könnte auf sie herabblicken, und sie käme sich noch kleiner, schwächer und elender vor. Dann würde sie vielleicht in Ohnmacht fallen und in seinen –

Mit einem Mal springen ihr die Wörter nur so von der Zunge. Sie hatte nicht damit gerechnet, dass all diese Silben tief drinnen in ihr kochten und brodelten, aber jetzt wollen sie alle hinaus. Und nicht einmal ihre zusammengebissenen Zähne können die Wörter noch aufhalten.

»Sanft *zwängte* er ihre *samtenen* Schenkel auseinander und *starrte* auf das Zentrum ihrer *Weiblichkeit.*«

Einigen Worten verleiht sie besonderes Gewicht, doch er schweigt. Jeden Augenblick rechnet sie damit, dass er in lautes Lachen ausbricht, und dann würde sie aus dem Saal stürmen. Aber es kommt kein Lachen. Er sitzt einfach da. Und erst mit Verzögerung merkt sie, was er vorhat.

Er wartet darauf, dass sie fortfährt.

Unendlich viel Zeit scheint zu verstreichen, bis sie sich aufraffen kann, aber zu keinem Zeitpunkt kommt es ihr in den Sinn, den Saal zu verlassen. Stattdessen fängt sie an zu lesen, weil sie damit das peinliche Schweigen füllen will. Die gespannte Stille, seinen seltsamen, geduldigen Blick.

Natürlich rechnet sie immer noch damit, dass er sie verspottet und aufzieht, und allein bei dem Gedanken krampft sich ihr Magen zusammen. Schließlich meldet er sich tatsächlich zu Wort, aber ganz anders, als sie erwartet hat.

Doch zuvor liest sie vor: »Clara konnte kaum glauben, was der Mann vor ihr von ihr erwartete. Seine Männlichkeit ragte –«

»Sein Schwanz.«

Fast wäre ihr der Ordner aus der Hand gefallen. Er bleibt so unbeteiligt sitzen wie zuvor. Genauso gut hätte er auch »Dienstag« sagen können.

»Wie bitte?«

»Benutzen Sie Wörter wie ›Schwanz‹ und ›Pussy‹. Das ist viel aussagekräftiger, finden Sie nicht? Direkter und weniger albern. Und Sie sind doch kein dummes, albernes Mädchen, was, Clara?«

»Im Augenblick komme ich mir furchtbar dumm vor.«

»Dann benutzen Sie ›Schwanz‹ und schon kommen Sie sich weniger dumm vor.«

»Kann ich jetzt mit dem Lesen aufhören? Es ist sowieso nur noch dummer Kram dieser Art.«

»Nicht so abwertend. Sie wollen doch bestimmt, dass ich das höre, denn sonst wären Sie nicht mehr hier.«

»Ach, kommen Sie jetzt mit diesem alten Argument?«

Sie ist sich ziemlich sicher, dass ein Lächeln um seine Mundwinkel spielt. Doch er hat sich fest im Griff.

»Was wäre ein größeres Klischee: Wenn ich sage, dass Sie

17

es wollen, oder wenn eine Studentin aus Versehen etwas einreicht und sich dabei von ihrem Dozenten erwischen lässt?«

Sie spürt wieder die kalte Dusche, die übergeht in heißes Wasser.

»Dumm, Clara. Zumal Sie den Protagonisten Namen geben, die so leicht zu enträtseln sind. Ich bin doch *sehr* enttäuscht. Und dabei weckten Ihre Essays große Erwartungen.«

»Sie haben meine Essays mit 2 und 3 bewertet!«

»Und das hat Sie wütend gemacht. Sie waren sehr wütend auf mich, den furchtbaren, kaltherzigen Dozenten.«

»Sie sind nicht –«, beginnt sie, kann sich aber, Gott sei Dank, noch zurückhalten. Doch vielleicht hat sie Gott nicht gut genug gedankt, da Clenham sowieso alles durchschaut.

»Bin ich also *nicht* so kaltherzig? Innen warm? Verbirgt sich Leidenschaft irgendwo dort tief unten in meiner gequälten Seele?«

»Ich hasse Sie.«

»Das weiß ich. Lesen Sie nur weiter vor.«

Sie hasst ihn noch mehr, da er weiß, dass sie weiterlesen wird.

»– ragte auf wie ein Tier, und sie drehte den Kopf zur Seite, stärker beschämt von ihrer eigenen brennenden ... Pussy ... als von dem Anblick seiner ... aufragenden ... Erektion.«

»Schon besser. Weniger Adjektive.«

»›Das wird dir gefallen‹, raunte er, und auch wenn sie es sich nicht eingestehen wollte, ahnte sie, dass er recht hatte. Ein heißes Pulsieren hatte in jener verborgenen Stelle zwischen ihren Schenkeln begonnen, und der niederträchtige Lord Clemmings wusste diese Situation auszunutzen.«

»Niederträchtig? Ist Ihr Held zufällig ein klassischer Wüstling? Und sie ist gewiss noch Jungfrau. Aber sie hat insgeheim das Herz einer Dirne, und er mag kleine Kinder und Welpen und –«

»Hören Sie auf! Mir ist sehr wohl bewusst, wie lächerlich das alles klingt.«

»Verstehe.«

»Wenn Sie das alles so dämlich finden, warum unterrichten Sie dann diesen Kurs?«

Darauf antwortet er nicht. Sie kann nur erahnen, was in ihm vorgeht, wie immer.

»Ein Keuchen entfuhr ihr, als er die Lippen ihrer Pussy auseinanderschob und ihre Feuchtigkeit bis in die kleinste Hautfalte verteilte. Er erkundet sie gründlicher, als sie es je für möglich gehalten hatte. Selbst mit den eigenen Fingern war sie noch nie bis zu jenen geheimen Stellen vorgedrungen, da es so falsch und so verdorben war!«

»Und dennoch konnte sie ihn nicht davon abhalten, sie in dieser Art zu besudeln.«

Ein Leuchten kommt in seine Augen, als er das Wort »besudeln« ausspricht.

»Sanft streichelte er sie und strafte die verdorbene Natur dieses Aktes Lügen. Hin und wieder kam es ihr in den Sinn, ihm mit Bitten Einhalt zu gebieten, aber ihr eigener Wille – so stark und seltsam zugleich – und sein Wille beherrschen sie vollkommen. Sie empfand es als eigenartig, so hilflos in seinen Armen zu sein und wie eine Sklavin ihrem eigenen, zunehmenden Verlangen zu erliegen.«

Natürlich war da noch mehr. Aber das ist noch schlimmer als die Stellen, die sie vorgelesen hat. Zu wissen, dass er all das gelesen hat, ist eine Sache. Ganz etwas anderes ist es aber, wenn man diese Szenen noch laut vorliest. Daher wartet sie ab, starrt auf die Zeilen und hofft, dass er sie endlich gehen lässt.

»Gehen Sie an die Tafel hinter mir«, sagt er schließlich. Seine Stimme scheint einen tieferen Klang anzunehmen, doch da ist sie sich nicht ganz sicher. Sie versucht zu begreifen, was diese Veränderung der Stimmlage zu bedeuten hat. Ist ihm etwa bewusst, dass er etwas Verbotenes tut?

Er ist im Begriff, etwas noch Schlimmeres zu tun, so viel steht für sie fest. Es ist offensichtlich, noch ehe er ihr aufträgt, den Stift in die Hand zu nehmen. Aber vielleicht ist es auch nur schlimmer, weil sie gehorcht; die Mappe hat sie nun wieder zugeklappt und drückt sie an ihre Brust.

»Sie schreiben jetzt fünfzigmal: ›Ich muss weniger lächerliche Liebesszenen schreiben‹.«

»Sie denken also, dass es Liebesszenen sind?«

»Ich weiß es nicht, Clara. Haben Sie das Gefühl, verliebt zu sein?«

»Ach, halten Sie den Mund. Ich mache das nicht mit.«

»Fünfzigmal: ›Ich muss weniger lächerliche Liebesszenen schreiben‹.«

»Meinen Sie nicht, dass es eher *Bums*szenen sind?«

Als sie zum Stift greift, senkt sich Schweigen herab. Die Stille vor seiner Antwort empfindet sie als drückende Last – vielleicht ist es auch nur seine Anwesenheit, die sie als drückend empfindet. Sie hört, wie er sich von seinem Stuhl erhebt. Ihre Beine beginnen zu zittern und scheinen dem Druck nicht standzuhalten, das weiß sie, aber zumindest ist sie vor seinen Augen nicht in Tränen ausgebrochen.

»Ja, ich meine bumsen«, sagt er, und dann – zu erschreckend, um es ertragen zu können – legt er ihr seine Hand auf die Rundungen ihres Hinterns.

Der Stift gleitet wie von selbst über die Tafel und schafft einen halbkreisförmigen Strich, der wie ein Smily aussieht, den sie gar nicht beabsichtigt hat. In dem Satz in ihrer ersten Zeile ist jetzt das Wort »Szene« ruiniert – aber sie kommt kaum noch mit der Hand bis dort oben, um den Fehler wegzuwischen.

Sie ist im Begriff, sich umzudrehen und ihn scharf zurechtzuweisen, doch da schlägt er ihr leicht auf den Hintern. Er gibt ihr einen Klaps und sagt: »Schreiben Sie weiter, Clara.«

Das Gesicht, das sie ihm halb zugewandt hat, will sie wieder abwenden, aber sie weiß nicht, ob sie das ertragen kann. Wenn sie sich jetzt zur Tafel dreht und weiterschreibt, was dann? Was ist dann mit blumigen Worten und Dozenten und Studentinnen und der Lächerlichkeit? Das würde in ihrer Story nicht vorkommen. Es würde einfach nicht passieren. Es ist zu schmutzig.

Es fühlt sich *himmlisch* an.

Jetzt streichelt er ihren Po, langsam, ganz langsam, in kreisenden Bewegungen. Und als sie weiter auf die Tafel kritzelt, fängt er an, ihren Rock Stück für Stück hochzuschieben.

Plötzlich spürt sie seinen Mund dicht an ihrem Ohr, sein Atem ist heiß, so heiß wie sie sich im Innern fühlt.

»Was bekommen alle guten Heldinnen aus den Liebesromanen, Clara?«, sagt er, und einen Moment lang kann sie nicht denken. Sie hat keinen Schimmer, was er meint. Halten die Heldinnen Händchen? Heiraten sie? Haben sie eine Jacht und drei Luxushäuser und –

»Den Helden!«, sagt sie und schämt sich im selben Augenblick, weil sie fast schreit. Wie eine Verkäuferin auf dem Markt. Ist sie also immer die Einser-Studentin, immer das brave Mädchen, und offenbar doch mehr als eine Nebenfigur.

Auch wenn sie nicht die Heldin von irgendwas ist.

»Sagen Sie mir, wie sind die Helden in den meisten Liebesromanen?«

Sie spürt, wie sie zu zittern anfängt. Seine Hand ruht nun auf ihrem Slip; den Rock hat er ganz hochgeschoben. Als sie antwortet, fährt er mit einem Finger über den zarten Stoff und zeichnet die Ritze ihres Hinterns nach.

»Aggressiv, arrogant, dominant.«

»Und die Frauen? Wie sind die?«

»Unterwürfig. Bemitleidenswert.«

»Ja? Denken Sie wirklich, dass sie bemitleidenswert sind?«

Sein Finger taucht tiefer in die Spalte, dehnt den Stoff weiter. Sie keucht und schreibt Dinge, die keinen Sinn ergeben.

»Ja. Ja.«

»Und Sie hassen arrogante Männer, kaltherzige Männer, elende verdorbene Wüstlinge. Sie schreiben nur ungern über sie.«

»Es ... fällt mir schwer. Ich finde es schwierig, über ... dominante Männer zu schreiben.«

»Soll ich Ihnen den Slip herunterreißen?«

»Ja! Gott, ja!«

Sie denkt, dass es ihr peinlich sein müsste, ihre Begeisterung so lautstark kundzutun, aber alles, an was sie denken kann, ist der Slip, der gleich ihre Fußknöchel umspielt ... seine großen Hände an ihren Hüften ... sie denkt, wie feucht sie ist, richtig nass.

»Es gefällt Ihnen, was ich mache, nicht wahr?«

»Ja«, erwidert sie, aber das Wort kommt ihr fast flehentlich und kindisch über die Lippen.

»Es gefällt Ihnen, wenn ich genau das mache, was Sie wollen.«

»Ich –«

»Denn ist es nicht das, was Liebesromane ausmacht? Frauen beschreiben detailliert, was sie sich von den Männern wünschen und wie sie es haben wollen?«

Sie stöhnt und windet sich unter seiner Hand.

»Es sind bloß Fantasien.«

Er drückt ihren Slip ein wenig zur Seite und gleitet mit einem Finger über eine anschwellende Lippe ihrer Pussy. Sie bewegt sich weiter an seiner Hand, kann nicht mehr schreiben und hält den Atem an für den Moment, wenn sein Finger in die feuchte Hitze ihrer Spalte abtaucht.

Er beugt sich stattdessen vor und raunt an ihrem Ohr: »Fühlt sich das wie eine Fantasie an? Oder wollten Sie über eine ganz andere Person schreiben?«

»Ich kenne Sie gar nicht richtig. Sie könnten, wer weiß wie, sein – ich hatte andere Vorstellungen –«

»Fangen wir mit dieser an«, sagt er, und da durchpulst sie ein so heißes Vergnügen, dass ihr wieder ein Stöhnen entfährt. Scham überkommt sie, dass sie so erregt ist; sie empfindet noch mehr Scham, als sie spürt, wie ihre Klitoris anschwillt und ihre verräterische Feuchtigkeit in den dünnen Stoff ihres Slips sickert.

»Wie feucht Sie sind«, sagt er, und schon durchflutet sie wieder dieses Gefühl von Anspannung und Scham. Hitze breitet sich in ihrer Pussy aus, unvermeidlich, herrlich, himmlisch. »Werden Sie so feucht wie jetzt, wenn Sie in meinem Kurs sitzen? Schreiben Sie viel auf ihre Zettel von harten Schwänzen, die Münder, Fotzen und hintere Löcher ficken, die ihren Saft in jedes Loch spritzen, bis Sie sicher sein können, dass Sie ihre Figuren nicht weiter herabwürdigen können? Oder geht es nur um schöne Blütenblätter ihres Verlangens und um die Stängel seiner Männlichkeit? Zuerst kommt natürlich die Ehe.«

»Sie haben doch gelesen, was ich geschrieben habe.«

»Ich habe gelesen, was Ihrem Text *zugrunde liegt*. Ich schätze, das ist alles, was Sie geschrieben haben – die Szene, die auf Seite 197 kommen würde, abgeschwächt natürlich. Oder glauben Sie, Sie kämen damit durch, wenn Ihr Held auf die Titten der Heldin abspritzt und dann seinen Saft von ihren nassen Nippeln saugt?«

»Es spricht nichts dagegen, bis zur Seite 197 zu warten«, sagt sie, doch sie kann fühlen, was sie wirklich sagen möchte, weil sie keine weiteren Ausflüchte mehr mag. *Kein Necken mehr*, denkt sie. *Hören Sie auf, mit mir zu spielen, ficken Sie mich endlich, mit ihrer Hand oder mit Ihrem Schwanz, es ist mir egal.*

»Ich habe nie gesagt, dass etwas dagegen spricht. Ich frage mich nur, wie Sie wirklich sind.«

Endlich findet sein Finger seinen Weg zwischen ihre geschwollenen und sehnsüchtig wartenden Lippen und gleitet durch ihre feuchte Spalte. Ihr Kitzler zuckt und verlangt nach Zuwendung, aber so zuvorkommend ist Clenham nicht.

»Heraus mit der Wahrheit! Denken Sie sich diesen ganzen schlüpfrigen Kram in meinem Kurs aus? Bringt meine Stimme Sie dazu? Oder doch eher Ihre eigene Fantasie? Erzählen Sie mir, was Sie machen, wenn Sie nach Hause gehen. Gehen Sie überhaupt sofort nach Hause? Oder schließen Sie sich in einer der Toilettenkabinen ein und masturbieren mit einer Hand im Slip, während Sie sich die andere Hand in den Mund schieben und sich vorstellen, wie ich Ihre kleine, enge Pussy ficke?«

Letzten Endes hat sie die Worte auf der Zunge, die sie loswerden will. Ein Hitzeschub wird sie erfassen, da ist sie sich sicher.

»Ich will, dass Sie mich ficken. Oh, Gott, bitte ficken Sie mich, Professor.«

Ein heißes Atmen an ihrem Hals. Ein geraunter Laut entfährt ihm, und sie weiß nicht, ob es daran liegt, dass sie ihn aufgefordert hat, sie zu ficken. Oder reagiert er so, weil sie ihn mit Professor angesprochen hat?

Als wäre er ihr Herr, ihr König, der verwegene Adlige.

Er reißt ihren Slip herunter, sodass das elastische Bündchen über ihre Schenkel schabt. Sie wirft einen Blick zur Tür des Hörsaals, doch da ist niemand; auch im Gang scheint es dunkel zu sein. Doch plötzlich malt sie sich aus, dass zehn Leute zuschauen ... sich an ihre Schwänze und Pussys fassen, vielleicht treiben es einige sogar vor dem Hörsaal ... oh, das wäre toll. Fast genauso toll wie die Vorstellung, wie weit ihre Charaktere gehen würden – ein Schwanz in jedem Loch, ein einziges Ficken und Abspritzen, bis sie ganz besudelt ist.

Sie hört, wie er mit seinen gewohnt schnellen Bewegungen ein Kondom aufreißt, und fragt sich, warum er eins dabei hat. Bewahrt er die in seiner Schublade auf und wartet nur darauf, dass irgendeine durchtriebene Studentin eine unsichtbare Linie überschreitet? Oder steckte das Kondom in der Tasche einer angestaubten Cordhose? In der Art von Hose, in der man nie Kondome vermuten würde?

Der Gegensatz ist aufregend. Etwas zu grob umfasst er ihre Hüften, ehe er mit einem Stoß eindringt – hineingleitet. Es liegt nicht an dem Stoß, dass sie mit der flachen Hand auf die Tafel schlägt, sondern an dem Druck seines Schwanzes, der in ihre krampfende Pussy dringt. Ihre Muschi möchte den viel zu großen Eindringling zurückdrängen, bis er nicht mehr in sie drückt, aber das ist natürlich Quatsch, weil sein harter Schwanz sich himmlisch anfühlt.

»Ah, ja, das ist großartig«, sagt er, und sie mag seine Stimme. »Mögen Sie es –«

»Ich möchte Ihre Stimme hören. Ich mag es, wenn Sie im Kurs reden. Sagen Sie mir, was Sie gerade denken ...«

»Und als er seinen heißen Kolben in ihre nassen Tiefen getrieben hatte ...«

»Nein, bitte sagen Sie, was Sie mögen. Sagen Sie, was Sie wollen. Wiederholen Sie nicht, was ich geschrieben habe. Ich will, dass Sie mir erzählen, was Ihnen gefällt.«

»Ich will so tief in Ihre Spalte stoßen, bis Sie meinen ganzen Schwanz nass machen.«

»Oh, Gott, ja.«

»Und dann werde ich Ihre Klitoris lecken, Sie aber nicht kommen lassen.«

»Fick mich, du Bastard!«

»Sagen Sie mir, dass es Ihnen gefällt, wenn ich Sie vögele.«

»Ja, es gefällt mir – bums meine enge Fotze! Bohren Sie sich in mich, Sie Hengst.«

»Oh, Gott, weiter so, mehr davon.«

Er umfasst ihre Hüften nun fester und hebt Clara bei jedem Stoß fast vom Boden hoch. Es fällt ihr nicht schwer, ihm mehr zu bieten. Denn natürlich hat er recht. Gott, immer schon wollte sie die blumigen Sexbeschreibungen eintauschen gegen Schwanz und Pussy, gegen Kitzler, Titten und … oh, es ist noch geiler als sie dachte, wenn er mit seiner strengen, tiefen Stimme die Worte in den Mund nimmt, die sie nie zu schreiben wagte.

Sie drückt ihr Gesicht gegen die Tafel und beschmiert sich wahrscheinlich mit der grünen Farbe, aber es ist ihr gleich. Jemand wird hereinkommen und sie beide sehen – wie er leicht vornübergebeugt hinter ihr steht und sie nimmt, während ihr Rock im Rhythmus um ihre Hüften tanzt. Wie klein sie wirken muss! Und wie viel Lust sie empfindet, dass sie kaum noch atmen kann.

Als er dann mit einer Hand die Innenseite ihres Schenkels streift und mit zwei Fingern auf ihren Knopf drückt – nur ein leichter Druck, mehr nicht –, zuckt sie unter dieser Berührung zusammen und gibt einen fast erstickten Laut von sich. Ihre Pussy schwillt weiter an und versucht, seinen drängenden Schwanz zu quetschen, aber sie kommt erst, als er keucht: »Ich komme, ich komme … verdammt.«

Dann hat sie keine Worte mehr, um ihrer Lust Ausdruck zu verleihen, nur noch gestöhnte und gekeuchte Laute und Seufzer, die sich vermischen und eine Story ergeben: die Story ihrer eigenen Leidenschaft. Tausendmal möchte sie an die Tafel schreiben: *und dann kam sie, und dann kam sie, und dann kam sie.*

»Drehen Sie sich um«, sagt er, und sie folgt der Aufforderung, als er sich zurückzieht. Sie merkt, dass sie wie in Trance ist und alles tut, was er ihr sagt, und es macht ihr nichts. Der Rock schlingt sich noch um ihre Hüfte, der Slip hängt um ihre Fußknöchel. Ihre Pussy ist nass und glänzt und ist seinem Blick ausgeliefert. Ein Zucken geht durch ihre Klitoris, als sie ihn ansieht, unbedeckt, wie sie ist. Er steht vor ihr, verdorben und mit offener Hose und hat noch das Gummi über seinem Schwanz, der in ihre Richtung ragt.

»Was würde Ihre Heldin sagen, wenn sie nicht kommen konnte?«

In ihrem Kopf herrscht Leere – er wird seinen Grund haben, warum er fragt, aber sie kann sich die Frage nicht erklären. Alles ist wie eine Lektion, aber diese hier ist anders.

»Was würde Ihre Heldin sagen?«

»Nichts«, platzt es aus ihr heraus, und er nickt.

»Was müsste sie sagen?«

*Lass mich Professor Clenham ficken, und nicht du, Dummerchen*, denkt sie, verwirrt, aber das ist nicht die richtige Antwort. Sie atmet hörbar aus, streicht sich eine Strähne aus der Stirn, bewegt die Schultern in ihrer verschwitzten Kleidung. Ihre Brustspitzen sind verspannt und überempfindlich an der heißen Wolle ihres Pullovers; die Nachbeben ihres Orgasmus erfassen immer wieder ihren Kitzler.

»Lass mich kommen«, sagt sie, und schon schenkt er ihr dieses helle, eigenartige Lächeln, das Aufblitzen einer Regung, die vielleicht sein wahres Selbst widerspiegelt. Vielleicht denkt er, dass sie noch nicht gekommen ist, oder er wollte, dass sie ihn bittet. Sein wahres Selbst verlangt, dass sie ihn darum bittet.

Er kommt näher, beugt sich zu ihr herab und ist ihr so nah, dass er sie küssen könnte ... vielleicht später. Jetzt ist es nur ein Flüstern an ihrem Mund: »Du musst immer nach den Dingen fragen, die du haben möchtest, süße Clara.«

Er sinkt vor ihr auf die Knie, sie lehnt sich mit dem Rücken gegen die Tafel. Langsam, so langsam. Sie hat das Gefühl, sich wie in Trance zu bewegen, und alles um sie herum ist hell und schillert golden. Als er ihre Schenkel mit sanften Händen auseinanderzwängt, kommt ihr alles in ihrem Blickfeld größer vor: die Manschetten seines Hemdes, die aus den Ärmeln seiner Tweedjacke hervorlugen. Die Tiefe seiner Augen, die wie ein Brunnen in ihr sind.

Wenn er spricht, scheint seine Stimme süßlicher zu klingen, ein Hauch von Heiterkeit umgibt jede seiner Silben, doch seine Stimme ist nach wie vor tief und volltönend. Die Endungen seiner Wörter wandern über sie, eine nach der anderen, die Wörter sind miteinander verbunden, fast fließend, und wenn es nicht seine coole, beinah rauchige Stimme wäre, die sie da hört, müsste sie fast kichern. Wahrscheinlich wäre es okay, wenn sie kicherte, denn seine Mundwinkel zeigen nach oben, als er sich vorbeugt und sagt: »Er drückte seine Lippen auf die Blume ihrer Weiblichkeit.«

*Ja*, denkt sie. *Oh ja, drück deine Lippen auf meine Pussy.*

Er küsst die feuchte Kuppe ihres Kitzlers. Eine Berührung, die sie um den Verstand bringt. Er ist noch unmöglicher, als sie sich ihn je vorgestellt hat, und noch viel herrlicher.

*Ich werde eine Story schreiben*, denkt sie, *in der man mich erst auf der letzten Seite kriegt.*

Und als er sie mit der Zunge verwöhnt, verändert sich die Story wie von selbst. Sie will, dass er sie immer und immer wieder so verwöhnt, auf jeder Seite; er soll sie lecken, mit der Zungenspitze an ihrer Perle spielen und seinen sündigen Mund gegen ihre heiße Spalte drücken. Sie bildet sich ein, seine Stimme zu hören, als seine Lippen sich an ihrer geschwollenen Pussy bewegen, bis sie fast verrückt wird bei seinen kreisenden Zungenstrichen.

Sie stellt sich vor, wie er Gedichte an ihrer Pussy rezitiert, an ihrer feuchten, heiß pulsierenden Spalte, an ihrer geschwollenen Klitoris. Sie malt sich aus, wie sie ihn reitet und wie er sie dann hart nimmt. Ihr fehlen die Worte, als er ihre glänzenden Labien mit zwei Fingern spreizt, damit seine Zunge hineingleiten kann. Seine Zunge, die drängt und zuckt und sie in die Knie zwingt. Ja, sie muss sich setzen. Sie möchte sich auf den Boden legen, doch stattdessen hört sie ihre eigenen flehenden Worte: »Oh, bitte, saug mich, fick mich, oh, Gott, bitte.«

Als Antwort zwickt er ihre Perle mit zwei langen Fingern und streicht mit den Zähnen über die empfindliche Kuppe.

Ihre Mappe fällt zu Boden. Sie weiß, dass sie ihre Beine ungehörig weit spreizt, und ihr Professor zwischen ihren Schenkeln kniet. Obwohl er auf seinen Knien ist, kommt er ihr ungewöhnlich groß vor, und sein Mund macht sich mit Heißhunger über ihre Pussy her. Er umschließt ihre Hüften – schiebt den Saum des Rocks wieder hoch – und zieht sie enger an sich. Sie wäre fast über ihn gestolpert.

Ihr Kitzler schwillt wieder an, wie eine aufblühende Blüte in seinem Mund. Frischer Honig läuft über seine Finger. Sie weiß nicht einmal, wie er mit Vornamen heißt, und ruft laut, obwohl es ihr unendlich peinlich ist: »Oh, Professor, oh Gott, ich komme!«

Ihr ganzer Körper wird von heftigen Schauern erfasst, ihre Perle pulsiert in ihrem eigenen Rhythmus. Sie glaubt, auf Zehenspitzen zu stehen, aber mit den Händen an ihren Hüften drückt er sie zurück, zurück in Sicherheit. Sie schließt die Augen und versucht, sich weiter auf die Schübe ihres Höhepunkts zu konzentrieren, auch wenn die Wellen abnehmen.

Alles, was übrig bleibt, ist ein rotes Gesicht und Brasilien.

Sie hört, wie er aufsteht, hält die Augen aber geschlossen. Er geht jetzt ein paar Schritte, richtet wahrscheinlich seine Kleidung, aber sie öffnet die Augen immer noch nicht. Sie wäre froh, wenn sie die Augen nie wieder öffnen müsste, doch irgendwie bringt er sie dazu, die Lider aufzuschlagen, und zwar als er ihren Rock glatt streicht. Als er fest an dem Saum ihres Rocks zieht, reißt sie die Augen auf.

Mit dem Ausdruck auf seinem Gesicht hat sie nicht gerechnet. Noch nie hat sie diesen Ausdruck bei ihm gesehen. Seine Miene ist wie ein herrliches, warmes und köstliches Geheimnis.

Dann lässt er ihren Rock los und knöpft sein Tweedjackett zu – schnell wie immer. Sanfter sind seine Bewegungen, als er ihr eine Haarsträhne von der klebrigen Wange streicht und hinter ihr Ohr steckt.

»So«, meint er. »So sind Sie vorzeigbar. Und ordentlich.«

Fast könnte man meinen, es wäre überhaupt nichts geschehen. »Was kommt jetzt?«, fragt sie schließlich.

Und er antwortet darauf: »Ich habe keine Ahnung. Warten wir einfach, was Sie als Nächstes schreiben, einverstanden?«

# Spionieren

Ich wollte eigentlich gar nicht, dass es dazu kommt. Es war nicht mein Fehler. Mir kann man keine Schuld geben. Aber er sah eben so verlockend und toll aus, wie ein exotischer Vogel, von dem ich einfach nicht den Blick wenden konnte. Und er hätte all die Dinge nicht tun dürfen, die er machte und bei denen ich einfach zuschauen musste, als wäre es mein eigener, privater verdorbener Film.

Ich sollte nicht die Verteidigungsstrategien übernehmen, die sich Vergewaltiger auf der ganzen Welt zunutze machen. Es war alles sein Fehler, Euer Ehren, dass er so ein verdammter Trottel war. Hätte ich es nicht besser gewusst, hätte ich gedacht, dass er seinen Lebensunterhalt als Stripper verdiente, als Stripper, der namenlose Frauen mit Lap-Dancing erfreute.

Aber er ist gar kein Stripper. Er ist Fotograf. Sein Lebensunterhalt ist das Beobachten. Er beobachtet schöne Frauen in schönen Posen und vögelt sie vermutlich danach in aller Ruhe. Wahrscheinlich hat er überall in seinem Apartment Kameras versteckt und filmt all diese Frauen, wenn sie all die geilen Dinge für ihn machen.

Dabei geht es um mich, nicht um ihn. Was ich gerade über ihn schrieb, trifft vermutlich gar nicht auf ihn zu. Und ich bin diejenige, die heimlich zusieht, wenn andere geile Dinge für mich machen. Und ich filme ihn nicht. Es gab aber auch schon andere Zeiten ... oh, es gab Zeiten, als ich in Versuchung geriet, genau das zu tun.

Beim ersten Mal versuchte ich mich abzuwenden. Ich dachte an heilige Dinge, an Jesus und Gandhi und an Wohltätigkeitsvereine.

Aber selbst dagegen konnte ich nicht ankämpfen. Gandhi hatte das Nachsehen, und so kam es, dass ich an dem versteckten Fenster stand, aufgeregt auf den Nägeln kaute, die Schenkel zusammenpresste und den Mann in dem Apartment auf der anderen Straßenseite beobachtete.

Es muss wohl an dem Blickwinkel liegen. Mein Apartment liegt höher als seins, und die kleine Straße zwischen den Häuserblocks verhindert, dass er in mein Fenster schauen kann, ich aber in seins.

Zuerst dachte ich, dass er nur eine Show abzog für das Paar, das unter mir wohnt. Doch dann luden sie mich eines Tages zum Tee ein, und als ich aus ihrem Fenster blickte, sah ich nichts als Mauerwerk. Kein Fenster zu sehen. Also zieht er seine Show für die Mauer ab oder das Ganze ist gar keine Show für ihn.

Es ist einfach nur seine Art. Er kann nicht anders.

Und ich kann nicht anders als hinzugucken.

Ich meine, alles wird nur noch schlimmer, weil er einfach toll aussieht. Ich vermute, dass es nicht ausschließlich sein Aussehen war, das mich faszinierte, aber natürlich war das auch ein Grund. Er hat ein schmales, löwenartiges Gesicht, das ihm diese Aura eines Raubtiers verleiht. Seine geschwungenen Lippen bilden stets einen Schmollmund und geben ihm diese temperamentvolle Note eines exotischen Tänzers, den ich in ihm zu sehen glaubte. Wenn sein Mund dann offen steht, unter der Lust, vergesse ich sämtliche moralischen Grundsätze, die sich mir in Erinnerung rufen wollen.

Aber beim ersten Mal war es gar nicht sein Gesicht, das mir auffiel, denn mein Blick haftete auf seinem Körper, den er für mich entblößte.

Er hatte dieses eng anliegende Hemd getragen, mit Knöpfen vorn. Eine Art Unterhemd, denke ich – offenbar hatte ich den ersten Teil der Show schon verpasst. Aber der zweite Teil war das Sahnestückchen, also brauchte ich nicht enttäuscht zu sein.

Ich weiß noch, dass ich mich fast belustigt fragte: *Was macht der da?* Denn er hatte vor seinem Fenster gestanden, drehte mir eine Seite zu und fing an, dieses Hemd aufzuknöpfen. Und er tat das so aufreizend und nahm sich einen Knopf nach dem anderen vor wie ein Stripper, dass es mir gleich durch den Kopf schoss: *da muss noch jemand bei ihm sein!* Jemand steht oder sitzt vor ihm. Ich kann diese Person nur nicht sehen. Und er strippt für sie, macht einen Knopf nach dem anderen auf.

Aber heute weiß ich, dass dort niemand sonst war.

Ich vermute, dass er das vor einem Spiegel macht. Und das kann ich ihm nicht verübeln. Wenn ich so aussähe wie er, würde ich es genauso machen. Ich würde mir das Hemd über die Schultern streifen, würde dafür die Schultern hochziehen und mich mit lasziv geöffnetem Mund halb abwenden. Ich würde meinen golden schimmernden Körper bewundern, die Haare auf meiner Brust, die kleine Vertiefung an meinem Bauchnabel, die Wölbungen meiner festen Muskeln.

Oh, geheimer Typ aus dem Apartment, wie toll du aussiehst! Ich bin schwach, ich werde schwach in Gegenwart von gut aussehenden Strippern.

Und dann schob er sich die Jeans über die Beine, und ich war wie hypnotisiert. Ich war wie gebannt. Der kleine Film, der dort hinter dem Fenster ablief, packte mich und fesselte mich gleichsam an mein Fenster. Ich kaute auf allen Fingernägeln herum. Ich presste meine Schenkel zusammen.

Die Shorts, die er trug, schmiegte sich in einer Weise an

seine Haut, dass es in meinen Fingerspitzen kitzelte. Er hatte einen tollen Arsch. Vielleicht fast zu groß, mit einer Wölbung, in die man im Vorübergehen kneifen möchte.

Und dann war da natürlich sein Schwanz. Ich denke, sein Schwanz nahm mich vollkommen gefangen. Die Art und Weise, wie er leicht gebogen wie ein Finger aufragte und nach oben wippen wollte, obwohl sein Gewicht ihn nach unten zog. Sein Schwanz stellte etwas dar, genau wie der Rest dieses Mannes. Er war hart und fest.

Die Vorstellung fiel mir nicht schwer, wie es wohl wäre, wenn ich diesen Schwanz in den Mund nähme, in meine Pussy, in mein hinterstes Loch – überall würde ich ihn aufnehmen. Zum ersten Mal in meinem Leben fantasierte ich über einen Mann aus Fleisch und Blut, einen Mann, den ich sehen konnte und stellte mir vor, wie er mich fickte. Ich erinnere mich noch genau, wie ich dastand und eine Leere zwischen meinen Schenkeln verspürte, eine Leere, die nur sein Schwanz ausfüllen konnte.

Und das Ganze war besser und schmutziger, weil es nicht ein Schauspieler in einem Film war, sondern eine reale Person. Ich schaute einem realen Mann zu, wie er den Schwanz in die Hand nahm und sich langsam, ganz langsam massierte. Ich sah, wie er an sich herabschaute, sah, wie sich seine Lippen öffneten, und bildete mir ein, sein Stöhnen zu hören. Was für ein Anblick! Süß wie reife Kirschen, wie Zucker auf meiner Zunge.

Er massierte sich mit einer Hand, stieß die Hüften vor und zurück und schloss die Augen dabei für mich, für mich allein. Und als er schließlich kam, wäre ich auch beinahe gekommen, denn es gibt kaum etwas Aufregenderes als ein Mann, der es sich selbst besorgt.

Zumindest dachte ich, dass kaum etwas aufregender sein konnte.

Doch es gibt Dinge, die noch sexyer sind. Und er war nur zu gern bereit, mir diese Dinge vorzuführen.

Als ich ihn das zweite Mal beobachtete, war es absolut kein Zufall mehr. Ich gebe es zu. Ich sah ihn am Fenster stehen und beobachtete, wie er sich seiner Kleidung entledigte.

Und ich guckte ihm dabei zu.

Noch gebannter schaute ich zu, als sich ein hübsches, schlankes kleines Ding zu ihm gesellte, vor ihm auf die Knie sank und seine Gürtelschnalle öffnete.

Ich weiß noch, wie toll ihre Brüste aussahen. Straffe, pralle Dinger mit harten, rosafarbenen Knospen. Ich rieb meine eigenen Nippel und schob mir eine Hand auf die Stelle, die ich bislang ausgespart hatte – das sehnsüchtig wartende Delta zwischen meinen Schenkeln.

Sie lutschte perfekt an seiner Eichel und ließ diesen dicken Schwanz aus ihrem kleinen Mund hinein- und hinausgleiten.

Aber es war seine Reaktion, die mir am besten gefiel. Die Art, wie er den Kopf in den Nacken legte und den Mund leicht öffnete. Ich konnte sogar die Falten der Anspannung auf seiner Stirn sehen, als wäre ihm die Lust fast zu viel.

Dann trat eine zweite junge Frau neben die erste, ebenso nackt, ebenso hübsch und schlank, und da merkte ich, dass ich gar nicht wusste, was zu viel Lust bedeutete. Doch er zeigte mir das alles gern. Er führte es mir vor, während die beiden Frauen abwechselnd seinen Schwanz leckten und lutschten, und als eine der beiden aus meinem Blickfeld verschwand, ahnte ich, dass sie sich zwischen den Schenkeln ihrer Partnerin zu schaffen machte.

Später nahm er sie beide nacheinander. Dabei ließ er sich schön viel Zeit, schien überhaupt nicht müde zu werden und konnte seinen Höhepunkt offenbar perfekt zurückhalten. Sein Körper erzitterte unter der Anstrengung, und mir entging nicht, wie er sich auf die Unterlippe biss und sich an seine Bälle und seinen Schaft fasste.

Ich wünschte mir für ihn, dass er endlich kommen würde. Und als er sich schließlich verspannte und abspritzte, durchlief mich bei den Nachbeben seines Orgasmus ein Schauer von oben bis unten.

Diesmal war es herrlich. Es war göttlich, ihm und den jungen Dingern zuzuschauen.

Doch jetzt ist alles hin. Alles ist ruiniert.

Ich konnte ja nicht ahnen, dass er wusste, dass ich zuschaute.


Was er getan hat, kann man gar nicht anders deuten. Es ist offensichtlich – eine Notiz an seinem Fenster.

Furcht erfasst mich. Er weiß, dass ich ihn beobachtet habe und will mir jetzt mitteilen: *jetzt bist du an der Reihe.*

Obwohl ich keinen Schimmer habe, wie das aussehen soll. Was, um alles in der Welt, erwartet er von mir? Mir war ja nicht mal klar, dass er mich sehen konnte, und bin mir immer noch nicht sicher, ob er das wirklich kann. Erwartet er also etwas anderes von mir? Soll ich an seine Tür klopfen? Ihm ein Video geben?

Nein.

Stattdessen schickt er mir ein paar Tage später ein Geschenk mit einer Nachricht. Es handelt sich um einen kleinen, dunkelroten Gegenstand in Form einer Geschosskugel, die vibriert, wenn ich sie anstelle. Die Nachricht lautet: *Fang da an, wo ich für dich angefangen habe.*

Die Worte *für dich* jagen mir heiße und kalte Schauer über den Rücken. Ich bin wie benommen von der Vorstellung, dass er all das – all das Posieren und Masturbieren und vögeln – nur für mich getan hat.

Ich rede mir weiter ein, dass er es für sich getan hat. Ich weiß nicht, ob er mich sehen kann, sitze aber trotzdem an meinem Fenster. Nur so. Eigentlich tue ich gar nichts. Ich könnte irgendwelche Vögel beobachten oder Menschen nachschauen, die die Straße überqueren, obwohl mein Fenster ja nur auf eine schmale Gasse hinausgeht.

Und seinem Fenster gegenüber liegt.

Es dauert eine Weile. Die Zeit verstreicht. Ich versuche, an nichts mehr zu denken, aber eigentlich brauche ich mich gedanklich nicht anzustrengen. Denn meine Erregung klettert wie von selbst auf ein fast unerträgliches Niveau – es wird sogar so unerträglich, dass ich irgendetwas unternehmen muss.

Ich spreize meine Beine.

Das fällt mir nicht sonderlich schwer. Ich rutsche nur ein wenig nach vorn und spreize sie so weit wie es geht. Einen Slip habe ich gar nicht erst angezogen, und mein kurzer Rock schiebt sich wie von allein nach oben, genau bis zu meiner Pussy, die ich am Abend zuvor noch schnell rasiert habe.

Ich weiß gar nicht, warum ich sie mir rasiert habe. Das habe ich noch nie gemacht und stehe auch nicht unbedingt auf einer rasierten Fotze. Und dennoch wollte ich das machen, und nun sitze ich also ganz freizügig da und präsentiere mich. Ich weiß, wie sich das anfühlt – so weich wie die Blütenblätter einer Blume. Und die Pussy wird noch weicher und geschmeidiger von den Säften, die ich produziere.

Ich brauche nur daran zu denken, dass er das alles für mich getan hat, und schon zerfließe ich. Ich war schon mit einigen Männern im Bett, aber nie wurde ich so nass wie jetzt. Nie bin ich so schnell und so gewaltig gekommen wie jetzt, wenn ich mir vorstelle, dass meine Beute mir zuschaut.

Auch wenn ich mich noch gar nicht befingere, weiß ich, dass ich mich nicht länger zurückhalten kann und mich dort berühren will, wo es am schlimmsten pulsiert. Mein Kitzler zuckt und wartet darauf, dass ich mich da berühre, aber als ich mich dann anfasse, kann ich es kaum aushalten. Ich drücke bloß mit einem Finger dagegen, fest genug, damit ich nicht gleich explodiere.

Mein Kopf sinkt zurück gegen die Stuhllehne. Ich stöhne für niemanden, doch ich bin mir sicher, dass mein Voyeur mir die richtigen Laute in meinen halb geöffneten Mund legen kann. Bei diesem Gedanken nimmt mein Lustempfinden zu, und ich verteile noch mehr von meinem Nektar auf meiner geschwollenen Knospe.

Dann öffne ich für ihn meine Bluse. Entblöße meine Brüste, damit ich meine Nippel berühren kann. Ich bin mir sicher, dass ihm das gefällt, wenn er sieht, wie ich mit meinen vom Speichel feuchten Fingern meine Titten massiere und meine Nippel zu harten Spitzen knete. Ich komme mir verwegen und verdorben zugleich vor. Mit gespreizten Beinen, geöffneten Lippen und hastig zur Seite geschobenen Kleidern.

Ich habe noch meine Schuhe an, die ich bei der Arbeit trage. Jetzt lege ich ein Bein über die Stuhllehne und gewähre ihm einen Blick auf die scharfen, dünnen Absätze.

Inzwischen streichle ich mich langsam, ganz vorsichtig, aber ich beginne zu zittern. Mein Höhepunkt ist nur noch wenige Berührungen entfernt. Ich denke, dass das alles eine einzige Show ist und auch eine bliebe, selbst wenn er nicht zugucken würde.

Aber ich weiß, dass er mir zusieht. Ich nehme eine Bewegung wahr in der Tiefe seines Apartments – dort lauert jemand in den Schatten, als wäre es okay, wenn ich ihn beobachte, aber nicht okay, wenn er mir zusieht.

Hätte mich das abtörnen müssen? Müsste ich sauer sein, weil er sich nicht am Fenster zeigen will? Stattdessen spüre ich ihn auf die Entfernung, fühle, wie seine schamvolle Zurückhaltung über meinen ganzen Körper flattert. Ich male mir aus, wie er an meiner Klitoris lutscht und meine Titten massiert, und rutsche bei diesem Gedanken auf meinem Stuhl herum.

Ja, ich finde, ich bin noch durchtriebener als er, der jede Menge Leute vögelt. Ich empfinde keine Scham, obwohl ich weiß, dass er mich beim Beobachten erwischt hat. Und es macht mir nichts aus, dass er mir jetzt zusieht.

Einfach wundervoll. Hitze durchflutet mich. Ich bin inzwischen so scharf, dass mich selbst das kleine, vibrierende Teil nicht mehr schärfer machen kann, obwohl ich es versuche. Ich zucke zusammen, als ich die Vibrationen an meine noch feuchten Nippel führe und zerfließe. Inzwischen kann ich meinen Kitzler nicht mehr anfassen, weil ich unmittelbar vorm Orgasmus bin: Die ersten Lustwellen kündigen sich an und drohen, mich mitzureißen.

Also gleite ich lieber mit zwei Fingern in meine pulsierende Muschi und ficke mich selbst in einer Weise, die sich geil anfühlt, doch die ganze Zeit stelle ich mir seinen Schwanz vor, auf den ich scharf bin. Gott, es wäre so geil, wenn er jetzt in mir wäre und die empfindlichste Stelle verwöhnen würde, die ich mit meinen Fingern kaum erreiche. Ich würde ihn da arbeiten lassen, so wie er es der kleinen Rothaarigen besorgt hat. Er hatte seinen Schwanz kaum bewegt und mit der dicken Spitze die Stellen stimuliert, die ihr am meisten Lust verschafften.

In Wirklichkeit würde ich all das wahrscheinlich gar nicht zulassen. Denn meist bin ich gelangweilt und still. Aber jetzt kann ich mich gehen lassen und bin mir sicher, dass ich kommen werde, wenn ich mir seinen Schwanz in mir vorstelle … wenn ich mir vorstelle, wie er mich anschaut und das kleine, vibrierende Ding an meine Nippel hält.

Ich male mir aus, dass wir diesen Sex durch Glas eine halbe Ewigkeit durchhalten. Dann reibe ich mit dem kleinen Vibrator einmal über meine Perle und katapultiere mich in einen derart heißen, überwältigenden Orgasmus, dass ich vor Lust laut schreie und schon befürchte, dass ich nicht mehr aus der Ekstase herauskomme.


Ich würde an dieser Stelle gern behaupten, dass wir dies nicht auf Dauer so machen. Dass wir es gar nicht wiederholen und uns in andere Beziehungen stürzen mit Leuten, die so ticken wie wir.

Aber das wäre gelogen. Ich meine, was ist eine richtige Beziehung schon? Er ist vermutlich nicht mal halb so perfekt wie er aussieht. Und ich bin wahrscheinlich auch nicht halb so toll, wie er denkt. Nein, das hier ist viel besser. Ich bin mit seiner Handschrift zufrieden, und er mit meiner.

Oder zumindest scheint er zufrieden zu sein, als ich einen Zettel an mein Fenster hefte und ihn auffordere, sich von einem wildfremden Typen einen blasen zu lassen. Das ist keine besondere Fantasie von mir – ich war nur bis spät in die Nacht auf und überlegte mir, womit ich ihn noch ködern könnte.

Später sah ich ihn – er grinste nur, als er den Zettel an meiner Fensterscheibe entdeckte. Und dann lieferte er das, was ich forderte, als wäre es ihm ein Leichtes. Irgendein Typ mit kahl rasiertem Schädel und kräftigen Armen stöhnt, während er meinem Freund-durchs-Fenster seinen Schwanz in den Mund schiebt.

Fasziniert beobachtete ich, wie sich der Arsch des Typen bewegt. Ich sah, dass mein Freund-durchs-Fenster so gierig wie eh und je war, wie schon bei seinem Act mit den beiden Frauen. Ich merkte, dass er vorgab, nicht zu meinem Fenster zu schauen, als er den Typen zum Orgasmus bringt und sich den Saft ins Gesicht spritzen lässt.

Es war erregender, als ich erwartet hatte, hauptsächlich aber deshalb, weil ich mich fragte, ob er alles tun würde, was ich ihm auftrug. Oder ob er alles Mögliche von mir erwarten würde.

Und so war es auch. Er hat es getan. Erst gestern pinnte er eine Notiz an sein Fenster, und jetzt bin ich mit der Lieferung dran. Ich schätze, es ist nur fair, und ich kann nicht sagen, dass es mich stört. Er hat eben einen seltsamen Geschmack, mein Freund-durchs-Fenster.

Er möchte, dass ich mit jemandem vögele. Ich soll es mit jemandem machen, dessen Gesicht verhüllt ist. Sein genauer Wortlaut ist: *sorg dafür, dass er eine Kapuze trägt.*

Ich schreibe zurück, dass er mir ein bisschen Zeit lassen muss – wen soll ich schließlich bumsen? Aber dann ist es doch einfacher, als ich dachte. Das Verlangen, die Bedingungen unserer Vereinbarung zu erfüllen, lässt mich mutig werden. Und so spreche ich einen unbedeutenden Arbeitssklaven im Kopierraum an.

Es ist ganz einfach: »Willst du bumsen?« Ich bin erstaunt, wie schnell er zusagt. Warum habe ich mir das vorher nur so kompliziert vorgestellt? Er trottet mir auf dem Heimweg wie ein verirrter Welpe hinterher, begrapscht mich im Taxi und erzählt mir, wie sexy ich doch sei.

So etwas führt natürlich nie zu einer tieferen Beziehung. Das bleibt nach wie vor schwierig, da bin ich mir sicher. Beziehungen brauchen Wärme und gegenseitiges Verständnis. Man muss wissen, was der andere braucht und mag, soll den anderen lieben, auch wenn es manchmal schwierig ist.

Ich darf keine Angst haben. Aber ich habe so meine Bedenken mit diesem Typen aus dem Büro.

Doch der Blick von meinem Freund-durchs-Fenster haftet auf mir.

Ich sehe, wie der Typ sich die Kleider vom Leib reißt, als stünden sie in Flammen. Er scheint schnell zu merken, dass irgendetwas in der Luft liegt. Immer wieder huscht sein Blick zwischen mir und dem Fenster hin und her; er sieht, dass ich auf mein Vergnügen warte.

Doch er sagt zum Glück nichts. Er macht erst den Mund auf, als ich ihm sage, dass er mich bumsen kann, aber unter einer Bedingung: Er muss *das* über den Kopf ziehen.

Es ist weder schön noch speziell. Nur eine Papiertüte, in die ich hier und da Luftlöcher gestanzt habe. Tatsächlich finde ich, dass diese Kappe schrecklich frustrierend aussieht ... wie ein ... als ob ich von ihm verlangen würde, sich selbst zu erniedrigen. Aber ich will eben nicht sein Gesicht sehen, wenn wir bumsen!

Richtig deprimierend ist es dann, als mir klar wird, dass es ihm nichts auszumachen scheint. Er zuckt mit den Schultern, und ich frage mich, ob das einfach die Arroganz bestimmter junger Männer ist. Er sieht ganz gut aus und scheint sehr von sich überzeugt zu sein. Die Papierhaube braucht er nicht etwa zu tragen, weil ich ihn abstoßend finde.

Aber es geht ja um mich. Ich bin eben seltsam, ein bisschen durchgeknallt. Ich brauche ihn, damit er irre Sachen macht, die mich zum Abheben bringen, und hey, es ist okay für ihn, solange ein Fick für ihn drinsitzt. Er ist leicht zu durchschauen, und ich vermute, das Ganze wäre ziemlich enttäuschend, wenn es da nicht meinen Voyeur gäbe.

Denn er enttäuscht mich nicht. Ich weiß nie, was er als

Nächstes tut. Ich weiß nicht, was ich davon halten soll, dass er diese verrückten Sachen von mir verlangt. Warum will er nicht das Gesicht dieses Typen sehen? Warum nicht? Diese Frage geht mir nicht aus dem Kopf.

Der Typ aus dem Büro interpretiert meine zitternde Anspannung falsch und glaubt, ich würde seinetwegen zittrige Knie bekommen. Er grinst, ehe ich ihm die Haube über den Kopf stülpe.

Und dann steht er einfach nur da. Komplett nackt und sieht nicht mal halb so gut aus wie mein heimlicher Beobachter. Der Freund-durchs-Fenster ist fleischig, fest und real. Dieser Bürotyp hier ist dünn und uninteressant, ein kleiner Bissen, auf den ich kaum Appetit habe.

Aber dann schließe ich die Augen und spüre seine Hände auf meinem Körper, und die Hände verwandeln sich in den Blick meines Voyeurs, der mich betrachtet. *Er* ist es, der mich auszieht; die hektischen, wenig erotischen Handgriffe des Bürotypen verwandeln sich in sein fiebriges Verlangen, mich zu entkleiden.

Doch er reißt mir die Kleider gar nicht vom Leib. Stattdessen macht er meine Bluse auf, ertastet meine Brüste und knetet sie, ehe er einfach meinen Rock hochreißt und meinen Slip nach unten zieht. Alles wirkt umständlich und unerfahren, da der Bürotyp ja nichts sieht durch die Papiertüte.

Seltsame Empfindungen strömen auf mich ein. Ich weiß, dass ich aufmerksam beobachtet werde – und tatsächlich, als ich die Augen öffne und zum Fenster hinaus sehe, kann ich ihn dort drüben stehen sehen, deutlicher als zuvor. Gleichzeitig werde ich von jemandem begrapscht, der nichts sehen kann. Zwischen diesen beiden Eindrücken pendele ich hin und her und trete in eine schärfere und geilere Phase über.

Mein Atem wird zu einem Keuchen. Meine Beine wollen mich nicht mehr tragen. Fügsam beuge ich mich über meinen Esstisch, doch im Innern taumele ich, schmore in meiner eigenen Glut und frage mich, was er von meiner feucht-heißen Pussy halten würde.

Diese Gedanken bringen mich auf eine Idee. Ich wende mich an meinen kleinen Sexsklaven: »Nimm meine Hüften und dreh mich so, dass meine Muschi zum Fenster zeigt.«

Ich finde nicht sofort die richtige Position, aber kurz darauf bin ich zufrieden. Meine Beine sind gespreizt, meine Pussy ist offen, und jetzt müsste er eigentlich sehen können, wie nass ich bin. Der Saft läuft mir fast schon die Schenkel hinab.

»Oh, Mann, bist du feucht. Gott, was bist du für ein geiles Luder«, sagt der Bürotyp, und mir fällt es schwer, seine langweilige Stimme mit der meines Voyeurs in Einklang zu bringen.

Doch irgendwie gelingt es mir. Ich stelle mir vor, dass er eine tiefe, leicht rauchige Stimme hat, und dränge meinen Sklaven, mich zu ficken. Ich schlage einen raueren Ton an, damit er mir auch gehorcht, aber ich muss ihn nicht lange überreden.

»Fick meine nasse Spalte«, sage ich, und er gehorcht – und treibt sich so hart in mich, dass meine Stilettos vom Boden abheben.

Kein Vorspiel. Genau das, was ich vor Kurzem von meinem Freund-durchs-Fenster wollte – seinen Schwanz in mir und nicht meine Finger. Er umklammert meinen Arsch, stößt immer wilder zu und stöhnt »wie scharf du bist« und »ich ficke deine Pussy, wann immer du es willst«.

Er könnte fast die Idealbesetzung sein. Ich wende sogar den Blick vom Fenster und tue so, als wäre er gar nicht da – und bilde mir ein, dass er ja hier ist und mich vögelt, bis ich noch mehr will. Bis ich mir die Faust in den Mund schiebe und all meine kehligen Laute zurückhalte, während sein Schwanz rhythmisch in mich dringt.

Zu schnell keucht er, dass er jeden Moment kommen wird. Ich will aber noch mehr – es gibt so vieles, was ich will! – aber sein Eifer und sein harter Schwanz in meiner Muschi lösen ein Kitzeln an den besten Stellen aus. An meinen Nippeln, die über die Tischoberfläche reiben. An meiner Klitoris, die nach Berührung schreit.

Dann fällt es mir schwer, mir vorzustellen, dass es mein Voyeur ist, der mich nimmt, weil der Bürotyp überhastet stößt, bis er irgendwann kommt. Aber es gibt da noch eine andere Möglichkeit, dass ich die Illusion genießen kann, von jemand anders gebumst zu werden. Mein Freund-durchs-Fenster würde genau wissen, dass meine Perle nach handfester Zuwendung schreit. Er wüsste genau, was zu tun ist, und daher übernehme ich seinen Part. Ich sage dem Bürotypen, was er machen soll, als er sich aus mir zurückzieht.

Ich klettere mit allen vieren auf den Tisch und verlange von ihm, dass er meine Pussy leckt. Er soll versuchen, die Tüte halbwegs auf dem Kopf zu behalten, und mich lecken.

Und das macht er dann auch brav. Ein Zungenstrich durch meine nasse Spalte und ich explodiere und rufe einen Namen, den ich eigentlich gar nicht kenne.


Ich würde nicht sagen, dass das, was wir machen, abgedrehter wird. Wird es nämlich nicht. Der eine masturbiert für den anderen, zieht sich für den anderen aus oder wir staffieren uns aus. Mit der Zeit kommt es immer seltener vor, dass wir uns andere Leute dazu holen, und schließlich sind noch wir beide da und finden immer wieder andere Möglichkeiten, um uns gegenseitig bei Laune zu halten.

Ich lasse ihn zuschauen, wie ich mir bestimmte Dinge in die Muschi schiebe. Bald überredet er mich, ich solle mir auch etwas in den Arsch drücken.

Ich überrede ihn, es ebenfalls auszuprobieren. Eigentlich hat es weniger mit Überreden zu tun; an unsere Fensterscheiben heften wir einfach Notizzettel, auf denen unsere Forderungen stehen. Und es fällt uns nicht schwer, diesen Forderungen nachzukommen. Wenn ich es mir recht überlege, sind es keine Forderungen, sondern Bitten. Richtlinien. Wenn man bei diesem Spiel mitmachen möchte, dann sind das die Regeln.

Ich möchte nicht damit aufhören. Auch nicht, als er eines Abends ein Mädchen mitbringt. Heiße Eifersucht schießt durch meinen Körper und verdrängt die Glut unseres Spiels. Die tolle, aufregende Glut, die wir schon so viele Wochen schüren.

Aber ich weiß auch nicht genau, warum Eifersucht hochkommt. Unser Spiel ist doch so viel besser als das wirkliche Begrapschen und Anfassen.

Ich kann ihr Gesicht nicht sehen, aber ich vermute, dass sie hübsch ist. Die meisten Dinger, die er mitbrachte, sahen toll aus, warum sollte sie dann schlecht aussehen? Ihr Körper ist geschmeidig und blass und schön geformt. Schon überlege ich, was ich machen würde, wenn er auf einer Notiz von mir verlangen würde, eine Frau mitzubringen.

Aber ich muss bekennen: Ich dachte, über dieses Stadium wären wir längst hinaus.

Dachte ich auch, aber jetzt ist dieses Mädchen dort drüben bei ihm, und sie ist –

Ich mache mir nochmals bewusst, dass ich ihr Gesicht nicht sehen kann. Kurz darauf ist sie gut am Fenster zu sehen, lässt sich führen von meinem Voyeur, und da schrecke ich fast zusammen, weil irgendetwas fehlt. Ihr Gesicht ist komplett bedeckt – aber nicht bloß mit einer Papiertüte. Er hat sich offenbar etwas Besonderes ausgedacht. Ihr Gesicht hat er mit einer Art Schleier verhüllt, vielleicht ist es aber auch ein Strumpf oder sonst irgendetwas, das ihr Haar, ihr Kinn und sämtliche Konturen verbirgt.

Es ist eine seltsame Art von Maske, aber sie hinterlässt einen bleibenden Eindruck bei mir.

Ich glaube, mein Atem beschleunigt sich. Unwillkürlich bedecke ich meinen Mund mit einer Hand. Ich sehe, wie er mich anstarrt durch das Glas und mir eine Art Botschaft sendet, die ich nicht entziffern kann. Er lächelt nicht, aber er behandelt sie nicht grob. Eher betont sanft. Er streichelt ihr über den Rücken und positioniert sie auf dem Bett, das er schon lange vors Fenster gerückt hat, damit ich ihn genüsslich beobachten kann.

Als Gegenleistung bekommt er von mir nur meinen Stuhl und den Tisch. Gelegentlich meine Fensterbank.

Er verdient mehr. Denn unter der Seide des durchscheinenden Gewebes erkenne ich nun die Konturen ihrer Gesichtszüge, und da wird mir klar, dass diese Züge den meinigen ähneln. Ich erahne dieselbe etwas zu große Nase und die ausgeprägten Wangenknochen, das leicht hervorstehende Kinn, das wie ein Finger auf mich zeigt: Ich bin wie du.

Er hat sich ein Mädchen ausgesucht, das wie ich ist. Ich kann sogar die leichten Einbuchtungen direkt über der Rundung ihres Hinterns sehen, und ihre Nippel sind rosig und schön.

Doch als er ihr in ihren niedlichen Hintern beißt, sieht er enttäuscht aus. Ihre Haut reagiert nicht wie meine, verändert sich nicht so auffällig von Blässe zu leuchtendem Rot. Und sie zuckt nicht so zusammen wie ich, als ich mich von irgendeinem Typen beißen ließ.

Ich frage mich, ob er sie bezahlt hat. Sie wirkt gelangweilt, und das ist natürlich Gift, wenn du weißt, dass die Frau, die du durch die Scheibe beobachtest, alles andere als langweilig ist. Ich liefere immer eine Topvorstellung ab und genau das tue ich auch jetzt. Ich spüre, wie mein brennender Blick zu ihm wandert und zu diesem maskierten Faksimile.

Das machst du mit mir, teile ich ihm mit meinem Blick mit. Du machst mich eifersüchtig, auch wenn ich schwor, dies sei nur ein Spiel und dass du eine Kopie von mir vögelst. Ich hebe meine Hand und mache eine schnelle Bewegung, worauf er meinem stillen Befehl gehorcht: Er schlägt dem Mädchen, das nicht ich ist, auf den Hintern. Immer wieder schlägt er zu, obwohl ich ihn nicht dazu auffordere. Als ob auch er unzufrieden ist mit dem, was er will und was er stattdessen bekommt.

Ich bin, was er wirklich will. Er ist, was ich wirklich will. Mich verlangt es so stark nach ihm, dass meine Säfte schon zu laufen beginnen, wenn ich ihn mit einer anderen Frau zusammen sehe. Mein Slip ist schon durchtränkt und spannt sich über meinen geschwollenen Lippen. Das Verlangen, mir den Slip herunterzureißen und mich dort anzufassen – obwohl es nicht seine Finger sind – wird übermächtig, doch noch halte ich mich zurück.

Zuerst will ich noch zusehen, wie er sie fickt. Na los, mach schon, bums sie, denke ich.

Und das tut er auch. Fast hart drückt er sie auf die Matratze und stößt seinen tollen Schwanz in jede Öffnung, die er finden kann. Ich schaue zu, wie er sie in den Arsch fickt, mit ihrem Saft und ihrer Spucke, und ich kann mich kaum noch beherrschen.

Aber ich habe mich im Griff. Ich stelle mir vor, wie sich das anfühlen muss – ich kann es mir gut vorstellen, weil ich ihm einmal gehorcht habe und mich dort mit einem Dildo gefickt habe. Und das Pulsieren in meiner Klitoris und meiner Pussy wird zu einem Schmerz, einem klopfenden Schmerz. Meine Muschi krampft sich zusammen, doch da ist nichts; ich kann mir leider nur vorstellen, wie sein schöner, fester Schwanz mich dehnt, wie meine Feuchtigkeit ihn schön rhythmisch kommen lässt.

Eine geile Vorstellung.

Doch dann verdirbt er alles. Er kommt nicht – ich weiß es. Er zieht sich einfach aus ihr zurück und sagt ihr, sie soll sich wieder anziehen. Vielleicht ist es auch ihre Entscheidung. Er beobachtet sie, mit steil aufragendem Schwanz.

Alles sehr unpersönlich. Sie zieht sich an, er streift sich das Kondom ab. Es ist vorbei – und es gab kein richtiges Ende. Ich versuche seine Aufmerksamkeit zu erregen, weil ich will, dass er weitermacht. Er soll es zu Ende bringen, aber während sie sich anzieht, steht er mit dem Rücken zum Fenster.

Ich klopfe an die Scheibe. Nichts tut sich.

Erst nachdem sie weg ist, dreht er sich um und schaut direkt zu mir herüber. Diese Augen! Die Lider leicht geschlossen. Ich stelle mir vor, wie sehr er unter Druck steht, wie aufgegeilt er noch sein muss, so kurz vor dem Höhepunkt. Aber ich nehme es ihm immer noch übel, dass er es nicht zu Ende gebracht hat. Denn dadurch macht er es noch schlimmer für mich.

Ich spüre, dass ich nicht mehr masturbieren möchte. Ich will keine Show mehr abziehen – obwohl ich ahne, dass er das von mir verlangt.

Er will weiterhin alles durchs Glas, für immer, und vielleicht will ich das auch. Die unmittelbare körperliche Nähe ist nicht so cool, nicht so sexy.

Selbst wenn du fast schmecken kannst, wie er sich in deinem Mund anfühlen würde.

Ich lecke mir die Lippen, und er macht es mir nach, als wüsste er genau, was ich gerade denke. Er streicht sich sogar mit dem Daumen über die Spitze seines Schwanzes und überträgt die Feuchtigkeit von dort auf seine Zunge. Schließt seine Augen, nur für mich.

Ich kann nicht widerstehen und mache es ihm nach: so schmecke ich. Ich führe meine Hand in meinen Slip und erschauere unter der zarten Berührung. Dann lecke ich mir die Finger genüsslich ab und spüre den honigsüßen und zitronensauren Geschmack auf der Zunge.

Er lächelt. Für dieses Lächeln würde ich alles tun. Ich berühre mich wieder und wieder, bis meine Unterhose irgendwo an meinen Fußknöcheln hängt und mein Rock über meine Taille wandert. Er schaut mir mit brennendem Interesse zu, das gewiss abflauen würde, wenn wir uns nicht auf dieses seltsame, kleine Ritual verständigt hätten.

Er legt sich auf sein Bett und streckt den Rücken durch, als ich mir zwei Finger in meine Muschi schiebe. Er braucht seinen Schwanz nur mit einer Hand zu umfassen und sich zweimal zu massieren, und schon spritzt er sich seinen Saft auf den Bauch. Der Anblick des hellen Spermas auf der goldenen Haut treibt mich zum Höhepunkt, mit zittrigen Knien und nassen, geschäftigen Fingern.

Ich kneife die Augen zusammen und stelle mir vor, dass es seine Finger sind.

Doch ich schätze, dass ich mich mit dieser Fantasie begnügen muss.


Manchmal treffen wir uns. Ja, tatsächlich. Und wenn die Treffen nicht unbedingt traditionell sind, dann liegt das nicht an ihm. Es ist nicht alles seine Entscheidung – ich möchte nicht, dass dieser Eindruck entsteht. Es war auch meine Entscheidung, die ich ihm auf Zetteln und durch Glas mitteilte. Mit einer Maske aus durchscheinendem Gewebe über dem Gesicht.

So treffen wir uns in Kunstgalerien und Warenhäusern, immer an Orten mit großen Fensterscheiben zwischen den einzelnen Abteilungen, zwischen diesem Teil meines Herzens und jenem. Und dann steht jeder auf einer Seite dieser Scheiben und legt eine Hand auf das kühle Glas, sodass unsere Hände sich fast berühren durch eine weitere falsche Unterteilung, die uns voneinander trennt.

# *Unterrichtsstunden*

Groß und stramm stehen sie vor mir in ihren schicken, eng sitzenden Sachen und sehen sich verdammt ähnlich, obwohl sie doch verschieden sind. Sie vermutet, es liegt an den gleichfarbigen T-Shirts, die sie sich in die engen Jeans gesteckt haben. Außerdem tragen sie den Scheitel auf derselben Seite.

Allerdings hat der eine dunkle Haare, der andere aber helle.

Jetzt grinsen die beiden und trinken noch mehr Bier, während sie ihre gemeinsamen Bücher wegräumt. Das meiste von dem, was sie erklärt hat, haben sie begriffen, aber das ist eigentlich auch egal. Sie sind zu wichtig für das College Team und machen keine große Sache daraus, wenn sie der Meinung sind, dass eine Metapher eine böse Figur ist.

Einer von ihnen macht jetzt ein bisschen Musik an, und sie zuckt zusammen, ist verärgert. Hatte sie nicht gesagt, dass sie keine Musik hören wollte? Oh, wie die beiden ihr manchmal auf die Nerven gehen! Und jetzt tanzen sie auch noch unbeholfen wie zwei Bären auf den Hinterbeinen.

Es dauert nicht lange, und sie findet sich zwischen ihnen wieder. Doch die beiden müssten längst wissen, dass sie nicht gern tanzt. Selbst auf Partys ist sie in diesem Punkt sehr strikt. Das ganze Anfassen, das Bauch an Bauch reiben und das Gezappel ist alles nichts für sie.

Und trotzdem sind sie jetzt hier, beziehen sie körperbetont in den Tanz mit ein und wirbeln mit den Armen durch die Luft.

»Das ist toll«, sagt Steve zu Brett, worauf Brett seinem Kumpel zustimmt.

Sie reden immer in dieser Weise. Sind fast wie Zwillinge, die einander ihre Gedanken mitteilen. Selbst wenn die Dinge, die gerade in ihren Köpfen herumschwirren, alles andere als geistreich oder witzig sind. Es handelt sich um einfache Sätze wie *See Spot Run: Hast du das gemacht? Yeah, habe ich. Sollen wir heute einen draufmachen? Yeah, machen wir heute einen drauf.*

Eigentlich hält sie die beiden nicht für dumm … nur für ein bisschen schwer von Begriff.

Sie sind auch jetzt ein bisschen schwer von Begriff, als sie versuchen, sie zu animieren, einen sexy Tanz hinzulegen. Sie umfassen ihre Taille mit ihren großen Händen und kippen sie vor und zurück wie eine Puppe. Das Gefühl kennt sie allerdings ganz gut. Die beiden geben ihr oft das Gefühl, eine Puppe zu sein.

»Lasst uns ein Spiel spielen«, schlägt Steve vor.

Sie denkt an Plastiktassen und Untersetzer, an Teepartys und das kleine Häuschen, in dem sie als kleines Mädchen spielte. Natürlich gab es da nie wirkliche Teepartys. Dort war nur sie und versteckte sich und ließ die Actionfiguren ihrer Brüder gegeneinander antreten.

Aber das braucht Steve ja nicht zu wissen. Sie beobachtet, wie er sich das Haar mit einer ruckartigen Kopfbewegung aus der Stirn schlägt – zum Vorschein kommen seine Augen, hübsche Augen in einem fast zu kantigen Gesicht. Sein Blick ist schlau – für so schlau hält sie ihn gar nicht. Dagegen wirkt Brett weich, aber sein großes, kantiges Kinn gibt ihm dieses nordische Aussehen.

Vielleicht könnten sie ja Verkleiden spielen, und die beiden setzen sich lange Perücken auf. Stapfen in Rüstung umher und tun so, als würden sie plündernd und mordend durchs Land ziehen.

Doch stattdessen packt Brett sie plötzlich von hinten und verbindet ihr die Augen mit einer Binde.

Alles geschieht in einer einzigen, fließenden Bewegung – die beiden sind ziemlich beweglich, wenn sie wollen. Einen Moment sieht sie alles, dann wird es dunkel um sie herum; übrig bleibt der männliche Geruch der beiden – vermischt mit Seife und diesem Babyshampoo, das die beiden benutzen –, an dem sie sich orientiert.

Doch sie glaubt, die beiden spüren zu können. Sie sind so groß, da ist es nicht schwer, sie wahrzunehmen, wenn sie irgendwo neben ihr lauern, in der Peripherie ihrer Sinne. Wieder ärgert sie sich, doch schon spielt sie das Blindekuhspiel mit und tastet im Raum nach den beiden.

Aber sie tanzen außerhalb ihrer Reichweite und kichern. Sie springen herum, bis sie mit dem Fuß aufstampft und sich an die Augenbinde fasst, aber Brett hat das Tuch zu stramm verknotet.

»Oh, sie wird sauer«, meint Steve, während sie an der Augenbinde herumfummelt.

»Ja, sie wird richtig sauer. Ich nehme sie dir ab, wenn du es willst, Lacey.«

Sie dreht sich zu ihm um und funkelt ihn durch den Stoff an und hört, wie er von einem Bein aufs andere tritt, als bereue er einen Fehler. Sie hört, wie Steve seinen Freund auf den Arm schlägt, ziemlich fest sogar.

Die Augenbinde bleibt. Und plötzlich spürt sie wieder die Hände an ihren Hüften. Steves Hände, wie sie vermutet. Mit einem Mal reiben die Hände über ihre Taille, kurz darauf noch dreister – und umgreifen ihren Po.

Sofort steht sie angespannt auf Zehenspitzen. Auch seine grobe Sprache erschreckt sie: »Lacey, du hast einen tollen Arsch. Komm und sieh dir diesen Arsch an, Brett.«

Brett gehorcht. Immer noch leicht zerknirscht, denkt sie,

doch er tapst los. Die Dielenbretter knarren unter seinem Gewicht, und im nächsten Moment ist sie eingepfercht zwischen zwei Riesen, sieht aber keinen der beiden.

Zwei weitere Hände gesellen sich zu Steves auf ihrem Hintern. Sie drücken fest zu, bis es wehtut, dann wiederum sind sie ganz sanft und streicheln sie bloß.

Beide atmen jetzt schwerer.

»Das ist echt klasse«, sagt Brett dicht vor ihr, sodass sie seinen Atem auf ihren Wangen spürt. Offenbar beugt er sich zu ihr herab, wenn sie seinem Atem so nah ist und sie gleichzeitig seine Hände auf ihrem Po fühlt.

»Du hast uns erwischt«, raunt Steve an ihrem Ohr. »Du gewinnst Blinde Kuh, Lacey.«

Und dann schiebt er ihren Rock bis auf die Taille hoch.

»Hey, sieh dir das an . . . rote Unterwäsche!«

»Ein Tanga?«, fragt Brett, und sie glaubt, dass Steve nickt.

Bretts Hände sind wieder auf ihrem Hintern. Haut auf Haut diesmal, als er nach dem Streifen zwischen ihren Pobacken tastet.

Allerdings ist es schwer zu sagen, ob es wirklich *seine* Hände sind. Überall spürt sie Finger auf ihrem Körper, und sie taumelt bei all diesen Erkundungen.

Doch die beiden stützen sie. Darin sind sie echt gut – groß und stämmig wie sie sind. Falls einer von ihnen zufällig ihre Brust streift . . . nun, man könnte ihnen keinen Vorwurf machen. Sie nimmt es Steve auch nicht übel, als er seinen Kumpel mit heiserer Stimme auffordert, ihr die Bluse auszuziehen.

Sie kann sich sehr gut vorstellen, dass er mehr will, wenn er nur ihre Brüste berührt. Denn schließlich hat sie geile Titten. Sie weiß, wie sie in dem roten Satin-BH aussehen, für den sie sich heute Morgen entschieden hat. Darin wirken die Brüste noch voller, sodass man sie küssen, berühren und bewundern möchte. Wie das Sahnehäubchen eines leckeren Desserts.

Und Brett macht sich über ihre Brüste her als wären sie Nachtisch. Er leckt über die prallen Halbkugeln und macht dabei grunzende Geräusche wie ein ausgehungertes Schwein. Steve muss ihn etwas bremsen und zerrt ihn zurück; sie hört, wie er sich entschuldigt, während andere Hände den Verschluss ihres BHs öffnen.

»Ich will sie sehen«, meint Steve, und nun spürt sie, wie ihre noch vom Speichel feuchten Brüste der kühlen Luft ausgesetzt sind.

Natürlich werden ihre Nippel sofort hart. Sie werden sogar noch fester, als Steve kurz seine Finger befeuchtet und damit über ihre Knospen reibt. Gleichzeitig drückt er mit dem Schritt gegen ihren nackten Po. Nach einer Weile des Spielens und Neckens beginnt er damit, an ihrer Bluse zu ziehen.

Bald ist sie ganz nackt, da ist sie sich sicher.

»Komm, du saugst an ihren Titten, während ich ihr den Rock ausziehe«, sagt er zu seinem Freund. Sie hat keinen Schimmer, woher plötzlich dieser autoritäre Ton kommt. Für gewöhnlich ist Steve nicht der Führertyp in ihrem kleinen Team. Eigentlich keiner der beiden.

Aber Brett gehorcht. Er beugt sich zu ihr herab und nimmt abwechselnd erst den einen und dann den anderen Nippel in den Mund. Immer wieder, bis ihr ganz schwindelig ist. Sein lustvolles Stöhnen überträgt sich auf ihren Körper, und die ganze Zeit scheint er sie überall gleichzeitig zu berühren.

Ihr Rock fällt ihr auf die Füße. Als Nächstes hebt er ihre Füße an, um ihr die Schuhe auszuziehen. Bis nur noch der Fetzen Stoff übrig ist, der ihre Muschi verdeckt. Sie spürt seine dicken Finger, die an dem Bündchen ziehen und den dünnen Stoffstreifen drehen und wenden. Schließlich zieht er ihr den Tanga bis auf die Knie, obwohl sie versucht hat, sich ihm zu entziehen.

Die kühle Luft empfindet sie an der glatten, bloßen Haut ihrer Pussy noch stärker. Ihre Lippen öffnen sich wie von selbst und warten auf das Eindringen. Ihre Perle wird hart, trotz der groben Behandlung und des Umstands, dass sie nichts sehen kann.

Sie hört die charakteristischen Geräusche von Reißverschlüssen und hastig geöffneten Gürtelschnallen. Im nächsten Augenblick spürt sie den Druck eines bloßen Schwanzes an ihrem Hintern, ihren Schenkeln; große Hände berühren sie wieder überall.

Es dauert nicht lange, bis einer der beiden ihr mit zwei Fingern durch die Spalte streicht und ihr das sagt, was sie ohnehin schon weiß: »Oh, Mann . . . die ist echt feucht.«

Schon kommen weitere Finger hinzu, um die Aussage zu prüfen. Als befände sie sich in einer Arztpraxis.

»Oh ja, richtig nass.«

»Spreiz ihre Beine.«

Grobe Hände kommen der Aufforderung nach. Sie hat das Gefühl, hochgehoben zu werden, als wäre sie wirklich eine Puppe.

»Yeah, das ist es. Siehst du, wie meine Finger in ihrer Pussy verschwinden?«

Brett antwortet mit einem begeisterten *Yeah*. Fast hätte auch sie dieses *Yeah* gemacht. Zwei dicke Finger öffnen ihre Labien und reizen jede noch so kleine Nervenfaser dort. Sie kommt sich verdorben und schmutzig vor, wie ein Pornostar, der nur darauf wartet, ausgefüllt und gefickt zu werden. Sie ist für die beiden die private Sexshow, und gegen diese widerlichen Annäherungsversuche kann sie nichts ausrichten.

»Kann ich mal?«, fragte Brett, und Steves Hand verschwindet. Andere Finger kommen ins Spiel, dringen in ihre Feuchtigkeit.

Derweil umschließt Steve ihre Titten von hinten, knetet sanft ihre Nippel.

»Soll ich ihren Kitzler reiben? Sieht so aus, als ob sie das will.«

»Noch nicht, warte. Ich will ihr erst die Augenbinde abnehmen.«

Er tut es, und selbst das matte Licht in ihrem Zimmer überfordert sie. Sie blinzelt, versucht sich auf Brett einzustellen und ihn scharf zu sehen, aber das Abnehmen der Augenbinde bedeutet nichts, solange dicke Finger in ihrer Muschi sind und Hände auf ihren Brüsten. Etwas Schweres gleitet drängend vor und zurück in der Spalte zwischen ihren Pobacken.

Es wird nicht mehr lange dauern, denkt sie – und behält recht, denn Brett dreht sie bereits herum. Er stöhnt, er könne nicht länger warten, aber Steve sagt nichts. Plötzlich ist sie mit ihrem Gesicht an seiner Brust; Bretts Hände spürt sie an ihren Hüften, Steves Hände in ihrem Haar.

Brett drückt sie nach unten, und sie spürt, wie sich ihre Pussy für ihn öffnet, ohne dass sie etwas dagegen machen kann. Vor ihr lehnt Steve sich an die Armlehne der Couch – fast sitzt er, aber nicht ganz, und bei seiner Größe ist das sowieso egal. Mit ihrem Gesicht ist sie nun vor seinem Schritt. Seine Hände ruhen auf ihren Armen; so hält er sie fest, während sein Kumpel mit der Spitze seines Schwanzes gegen ihr feuchtes Loch drückt.

Doch sie ist beinahe noch zu eng für ihn. Sie hört ihn frustriert stöhnen, als er versucht, die geschwollene Spitze hineinzudrücken; er umfasst ihre Hüften fester und drängt stoßend vorwärts.

Als er endlich in sie gleitet, gleicht sein zufriedenes Keuchen ihrer Erleichterung. Sie spürt, wie ihre Pussy sich um ihn schließt, den Eindringling umklammert und gegen ihn drückt. Er ist groß, verdammt groß.

Obwohl Steves Schwanz dicker als Bretts ist, und länger. Als sie sich gedanklich von dem Kolben lösen kann, der in ihrer Pussy vor und zurück gleitet, sieht sie Steves Schwanz vor ihrem Gesicht aufragen, überzogen von Adern und bedeckt mit ersten Glückstropfen. Er stößt blind nach ihr, und als sie ihn beim ersten Mal verfehlt, fährt er mit den Fingern durch ihr Haar und zieht sie zu sich. Die feuchte Eichel benetzt ihre Lippen nur kurz, ehe sie die dicke, saftige Spitze in den Mund nimmt.

»Oh yeah!«, stöhnt er, als er tiefer in ihren Mund dringt. »Blas mir einen.«

Nicht die Aufforderung lässt sie gehorchen. Es liegt auch nicht an dem Vergnügen, einen dicken Schwanz in sich zu haben. Vielleicht ist es der immer gleiche Tonfall der beiden, der gleiche Ton, wenn sie sie fragen, ob Immatrikulieren etwas mit »sich anfassen« zu tun hat.

Wie dem auch sei, sie saugt und lutscht an diesem Schwanz und drückt sich gegen den harten Penis in ihrer Muschi. Sie vermutet, dass sie ein wenig mehr protestieren müsste, aber es fühlt sich so toll an, ganz so, als würden die beiden sie fragen, ob fünf mal fünf fünfundfünfzig ist. Das hier ist eine andere Art von Test, aber letzten Endes läuft alles auf dasselbe hinaus.

»Wie fühlt sich ihr Mund an?«, will Brett wissen, und sein Kumpel antwortet über ihren Rücken hinweg: »Scharf. Richtig gut. Oh yeah, sie besorgt es mir echt hart.«

»Ihre Pussy ist richtig feucht. Sie ist wirklich nass. Gefällt dir das, Lacey?«

Sie stöhnt an dem Schwanz in ihrem Mund und versucht,

nach hinten zu drücken, aber er hält sie an den Hüften fest und beschleunigt den Rhythmus. Es wird klar, dass sie so feucht ist, wie er behauptet, denn sie hört die schmatzenden Geräusche in ihrer Muschi, während er sie mit schnellen Stößen nimmt. Ihre Säfte laufen ihr sogar über die überreizten Lippen und an ihren Schenkeln hinab. Ihr Knopf fühlt sich groß an – als hänge er dort wie eine überreife Frucht, die sich nach Berührungen sehnt.

Stattdessen nimmt sie Steve so tief in den Mund wie es eben geht und reibt ihn an den Stellen, an die sie nicht mit dem Mund kommt. Sie stöhnt, als sie die ersten Tropfen an seiner Eichel schmeckt. Sie lässt die Zunge über den kleinen Schlitz zucken und entlockt Steve stöhnende Laute, als er noch mehr Flüssigkeit produziert, die sie schlucken kann.

»Es gefällt ihr«, meint Brett in einem so naiven Tonfall, dass sie ein Zucken im Bauch spürt und ihre Muschi sich um den Eindringling zusammenkrampft. »Oh, es gefällt ihr wirklich.«

»Berühre ihren Kitzler, Mann«, sagt Steve, und schon fühlt sie Bretts suchende Finger. Seinem halblauten Gemurmel entnimmt sie, dass er sich dafür rügt, nicht selbst darauf gekommen zu sein. Und dann ertastet er die feste Knospe und beginnt, etwas unbeholfen daran zu reiben.

»Ist ganz groß«, keucht er, und Steve gibt ihm recht. »Wenn ich komme, lecke ich sie dort.«

Hilflos wimmert sie, als sie die beiden so reden hört, und schiebt sich zurück gegen seinen Schwanz und seine Hand, während sie mit noch größerem Eifer den Steifen seines Kumpels lutscht.

»Oh, yeah. Oh, yeah, sie mag, wenn du so redest. Wir werden beide ihren Kitzler lecken.«

»Yeah, und sie fingern.«

»Yeah. Gut so, Baby, blas mir einen.«

Sie spürt große Hände, die zu ihren Brüsten wandern und ihre Nippel suchen.

Sie denkt über die beiden nach und erinnert sich, wie sie auf den Tischunterlagen für Kinder mit dicken, roten Buntstiften den Weg für die Maus in dem Labyrinth nachzuzeichnen versuchten. Keiner fand den richtigen Weg – nicht mal beim dritten Versuch –, aber hier schlagen sie sich ziemlich gut. Wie man stößt und knetet und fickt, wissen sie.

Sie spürt, wie sich die Spannung weiter in ihr aufbaut. Sie fühlt es, ehe Brett sagt: »Oh, yeah, das ist es, das ist es. Oh, sie mag das – sie wird ganz eng. Ich glaube, sie kommt jeden Moment.«

Ihre Pussy krampft sich zusammen. Neue Säfte hüllen seinen unnachgiebigen Schwanz ein, und ihre Klitoris zuckt und schwillt stärker an. Sie lässt den Schwanz aus ihrem Mund gleiten, damit sie die Lust zum Ausdruck bringen kann, die ihren Körper erfasst – sie keucht und stöhnt, während er weiter ihre Knospe massiert. Sie kann es kaum noch aushalten, spürt nur noch die Stellen, die purer Sex sind: ihre Hand, die den Schwanz massiert, ihre Pussy, die von einem Penis gedehnt wird, ihre anschwellende Perle und die überempfindlichen Nippel.

Schön, schön. Die Maus im Labyrinth wird mit dicken, roten Buntstiftstrichen eingekreist.

»Oh, ich komme auch, ich muss abspritzen«, ruft Brett, und während sie sich mit dem Gesicht an seinem Kumpel anlehnt und die Nachbeben in ihrer Pussy fühlt, merkt sie, wie Brett sich verkrampft und in ihr kommt. Er stöhnt lange und laut und pumpt sein Sperma in sie. Als er sich schließlich taumelnd von ihr löst, spürt sie, wie die Sahne aus ihrer Höhle tropft und sich an ihren Schenkeln mit ihren Säften vermischt.

»Oh, wie geil«, stöhnt er.

*Ja*, denkt sie. *Ja, der Präsident lebt in einem Achteck.*

Sie ist fast zu benommen und im Taumel der Lust, dass sie sich einfach nur in die Arme der beiden sinken lässt. Sie legen sie auf den dicken Teppich vor dem Feuer; mit den Mündern sind sie überall, während Steve mit seinem immer noch steifen Schwanz drückt und reibt, ehe er sich schließlich zwischen ihre Schenkel senkt – doch es ist beinahe zu viel.

Sie versucht, sich aufzusetzen, um ihm zu sagen, dass es zu viel ist, aber Brett hält sie mit einer Hand an der Schulter fest und macht sich wieder mit seiner Zunge über ihre Nippel her.

Steve dringt langsam in sie und dehnt sie noch, obwohl sie schon gevögelt wurde. Er keucht und zwängt ihre Schenkel weiter auseinander, und dennoch kann sie ihn nicht ganz aufnehmen.

»Sie ist echt eng«, stöhnt er, und Brett nickt an ihren Brüsten. »Ich kann mich kaum bewegen.«

Aber er übertreibt, denn kurz darauf hebt er ihre Hüften an, schiebt sich langsam weiter vor und stößt dann unter lautem Stöhnen schneller zu.

»Wie fühlt sie sich an?«, will Brett wissen, aber Steve kriegt kaum noch ein Wort heraus. Schließlich bekommt er eine Aufforderung für seinen Kumpel zustande. »Leck über ihre Klitoris. Lass sie auf meinen Schwanz kommen.«

Brett macht sich sofort daran, beugt sich über ihre Pussylippen, die vom Schwanz seines Kumpels gespreizt werden, und leckt über ihre Perle.

Sie stöhnt und windet sich unter den beiden und spürt, wie sich ein neuer Höhepunkt in ihrem Bauch ankündigt. Aber Bretts Zunge ist unerbittlich, der Schwanz in ihr dick und schwer, sodass sie schon bald Steve flüsternd anfleht, sie härter zu nehmen, und Brett drängt, sie weiter zu lecken.

Manchmal brauchen die beiden extra Aufforderungen,

den entscheidenden Wink, um nicht die Orientierung zu verlieren: Wenn ich zwei Orgasmen habe, und ihr mir noch zwei besorgt, was käme dann dabei raus, wenn ich noch zwei hätte?

Doch sie hört nur Worte, in Ekstase geraunte, schmutzige Worte wie: »Mach weiter, los, lass sie kommen, leck sie, komm schon, Mann«, stöhnt Steve. »Ich platze gleich.«

Worte, die sie dazu bringen, alles in zittrigen Atemzügen herauszulassen: »Ohhh, ja, jetzt!«

Ihr Kitzler zuckt gegen seine Zunge, und sie spürt, wie ihre Pussy sich eng um Steves Schwanz zieht. Der Orgasmus erfasst sie in Wellen, weicher als zuvor, aber dafür länger, begleitet von Steves Kommentaren: »Ja, Baby, gleich, gleich, oh, ich komme, Baby, ich komme . . . ah!«

Sie spürt, wie er einmal in ihr zuckt, ehe er sich schnell zurückzieht und mit den letzten Spritzern ihre Pussylippen eincremt. Sie erschauert, als die warme Sahne ihre immer noch zuckende Perle bedeckt.

Inzwischen kniet Brett sich hin, massiert wieder seinen steifer werdenden Schwanz und taucht die Spitze in die Creme seines Freundes. Sie schaut fasziniert zu, wie Brett seine Eichel mit der zähen Flüssigkeit einseift und sich dann selbst reibt.

Dieses Ritual scheint ihn richtig zu erregen. Er befeuchtet seinen Schwanz mit den sich vermischenden Säften der beiden, ehe er ihr die Eichel an den Mund hält.

»Los, probier mal«, sagt er. »Probier das.«

Sie muss an Chemieunterricht denken, als sie den Kopf zur Seite dreht, damit er ihr die dicke Spitze zwischen die Lippen schieben kann. Tauche das Lackmuspapier in die Säure, Brett, und sag mir, was du siehst. Und dann hebt Steve die Hand und schnippt mit den Fingern, weil er drangenommen werden möchte.

Chemie macht immer so viel Spaß.

Sie mag den süß-salzigen Geschmack auf ihrer Zunge. Aber als sie einen nassen Mund zwischen ihren Schenkeln spürt, holt die Erregung sie wieder aus diesem entspannten Zustand heraus; die Zunge, die sich in ihr feuchtes Loch zwängt, überredet sie, ihre Hände, Zähne und ihre Zunge zum Einsatz zu bringen.

Tue Gutes, und du sollst belohnt werden. Bei der Aussicht auf Belohnung strengen die beiden sich immer an, arbeiten besser und länger. Obwohl sie sich schon fragt, wie oft sie das machen können – ihre Pussy und ihren Mund zu vögeln, um sie dann wieder sauber zu lecken –, ehe es wieder von vorn anfängt.

Doch als sie einen prüfenden Finger zwischen ihren schweißfeuchten Pobacken spürt, hat sie eine Ahnung davon, wie lange das noch so gehen könnte.

Bis alle Fragen des Popquiz beantwortet sind. In dem Quiz geht es um Anatomie, und die Frage lautet: »Ist jede Stelle von ihr benutzt worden?«

Sie sieht, wie Brett sich neugierig herüberbeugt und zuguckt, und wie nicht anders zu erwarten, sagt er: »Bist du mit einem Finger in ihrem Arsch?«

Gerade als sein Freund ganz mit dem Finger in sie eindringt. Der Finger gleitet leicht hinein – sie ist überall gut angefeuchtet –, und als Antwort darauf versucht sie, den Mund von dem Schwanz zu nehmen, der so begeistert gegen ihre Zunge drückt. Aber Brett hält ihren Hinterkopf fest, sodass sie nicht weg kann, und schiebt seinen Steifen in ihrem Mund vor und zurück, während sein Kumpel das eine Loch mit der Zunge erforscht und in das andere dringt.

»Überlass mir ihren Arsch. Mach Platz.«

Steve ist einverstanden und hilft seinem Freund sogar noch, seinen Schwanz mit der restlichen Feuchtigkeit an ihrem Kitzler und auf ihrem Bauch einzuölen. Sie geben ein gutes Team ab, in jeder Hinsicht. Sie freut sich immer, wenn sie sieht, wie der eine dem anderen aufmunternd auf die Schulter klopft.

Vorsichtig drückt Brett mit der Spitze seines Penis gegen ihr enges Loch, streichelt sie und knetet ihre noch immer harten Nippel, da er nicht sofort hineingleiten kann. Einmal hat er versucht, Triangel zu spielen und sie dabei zerbrochen – das hat er sich zum Glück gemerkt.

Dennoch ist das erste Brennen fast zu viel für sie. Doch dann ist sie fasziniert von Bretts Reaktion, als er tiefer in sie drängt. Er versteift sich, zuckt und zittert; sein Gesicht ein Abbild reiner Ekstase.

»Ich komm jetzt schon, Mann«, stöhnt er, und sie spürt, wie sein Saft in ihr zerläuft. Das Sperma tropft aus ihrem Loch, nicht so viel wie zuvor, aber immer noch genug. Sie hat das Gefühl, darin unterzugehen – sie ertrinkt in all diesen Sinneseindrücken, zerfließt, ist verloren.

So orientierungslos ist sie, dass sie kaum wahrnimmt, als Steve über ihr ist und sich mit einer Hand am Schwanz zum Orgasmus treibt. Der Raum schillert um sie herum, scheint sich zu drehen, während ihr seltsame Antworten in den Kopf kommen – sie antwortet mit »Ja, ja, ja« bei Fragen wie »Fühlt sich der Teppich gut an auf der bloßen Haut?« oder »Ist es okay, sich so zu streicheln?« oder »Macht es dich an, wenn du zusiehst, wie ein Mann über dir masturbiert und auf deinen schweißfeuchten Körper spritzt?«.

Brett ist noch fleißig in ihrem hintersten Loch, als sein Freund abspritzt und ihre Titten und ihren offenen Mund mit seinem Sperma verziert. Er hinterlässt schöne Muster auf ihrer Haut.

Dann lecken die beiden sie wieder sauber, bis sie zu ihrer empfindlichen Perle kommen und beide gemeinsam daran lecken, wie sie es versprochen hatten. Mit den Fingern sind sie in ihrer Muschi und in ihrem Arsch, nehmen auch den letzten Tropfen ihrer Höhepunkte auf und schmecken gleichzeitig ihren cremigen Saft.

Sie stöhnt lange und laut für sie, presst ihre Muschi gegen die Gesichter der beiden und gibt alles auf für diese tollen Fragen und Antworten und die Spiele, die sie spielen, damit die Fragen nicht mehr so schwer sind.


»Warum musst du das machen?«

»Yeah, warum?«

»Was meint ihr beiden Süßen?«

»Warum tust du so, als würdest du uns nicht mögen. Magst du uns wirklich nicht, Lacey?«

»Wir können auch ganz anders sein. Wir versuchen, genau das zu tun, was du möchtest.«

»Tut ihr doch, tut ihr doch«, sagt sie ihnen. Sie tätschelt die Wangen der beiden. Küsst sie auf ihre immer noch vor Schweiß schimmernde Stirn.

»Wieso tust du dann so, als ob es dir nicht gefällt?«

»Yeah, wieso?«

»Weil es mir so mehr Spaß macht, Jungs.«

Beide schauen verwirrt drein. So sahen sie auch beim ersten Mal aus, als sie ihnen erklärte, wie sie sie vögeln sollten ... wie sie alle schön zusammen spielen könnten ... wäre das nicht schön? Und sie finden es auch gleich toll. Sie sind so überschwänglich, wenn es wieder Zeit zum Spielen ist, sind mit einem Mal so clever. Dann kreuzen sie immer die richtigen Kästchen an und zeigen eifrig auf, wenn sie es von ihnen erwartet.

Natürlich hätte Brett alles fast verpatzt, als er anbot, ihr die Augenbinde abzunehmen. Leider falsch, mein böser Bengel!

Und manchmal wissen sie nicht mehr richtig, wo und wann sie sie berühren sollen. Doch trotz alledem war es eine wirklich gute Show.

Und wenn sie dann manchmal hinterher ein bisschen durcheinander sind, ist das auch okay. Denn sie hat mächtig Spaß mit diesen beiden Trottelchen. Wahrscheinlich haben sie bald sowieso wieder vergessen, warum sie so verwirrt waren. Sie denken ja auch, dass der Irak in Frankreich liegt, und kapieren eigentlich nichts, es sei denn der Trainer sagt ihnen: »Hol dir den Ball und lauf!«

»Was für ein Spiel können wir morgen spielen, Lacey?«

»Yeah, was für ein Spiel morgen? Können wir wieder Twister spielen? Bitte!«

»Yeah, bitte!«

Sie streichelt ihnen durchs weiche Haar, als sie mit ihren großen Kuhaugen zu ihr aufschauen. Ihre Jungs sind so niedlich und voller Vertrauen. Was hätte sie bloß gemacht, wenn sie die beiden nicht gefunden hätte, als die Jungs versuchten, in der Dusche der Männerumkleide zum Orgasmus zu kommen und sich gegenseitig fragten, was sie machen müssten, wenn sie einmal Sex mit einer richtigen Frau hätten.

Frauen können so unfreundlich sein zu großen, dummen Kerlen. Es ist ja nicht der Fehler der beiden, wenn sie mehr Muskeln als Hirn haben. Und mehr Schwanz als Köpfchen.

»Nein, meine Lieben«, sagt sie ihnen, als die beiden ihren kleinen, schlanken Körper mit ihren großen Leibern bedecken. »Nein, morgen spielen wir etwas anderes. Morgen probieren wir mal Flaschendrehen aus.«

Es wird zwar ewig dauern, bis die beiden die Regeln kapieren, aber der heutige Test hat ihr ja gezeigt, dass es sich gelohnt hat.

# *Ja /*

Heute ist er an der Reihe. Er weiß es, doch ich glaube, er versteckt sich vor mir. Aber abgemacht ist abgemacht. Wir haben unsere Daumen geritzt und aneinander gedrückt, und jetzt müssen wir es machen. Das ist ein Blutschwur, Pech gehabt, Kumpel.

Doch dann finde ich ihn im Badezimmer – das alte, langweilige Bad, wo er sich halbnackt die Zähne putzt –, und schon wächst die Erregung in mir. Er versteckt sich gar nicht. Er schenkt mir seinen verschlafenen, sündigen Blick, während er die feuerrote Zahnbürste im schaumigen Mund hat.

Er streicht sich über die milchshakeweiße Haut seines Bauchs, über seine Brust, nur um mir dadurch zu sagen: Sieh nur, wie scharf ich bin. Guck, was für einen tollen Körper ich habe. Bist du nicht froh, dass ich jeden Tag schwimme?

Bin ich auch. Aber von mir aus könnte er ruhig ein paar Gramm Fett mehr haben, und dann müsste ich vielleicht keine dämlichen Vereinbarungen mit ihm treffen. Obwohl ich es dann auch wieder nicht dämlich finde. Wenn ich mit ihm zusammen bin, ist nichts dämlich. Und ich schätze, dass ich die Abmachung sowieso getroffen hätte, ob er nun dick oder dünn wäre.

Ich will es so.

Ich will es so sehr, dass ich mich ihm von hinten nähere und mich mit meinem Schoß an seinem Hintern reibe. Er

68

trägt diese dünne Pyjamahose, und ich kann seine Haut durch das Gewebe spüren. Ich höre, wie er schluckt.

»Was muss ich als Erstes für dich tun?«, fragt er, halb belustigt und halb angespannt.

»Oh, verstehe. Schon beunruhigt, wie?«

Aber er zuckt nur mit den Schultern, in seiner liebenswerten Art, und ich kann sein Gesicht im Badezimmerspiegel sehen. Er lächelt immer, ist offen. Das einzige Mal, als er wirklich ernst aussah, war, als wir uns in der alten, verlassenen Lagerhalle am Stadtrand verstecken mussten, weil draußen ein wahrer Wolkenbruch niederging. Wir saßen auf einer Plane am verschmierten Fenster und lauschten auf den Regen, der auf das Wellblechdach prasselte.

Er hatte sich zu mir gebeugt und gesagt: »Ich liebe dich, Lois. Ich liebe dich mit allem, was ich habe.«

Mit keinem anderen Mann hätte ich mich auf diese Abmachung eingelassen, ich schwöre es. Ich glaube nicht, dass er diese Abmachung mit einem anderen Typen gemacht hätte. Aber das ist was ganz anderes, kompliziert und abgedreht.

Ein bisschen davon könnte ich heute erforschen, weil mein ganzer Tag noch vor mir liegt. Aber ich habe es genau geplant, da ich weiß, dass es sein Tag ist. Und, ja, es wäre vielleicht cool gewesen, alles Hals über Kopf zu machen, für den extra Kick des Unerwarteten.

Aber es genügt schon, wenn es für ihn plötzlich und unerwartet kommt.

Allerdings ahne ich, dass er weiß, um was ich ihn als Erstes bitten werde. Es ist nämlich das, was er nie tut. Davor schreckt er immer zurück. Jedes Mal.

»Du bist ein Fremder«, sage ich, und dann warte ich angespannt darauf, dass er das magische Wort sagt, das unser Blutschwur verlangt.

Ich weiß, dass er zögert. Er zaudert. Mit der Zunge berührt er seine obere Zahnreihe. Vielleicht sind wir noch nicht so weit. Vielleicht vertrauen wir einander noch nicht genug; hat er etwa Angst? Ich jedenfalls schon. Mein Herz hämmert plötzlich in meiner Brust.

»Ja«, sagt er schließlich. »Ja.«


Natürlich kennt er meine Fantasie in- und auswendig. Ich habe sie ihm oft genug erzählt, wenn wir eng beieinander lagen, klebrig und heiß und zitternd. Ich denke, die Vorstellung erregte ihn, aber wahrscheinlich nur, weil ich ihm eine schmutzige Geschichte erzählte.

Manchmal mag er es, wenn ich ihm aus einer der scharfen, erotischen Geschichten vorlese, die ich gerade verschlinge, um ihn ein bisschen aufzuwärmen. Und ich versuche es, für ihn.

Aber bisher hat er das noch nie für mich versucht. Das macht ihn nervös, ich weiß es. Einmal probierten wir es in einer Bar; er spielte den schärfsten Typen in dem Laden, der auf mich aufmerksam wird. Doch er musste dauernd lachen und benahm sich ungeschickt wie so oft – schon war alles hin.

Aber diesmal kann nichts schiefgehen. Und es darf nicht sein, dass er auf Nummer Sicher geht. Es bringt nichts, von ihm ein Ja zu verlangen, wenn er auf Nummer Sicher geht und dann alles schiefläuft.

Ich gehe zurück ins Bett – frisch und duftend und nicht verschlafen, diesen Trick gönnen wir uns – und ich kuschel mich in die Kissen. Ich bin viel zu aufgeregt, um wieder einzuschlummern, aber ich schätze, ich kann mich ganz gut schlafend stellen.

Augen zu, Lois, kein Blinzeln.

Und dann höre ich, wie er ins Schlafzimmer schleicht.

Er ist groß, daher fällt ihm das Schleichen schwer. Aber er ist gelenkig und entschlossen – hoffe ich zumindest –, also schafft er das schon. Und es gelingt ihm auch. Keine Stümperei. Keine halbherzigen Versuche.

Ich bin schon ganz feucht. Meine Nippel sind harte Punkte unter der Seide dieses dünnen Hemdchens, das er so gern mag – hey, ich muss ihm schließlich was bieten, oder?

Ich gebe es zu – ich weiß nicht, ob es ihn so scharf macht, wie ich es gern will. Es ist noch gar nicht so lange her, da verhakte sich seine Armbanduhr in meinen Haaren, als wir wie verrückt vögelten. Mir tat es nicht weh, es war auch kein Stimmungskiller für mich, aber für ihn schon.

Natürlich steckte er das schnell weg. Er fickt wirklich geil, und nichts und niemand kann ihn dann aufhalten.

Trotzdem bin ich jetzt angespannt, wenn ich mir vorstelle, dass ihn vielleicht etwas abtörnt. Er könnte die Lust verlieren, könnte die ganze Sache abblasen.

Doch während ich mir noch Gedanken mache, bewegt sich die Bettdecke am Ende des Betts. Die Matratze gibt ein bisschen nach. Ich höre ihn atmen, ein wenig aufgeregt, und ich frage mich, wie ich wohl aussehe: verschlafen wie immer, nur darauf wartend, geweckt zu werden; die dunklen Haare fächerförmig über das Kissen verteilt. Eine rosige Wange, ein Lid halb geöffnet. Wie auf einem Gemälde der Renaissance.

Ich glaube allerdings nicht, dass ich wirklich lieblich aussehe, aber weich. Einladend vielleicht. Ich zittere, wenn ich daran denke, wie ich daliege.

So habe ich mir das vorgestellt – der Fremde findet die Tür zu meinem Schlafzimmer offen vor. Er kann nicht widerstehen, zu mir ins Bett zu schlüpfen. Und Dinge mit mir zu tun, während ich noch halb verschlafen bin. Klar, in Wirklichkeit würde ich einen Fremden wahrscheinlich sofort bemerken, aber in meiner Fantasie ... oh, in meiner Fantasie möchte ich so lange wie möglich wie in Trance bleiben.

Als seine große Hand sich um meinen Fußknöchel schließt, stoße ich fast einen Schrei aus, weil es so real ist. Die Fantasie geht in die Wirklichkeit über und nimmt mich wieder gefangen. Ich hatte schon befürchtet, lachen zu müssen, aber zum Glück ist das nicht der Fall. Er ist zu leise, einfach zu gut, wie ein echter Einbrecher.

Seine Hand wandert zu meinem Knie. All die kleinen, empfindlichen Nervenenden melden sich bei diesen Berührungen. Sein Atem wird schwerer und schafft eine heiße Atmosphäre unter der Bettdecke, und das mögen die Nervenenden auch.

Jetzt ist seine Hand auf meinem Oberschenkel – eine Hand auf jedem. Er zwängt die Beine auseinander, damit er dazwischen Platz hat.

Ich verstoße gegen die Regeln und helfe ihm ein bisschen. Ich kann nicht anders. Ich platze bald vor Aufregung, nicht nur wegen des Szenarios, sondern wegen des kleinen Geschenks, das ich für ihn habe. Bei den Lichtverhältnissen unter der Decke wird er es wahrscheinlich nicht sehen können, aber er wird es gleich fühlen.

Ich frage mich, ob er es mit den Händen oder eher mit dem Mund ertasten wird. Spannung ist kein Schmerz, es ist Ekstase.

Und dann streichen seine Fingerspitzen sacht über das rasierte Delta zwischen meinen Schenkeln. Seine Reaktion kommt prompt und unwillkürlich, genau wie meine Reaktion auf die Laute, die er macht: ein langes, tiefes Raunen, das mich dazu bringt, die Hüften leicht anzuheben.

Ich habe ihn schon früher so raunen gehört, mit diesem Anflug von Erstaunen und Verzweiflung in der Stimme. Als würde er im Ungewissen versinken. Dieses Raunen gab er schon von sich, als wir gerade befreundet waren und im Bett herumtollten. Ich spürte, wie seine Erektion gierig über meine Schenkel rieb, und da beschloss ich, dass er als Antwort auf diesen Übereifer erst einmal einen schönen Blowjob bekommen sollte.

Doch das half nicht lange. Ich weiß noch genau, wie er sich entschuldigte: *Sorry, ich bin das ganze Wochenende schon so aufgegeilt, wenn du mich in diesen knappen Sachen so anmachst.* Da ging mir das Herz über und ein Zucken fuhr durch meine Muschi.

Meine Klamotten waren gar nicht so knapp, und mir war nicht bewusst gewesen, dass ich ihn anmachte. Aber ich kam ihm gern entgegen, als ich wusste, wie es in ihm aussah.

Genauso bereit bin ich auch jetzt für ihn. Ich denke, es ist nicht besonders abgedreht von ihm, denn alle Männer stehen doch auf eine Muschi, die schnell zu haben ist, oder? Wollen nicht alle schnell eindringen? Vielleicht fragt er sich, ob ich ihn genau dazu auffordere, und das könnte seinen Eifer noch anstacheln.

Langsam, fast bewundernd streichelt er mich dort.

Ich wette, am liebsten möchte er gucken, aber das ist nicht erlaubt, zumindest noch nicht. Nur ich darf die Decke wegziehen, nicht umgekehrt; also muss er sich damit zufrieden geben, meine bloße Pussy mit den Fingern zu erkunden.

Und mit der Zunge. Plötzlich leckt er mich dort, erst an einer Lippe, dann an der anderen; die Spalte in der Mitte lässt er aus. Aber das ist okay, denn er braucht ja nicht sofort ins Ziel zu treffen. Meine neue Nacktheit dort unten ist sehr empfindlich und mag seine Zungenstriche.

Ich winde mich für ihn. Ich winde mich, und er öffnet meine Labien mit der Zungenspitze. Er öffnet mich. Er guckt, wie viel ich aushalte.

Ich denke, er wartet vielleicht darauf, dass ich mehr verlange – so ist es meistens bei ihm –, aber diesmal tue ich es nicht. Er muss alles aus mir herausholen, muss mich aufwecken. Das sind keine neckende Spielchen mehr.

Zumindest braucht er *mich* nicht spielerisch zu necken. Für ihn wird es allmählich ziemlich hart. Da bin ich mir sicher, denn mit einem Mal drückt er seinen Mund auf meine Pussy. Mit beiden Händen umfasst er meine Schenkel und hält mich fest.

Und dann lässt er seine Zunge dort spielen, in meiner Spalte, an meinen Blütenblättern; er lässt sie da kreisen, wo ich am feuchtesten bin, taucht mit der Spitze in meine Höhle, die nicht ausgefüllt ist, ehe er meinen Knopf findet. Und da kann ich es kaum noch aushalten. Jetzt stöhnt er wieder, sein Mund vibriert an meiner überempfindlichen Muschi, und ich weiß auch, warum. Weil meine Klitoris wie eine Perle ist – sie ist hart und geschwollen und wartet auf seine feuchte Zunge.

Für einen kurzen Moment hört er mit dem Lecken auf, um mit den Fingern fühlen zu können. Er streichelt mich sanft, neugierig, und sprühende Funken tanzen über meine Haut. Er weiß, dass ich es kaum aushalte, wenn er die Kuppe berührt, die Stelle, an der mein Kitzler am empfindlichsten ist. Aber es fühlt sich so toll an, dass ich mein Stöhnen kaum zurückhalten kann.

Schließlich leckt er mich mit schönen, schnellen Zungenstrichen und dringt mit seinen langen Fingern in mich, und ich komme für ihn, wie von selbst. Fast rufe ich seinen Namen. Meine Hüften zucken, und ich beiße meine Zähne zusammen und zerfließe für ihn, wie er es am liebsten hat.

Aber jetzt kommt das Beste erst noch.

Ich bin zwar keine gute Schauspielerin, aber es fällt mir

nicht schwer zu kreischen. Schnell drücke ich meine Schenkel zusammen. Und so schlecht kann ich gar nicht gewesen sein, denn als er die Bettdecke wegstößt und ich Furcht vortäusche und wissen will, wer er ist und was er sich dabei denkt, sieht er verletzt und zerknirscht aus.

Er ist hin- und hergerissen, weil er richtig erregt ist. Dafür hat meine bloße, feuchte Muschi schon gesorgt.

»Nein, nicht«, sage ich ihm. »Nicht.«

Plötzlich sehe ich Verärgerung in seinen Zügen aufblitzen. Er wirkt trotzig. Es funktioniert prima, besser als ich dachte. Jetzt blafft er mich sogar an: »Was ist? Hat es dir nicht gefallen? Ich denke schon, und jetzt bin ich an der Reihe. Das ist doch nur fair, oder? Dass ich jetzt dran bin.«

Das sind genau die Sätze, die ich ihm in den Mund gelegt habe, aber er bringt es mit Überzeugung rüber. Das löst wieder ein Zittern in mir aus. Am liebsten möchte ich meine Beine für ihn spreizen, anstatt mich gegen seine großen Hände zu wehren, die an meinen Schenkeln ziehen.

»Du kannst nicht anders, oder? Du willst es doch. Sieh nur, wie feucht du bist. Wie erregt. Hat noch niemand dich mit dem Mund auf der Pussy zum Höhepunkt gebracht?«

Sein Schwanz wippt auf und ab, als er ihn herausholt. Ich habe ihm einmal gesagt, dass er es so machen soll, beim ersten Mal, als er sich über mich hermachte. Von da an war er ganz verrückt auf diesen Moment. Dann sagte er Dinge, die ich noch von keinem anderen Mann gehört hatte: »Ich liebe es, deinen Kitzler zu lecken. Ich mag den Geschmack deiner Fotze.«

Dieses Wort Fotze aus dem Munde eines Mannes, der damit etwas Tolles und Mächtiges meinte.

Ich schüttele stumm den Kopf, stumm vor Aufregung, doch ich muss so tun, als fehlten mir aus Angst und Verwirrung die Worte. Wer ist dieser grobe Kerl, der sich in mein

Schlafzimmer geschlichen und einen geheimen Weg zu meinem Herzen gefunden hat?

Und so weiter.

»Dreh dich um«, sagt er mit fester Stimme, fast im Befehlston. Die Worte jagen mir einen prickelnden Schauer durch den Körper. Schon bringe ich ein ängstliches, zittrig gesprochenes »Aber ich . . .« über die Lippen.

Doch dann packt er mich und dreht mich ruckartig auf den Bauch.

Natürlich kann er das problemlos. Er ist fast 1,90 Meter. Seine Hände sind größer als mein Kopf. Im Pool schwimmt er in fünf Sekunden von einem Beckenrand zum anderen. Und trotzdem ist es ein überwältigendes Gefühl. Ich keuche vor Schreck, schlage mit den Beinen nach ihm.

»Das magst du, nicht wahr?«, meint er.

Am liebsten würde ich ihm als Antwort entgegenschreien: »Soll das ein verdammter Scherz sein, mein schöner Muskelprotz? Es gefällt mir so toll, dass ich dich auf der Stelle vögeln will. Ich will mich mit meiner Muschi auf dein Gesicht setzen.«

Mein toller, dummer, weichherziger Muskelprotz.

»Nei-ein«, wimmere ich stattdessen, während mir die Säfte über die Schenkel laufen und ich ihm meinen nackten Arsch entgegenschiebe. Meine Pussy schwillt und öffnet sich für ihn, aber er drückt trotzdem meine Handgelenke in die Matratze. »Doch, doch, und jetzt wirst du gefickt«, entgegnet er.

Oh, Gott, ich gehe kaputt. Ich will ihn so gerne antreiben, endlich meine Pussy zu vögeln, aber das darf ich ja nicht. Denn darum geht es in meiner Fantasie nicht! Ein sexy Fremder soll seinen Schwanz in mich rammen, ein Fremder, den ich vielleicht absichtlich ein bisschen geneckt habe. Auf dem Flur. Auf der Treppe. Vielleicht habe ich meine Titten zu sehr aufblitzen lassen, als ich mich ein wenig zu weit vorgebeugt habe.

Dieser ganze Quatsch, den ich im Lebtag nicht machen würde. Außer mit meinem schönen Muskelprotz.

Doch er fällt immer schnell aus der Rolle, wenn er sich dann tatsächlich in mich treibt. Ich fühle, wie er leicht taumelt, und höre seltsame, kehlige Laute, die er von sich gibt: »Oh, mein Gott«, keucht er – weil ich so nass und geschwollen bin. Meine Muschi schließt sich eng um seinen Schwanz, quetscht ihn fast. Manchmal ist er einfach zu groß für mich.

Normalerweise fragt er mich dann immer, ob es okay für mich ist. Oder beschreibt, wie es sich anfühlt. Aber stattdessen stößt er nur zwei Worte aus: »Nimm ihn.«

Dagegen kann ich wirklich nichts einwenden. Ich schluchze nur ins Kissen und spanne meine Sexmuskeln um seinen Penis an. Ich will rhythmisch zurückstoßen, aber dadurch würde ich nur wieder vorpreschen und die Spannung verderben … aber warte, jetzt ist es auch egal. Ich will unbedingt wieder kommen, sodass ich schon mit den Titten über die Matratze reibe und versuche, die Hände frei zu bekommen. Und die ganze Zeit stelle ich mir vor, wie es aussieht, wenn er halb über mir ist und seinen Schwanz in meine rasierte Pussy versenkt …

Schon nach den ersten, kräftigen Stößen komme ich. Ich glaube, ich habe das Wort »bitte« hundertmal gestammelt und versuche, mich in Gedanken von dem Bett zu lösen … ich verlasse das Apartment, trete in ein anderes Universum. Kehlige Laute entweichen meinem Mund, Laute, die sich wie Weinen anhören, und obwohl er mich weiter von hinten vögelt – ich glaube, er hätte sowieso nicht mehr aufhören können –, spüre ich, dass er allmählich doch ein bisschen verunsichert und besorgt ist.

Seine Stöße werden etwas langsamer. Er wird zittriger.

»Tolle Show«, krächze ich, und schließlich hört er ganz auf. Er zittert vor Anspannung an meinen Schenkeln. Er lässt meine Handgelenke los und legt mir seine schweißigen und zitternden Hände auf den Po.

»Bist du okay?«, fragt er und stößt atemlos hervor: »Gott.«

»Hat es dir gefallen?«, taste ich mich vor, obwohl ich weiß, dass seine Antwort ein halbes Nein ist.

Er zögert.

»Mir gefiel . . . wie du reagiert hast.«

»Willst du noch mehr, big boy?«

»Ja. Ja.«

»Willst du meine rasierte Pussy vögeln?«

»Oh, Mann, ja, Lo, willst du ab jetzt so sprechen? Dann komme ich jeden Augenblick.«

»Und das willst du doch, oder nicht? Du hast es dir verdient, meinst du nicht?«

»Ich . . . vielleicht.«

Er scheint auf der Hut zu sein. Pass auf, man weiß nie, zu was man als Nächstes »Ja«, sagen muss.

»Nur vielleicht? Vielleicht reicht mir nicht. Hör mal zu, ich denke . . . du solltest noch nicht kommen. Wie wäre das?«

Fast verdirbt er alles. Fast.

»Das ist doch nicht dein –«, platzt er heraus, beherrscht sich dann aber. Er hat sich wieder ganz unter Kontrolle. Schluckt. Ich merke, wie er sich verspannt.

»Ja«, sagt er dann.


Ich kann nicht sagen, dass das immer schon meine Fantasie war. Aber ich mag das wirklich, wenn er so aufgegeilt ist, dass er nicht mehr weiß, was er mit sich machen soll. Insgeheim denke ich, er mag es, wenn er in dieser Weise geneckt wird – er kommt dann immer so heftig, wenn ich ihn ein bisschen in den Wahnsinn treibe –, aber das hier kostet ihn echt Kraft.

»Atme tief durch«, sage ich, als ich mir von ihm die Brüste einseifen und meine schöne Muschi waschen lasse. Er sieht sauer aus, als er meine Titten streichelt, aber als er meine rasierten Lippen wäscht, kann er nicht anders, er glotzt.

Ich entdecke den Anflug eines verwunderten Lächelns, als er meine geschwollenen Labien berührt, auch als er seinen erigierten Penis anders in der Hose positionieren muss, weil er den drückenden Schmerz kaum noch aushält. Mit einer Hand drückt er seine Eichel zusammen und summt für mich.

Als ich dann aus der Wanne steige, hat er ganz gerötete Wangen, und seine Glückstropfen befeuchten die Shorts.

»Ich schätze, dass du jetzt wirklich kommen möchtest«, sage ich, worauf er stöhnt und mit den Augen rollt.

»Du machst mich fertig.«

Ich denke, es ist Zeit für die zweite Sache, die ich mir heute für ihn ausgedacht habe.

»Geh ins Schlafzimmer«, sage ich ihm. »Und beug dich über das Bett. Nackt.«

Er presst die Lippen aufeinander – ist so frustriert und voller Wut auf mich –, aber da ist ein Lachen in seinen klaren Augen. Und als ich schließlich das Schlafzimmer betrete, hat er genau das gemacht, was ich von ihm wollte.

Im matten Licht sehe ich seinen hellen Körper, der echt männlich ist. Vielleicht ist er ein klein wenig zu dick, dass man nicht von einem perfekten Körper reden kann. Aber wenn ich ihn so ansehe, bekomme ich trotzdem immer ein prickelndes Gefühl. Vielleicht liegt es auch an seinem großen Körper, an seiner Schlaksigkeit.

»Na komm schon und tu, was du nicht lassen kannst, Gaffer«, sagt er.

Ich frage mich, ob er immer noch danach verlangen wird, wenn er erst mal merkt, was ihn erwartet.

Aber er wird nicht abgeneigt sein. Ich schätze, insgeheim will er es. Aber wahrscheinlich wird er Panik kriegen, wenn ich noch andere Szenarien vorschlage.

»Beine spreizen«, sage ich, und er gehorcht mit einem reumütigen, kleinen puffenden Laut.

Ich trete hinter ihn. Er verfolgt mich mit seinem Blick und beschwert sich, dass ich mir doch ein sexy Dessous hätte anziehen können – etwas anderes als das kleine, seidene Ding von vorhin. Ich erwidere, dass ich das bald tun werde, aber das scheint ihn auch nicht zufriedenzustellen. Wahrscheinlich ahnt er, dass er so schnell nicht kommen darf.

Als ich dann das, was ich brauche, aus der untersten Schublade hole – unsere Schublade mit den guten Sachen –, erstaunt er mich. Er platzt damit heraus, dass ich mich fast erschrecke.

»Willst du mich in den Arsch ficken?«

Bei seinem Tonfall schmelze ich dahin. Er klingt nervös, heiser vor Lust, ist jenseits seiner eigenen Grenzen. Er lässt die Hände flach auf der Matratze, aber ich merke ihm an, dass es ihn Kraft kostet, sich nicht anfassen zu dürfen. Es muss unerträglich sein. Für mich ist es auch unerträglich, dabei hatte ich schon zwei gewaltige Orgasmen.

»Willst du, dass ich das mache?«, frage ich, und er schüttelt den zotteligen Kopf.

»Heute geht's doch gar nicht um mich.«

»Ach, nein?«

»Okay, vielleicht auch ein bisschen«, meint er und lacht dann. Das höre ich gern! »Aber eigentlich geht es doch um dich und darum, dass du etwas von mir verlangst, worauf ich mich dann einlasse. Ohne zu fragen. Ohne zu sagen, ob ich es will oder nicht. Hatten wir es nicht so vereinbart?«

»Ich schätze schon. Aber ich weiß, dass ich dich noch besser zu Höchstleistungen antreiben kann, als du es je bei mir könntest.«

»Sei dir ja nicht zu sicher, Arschficker«, sagt er, und jetzt muss ich lachen. »Aber mach nur, mach nur. Bei dir war ich mir immer schon sicher.«

Es durchzuckt mich manchmal heiß, wenn ich merke, dass andere genauso über mich denken wie ich über sie denke.

Zärtlich streiche ich ihm mit einer Hand über den Rücken und spüre, wie er erschauert. Leise sagt er: »Ich weiß, ich weiß«, und irgendwie treiben mir diese Worte fast die Tränen in die Augen.

Was ziemlich witzig ist, weil ich gerade Gleitmittel und einen Analplug in der Hand halte.

»Geh sanft mit mir um«, sagt er mit verstellter Ich-werde-gleich-ohnmächtig-Frauenstimme, und wir kichern beide.

»Mach ich, versprochen«, antworte ich, während ich ihn schön einreibe und zwischen den Backen gleitfähig mache. Ich habe ihn schon mal dort verwöhnt, habe mit dem Finger gegen den Damm gedrückt und die Stelle ein bisschen erkundet. Einmal, in der Badewanne, bin ich einfach so mit dem Finger in den Anus geschlüpft und habe gelacht, als er mich mit weit aufgerissenen Augen anstarrte ... Augen, die sich dann vor Lust verengten.

Aber dies hier ist anders. Er will nicht stillhalten. Seine Hüften wackeln, und er stößt gegen meine forschende Hand, manchmal seufzend, dann wieder fast winselnd. Ich bin nach dem Spaß in der Wanne wieder richtig erregt, aber die Art und Weise wie sein Hintern bei meinen eindringenden Fingern wackelt, macht es noch schlimmer.

Er fühlt sich feucht und weich und seltsam an. Ich erforsche ihn und taste, aber wenn er weiter so vor und zurück zuckt, als würde er aufgespießt, fühle ich nicht viel.

Das soll reichen, denke ich. Zeit für größere Dinge.

Obwohl es ja gar nicht so groß ist. Vielleicht so dick wie zwei Finger, und es ist eher das kühle Material, das ihn aufschrecken lässt, und nicht die Größe. Während ich den Plug in sein enges Loch stecke, keucht er die ganze Zeit, wie kalt es ist – und das macht er für mich.

Schließlich sitzt der Plug perfekt; die Ausstülpung verhindert, dass er im Anus verschwindet. Seine Backen sind ein bisschen gespreizt, und der Plug sieht aus wie ein kleiner blauer Edelstein zwischen rosafarbener Haut.

»Sehr schön«, sage ich ihm. »Sieht gut aus. Und jetzt steh auf.«

Er atmet ein paar Mal kräftig durch und gehorcht. Es sieht linkisch aus. Er wendet sich mir zu, ebenso unbeholfen. Schweiß glitzert an seinem Haaransatz. Gesicht und Hals sind gerötet. Er tritt von einem Bein aufs andere, aber wohl nicht weil es ihm wehtut, sondern weil er es einfach ausprobieren will.

Aber ich frage trotzdem, wie es sich anfühlt, nur um sicherzugehen.

»Unbequem«, meint er, doch dann setzt er hinzu: »Gut.«

Sein zur Decke zeigender Schwanz verrät mir genug.

»Okay, und jetzt bereiten wir uns auf die Jeansparty vor.«

Seine Lider flattern zu.

»Ja«, sagt er.


Er kommt mit großspurigem Gang zu der Party. Geht wie John Wayne. Wenn John Wayne einen Analplug im Hintern hätte.

Ich mag diesen leicht schwankenden Gang und seinen Blick, der sich nicht verändert. Man könnte meinen, er grübele über einem schwierigen, mathematischen Problem. Ein-

oder zweimal, während wir uns in dem Ballsaal unter die Leute mischen, macht er einen Laut, den er nicht machen sollte. Doch er überspielt den Fauxpas mit einem Hüsteln.

Insgesamt schweigt er sich über die Sache aus. Es wäre ja auch schwierig für ihn, in einem Raum mit schicken Leuten zu sagen: »Lass mich endlich kommen.« Aber diesen Wunsch lese ich ihm von den Augen ab. Die ganze Zeit starrt er auf meinen Ausschnitt, den ich besonders anziehend für ihn ausstaffiert habe. Ich trage das Kleid, das er am liebsten an mir mag – es schmiegt sich an meine Rundungen und betont meinen Hintern.

Ich überlege, ob ich mit anderen Männern flirten soll, um ihn noch weiter zu quälen, aber ich will es auch nicht auf die Spitze treiben. Ich quäle ihn schon genug, wenn ich mir aufreizend über die rot geschminkten Lippen lecke und es seiner Vorstellung überlasse, was diese roten Lippen alles umschließen könnten.

Wenn er mich mit diesem brennenden, sehnsuchtsvollen Blick ansieht, gibt er mir das Gefühl, schön zu sein, aber das hier ist anders. Er will, dass ich schwach werde, und tatsächlich, lange halte ich es nicht mehr aus und überlege, ob ich damit aufhöre, ihn weiter zu quälen.

Bei seinem Blick aus dunklen Augen werde ich immer schwach. Obwohl ich dann nie genau sagen könnte, zu was mich dieser Blick verleitet.

»Entschuldige dich und geh ins Bad«, flüstere ich an seinem Ohr, als dieser schreckliche Langeweiler und seine dämliche Frau sich gerade übertrieben über die Zwiebelsorte auf den Miniquiches freuen. »Möglichst weit entfernt von der Party. Aber nicht so weit weg, dass wir nicht mehr entdeckt werden.«

»Wir?«, fragt er, und ich kichere in mich hinein, weil er so verstohlen tut. Fürs Heimlichtun und Flüstern ist er eigentlich zu groß und zu offen. Außerdem war er so scharf, dass er sich beim Trinken verschluckt und sich bekleckert. Vorsichtshalber trägt er vier Unterhosen, um die kleine Ausstülpung am Hintern zu verdecken.

Ich tätschele seinen Hintern, und er geht auf Zehenspitzen, aber er kapiert den Hinweis. Nur weiter, Liebling.

Ich halte es nicht für nötig, mich groß zu entschuldigen, als ich ihm folge.

Er versucht, mich mit finsteren Blicken zu strafen, um mir zu sagen: »Genug ist genug.« Aber da ist ein Zucken um seine Mundwinkel, und er verrät sich mit seinem fast tänzelnden Gang.

»Geduld war noch nie deine Stärke«, sage ich, als ich mich an die Tür des Badezimmers lehne. Trotz des stattlichen Hauses ist dieses glänzende, in Cremetönen gehaltene Bad eher klein. Neben ihm wirken die Toilette und das Bidet echt winzig. Mir bleibt kaum noch genügend Platz, um ihn gegen das Waschbecken zu drücken.

»Geht es dir darum? Willst du mir eine Lehrstunde in Geduld erteilen?«, fragt er. Er zuckt zusammen, als er mit dem Hintern gegen das Waschbecken stößt, aber die Tatsache, dass ich ihm vielleicht eine Lektion erteilen will, scheint ihn nicht zu beunruhigen. Er war schon immer dafür zu haben, eine Lehrstunde zu erhalten.

»Nein, Babe«, erwidere ich, während ich sein blaues Jackett aufknöpfe. Das Hemd, das er darunter trägt, fühlt sich schön dünn an. Darauf habe ich geachtet. Der tiefe Rotton lässt sein Haar noch dunkler aussehen. Darauf stehe ich. »Ich mag es, wenn du ungeduldig wirst.«

Er setzt ein breites Grinsen auf. Ich mag sein dämliches Grinsen.

»Und was soll ich jetzt tun?«

»Gib dich nervös, als würdest du jeden Augenblick damit rechnen, dass jemand ins Bad kommt«, antworte ich, ehe ich den Knopf und den Reißverschluss seiner Hose aufmache und die Hose nach unten rutschen lasse.

Er hilft mir bei den vier Unterhosen, aus denen er blitzschnell steigt. Fast hilflos fuchtelt er mit den Händen herum, errötet vor Aufregung, und stöhnt schon, bevor ich ihm überhaupt richtig nahekomme.

»Ich kann nicht länger warten«, seufzt er. »Ich kann kaum noch abwarten, dich zu fragen, ob du endlich loslegst.«

Das genügt, um mich weiter auf Touren zu bringen. Fast sage ich zu, ehe ich mir bewusst mache, dass ja ich an der Reihe bin.

Doch ich finde, ich kann ihn nicht weiter quälen. Sein Schwanz ragt bis zum Bauchansatz auf und ist so dick angeschwollen, wie ich es selten gesehen habe. Als ich mit der flachen Hand über die Spitze gleite, gibt er einen zischenden Laut von sich, als würde es wehtun. Vielleicht schmerzt er ja auch schon. Selbst als ich seine verspannten Bälle streichele, beißt er sich auf die Lippe und dreht den Kopf zur Seite.

Ich frage mich, ob er das auch so mit mir machen wird. Ob er mich an den Punkt bringt, an dem ich es kaum noch aushalte.

Oh, Gott, die Vorstellung ist toll. Ich beuge mich vor und lecke ihn ganz kurz, um ihm zu zeigen, wie gut sich das anfühlt. Seine Reaktion bleibt nicht aus, denn er zeigt mir gleich, was passiert, wenn ich über seine geschwollene, feuchte Eichel lecke: Er stößt einen erstickten Laut aus und versucht, mir den Schwanz in den Mund zu schieben.

Und ich komme der stummen Bitte nach. Gehorche ihm in einer Weise, die ihn noch ein wenig weiter quälen soll – ich sage ihm, er solle mein Gesicht vögeln.

Natürlich will er das nicht. Einmal ließ er sich ein bisschen treiben und machte es, aber dann bekam er Panik. Er meinte einfach, ich würde es hassen, würde ihn hassen, und war noch verwirrter, als ich sagte, es gefalle mir. Ich weiß noch genau, was er sagte: Dass er es nicht mochte, grob zu sein, und er wollte nicht, dass ich es toll finde, wenn er grob ist.

Bis ich ihm erklärte, dass es nicht um die Grobheit geht, sondern darum, dass er die Kontrolle verliert.

»Na los, und lass los«, sage ich ihm jetzt. Und er antwortet nur: »Ja. Ja.«

Erst bücke ich mich wieder, aber dann knie ich mich hin. Nach dem anfänglichen Lecken und Erkunden lässt er sich gehen. Ich entspanne meinen Kiefer und meinen Hals und lasse ihn fester vor- und zurückstoßen. Ab und zu umfasst er meinen Hinterkopf, weil er noch mehr Körperkontakt will, aber das wird alles unwichtig, als ich zwischen seine Beine greife und das blaue Teil drehe.

Sofort schnellen seine Hände zum Waschbecken. Er stöhnt aus tiefster Kehle für mich. Ich schmecke das Salzige an seiner Schwanzspitze; er fühlt sich dick und fleischig in meinem Mund an. Als ich meine Zunge spielen lasse, zuckt sein Penis und scheint noch stärker anzuschwellen.

Er stöhnt und keucht und gibt ein ganzes Wirrwarr von Lauten von sich. Hin und wieder entweichen ihm Worte, bei denen ich noch erregter und feuchter werde als ich sowieso schon bin. Manchmal bringt er mich schon zum Höhepunkt, wenn er beschreibt, was er gerade macht.

»Leck mich – oh, yeah, das ist so geil. Dein Mund ist toll. So nass und rot.«

So nass und so rot, dass seine helle Haut besudelt wird. Es sieht schmutzig und sündig aus.

»Dreh es ... dreh noch mal – oh, Gott. Das fühlt sich so ...«

Er braucht mir nicht zu sagen, wie es sich anfühlt. Ich weiß es, weil ich spüre, wie er mir seinen Steifen in den Mund drückt. Seine Hände finden keine Ruhe; manchmal streicheln sie über meine Nippel, dann über meine Wangen und geöffneten Lippen.

Dann beginnt er zu zittern, als ich seinen Schwanz am Schaft mit einer Hand umschließe, direkt über seiner Hand. Ich zwinge ihn, sich selbst zu massieren, und er stöhnt laut. Zu laut. Seine Worte vibrieren.

»Saug mich, lutsch mich fest – ich komme gleich«, keucht er, und ich weiß, dass es stimmt. Und daher ist es Zeit für den Gnadenstoß. Noch eine kleine Sache, die er sonst nicht mag. Eigentlich gar nicht so ungewöhnlich, aber ich mag es, weil es noch etwas Neues für uns ist.

Ich ziehe mich zurück, atemlos und ganz erhitzt, gerade als er am ganzen Körper zittert, kurz vorm Orgasmus. Die Hand bleibt noch an seinem Schaft. Und dann sage ich ihm: »Spritz mir ins Gesicht.«

Ihm bleibt nicht mal Zeit, Ja zu sagen. Seine Hüften und sein Schwanz zucken, als ich ihn mit unseren Händen massiere. Er spritzt unmittelbar danach, und Laute völliger Ekstase kommen ihm über die Lippen. Sein Sperma läuft mir dick über die Wangen, über die geschlossenen Lider, und als ich den Mund öffne, lässt er mich noch mehr von seinem Saft schmecken.

Ich habe den perfekten Zeitpunkt abgepasst. Er ist sehr freigiebig mit seiner Zuwendung.

Und während er noch matt an dem Waschbecken lehnt, sagt er mir, wie ausgesprochen verdorben ich doch sei. So durchtrieben, dass er sich eine angemessene Strafe für mich ausdenken wird.

Vielleicht straft er mich auf eine Weise, an die ich jetzt noch nicht denke. Vielleicht ist es eine Bestrafung, die sich meiner Vorstellungskraft entzieht.

Aber ich will mir das auch gar nicht vorstellen können. Ich will mich überraschen lassen, so wie er jetzt, als ich ihm mein schön verziertes Gesicht entgegenhebe und ihn auffordere, mich sauber zu lecken.

# Du schmutziger Widerling

Mein Mann sieht einfach gut aus. Er sieht sogar so gut aus, dass ihn alle Frauen in jedem Restaurant, in das wir gehen, schamlos anstarren.

Aber es geht ja nicht nur darum, dass er gut aussieht. Gott, nein. Er ist außerdem fit, groß, perfekt gebaut eben – nicht zu viel Muskeln, nicht zu dünn. Er trägt toll geschneiderte Anzüge, die sich wie eine Geliebte an ihn schmiegen; sein Haar ist voll und glänzend und tadellos frisiert. Ich kann ihn gar nicht überschwänglich genug beschreiben: Er verdient zweihunderttausend Pfund im Jahr, er hat ein männliches, kantiges Gesicht, breite Schultern, an ihm ist nichts auszusetzen.

Im Gegensatz dazu ist sein Freund Colin rein äußerlich eine Katastrophe. Das sieht man auf den ersten Blick.

Colin ist keine 1,70 Meter groß. Selbst wenn er sein Haar kämmt, steht es ab. Er sieht immer aus, als habe ihm jemand durchs Haar gerauft. Nie rasiert er sich; ich bin mir auch nicht sicher, ob er duscht. Seine Klamotten sind jedenfalls nie gebügelt. Sein Gesicht ist zu spitz, sodass er wie ein Gnom aussieht, den man mit einem Typen gekreuzt hat, der irgendwo in der Frittenbude arbeitet. Einmal sah ich, dass er nicht bloß seltsame Socken, sondern auch seltsame Schuhe trug.

Trotzdem wünsche ich mir, dass ich weiter mit ihm vögeln kann.

Ich betrüge meinen Mann mit einem Typen, der Löcher in

seinen Unterhosen hat. Mit einem Kerl, der Reiscrisps im Bett futtert – Reiscrisps, die dann oft in besagtem Bett bleiben. Ich weiß es, denn während wir bumsten, spürte ich sie an verschiedenen Stellen meines ansonsten sauberen und parfümierten Körpers.

Ich meine, er ist nicht mal charismatisch. Er ist manchmal erbärmlich, dann tritt er wieder unangenehm laut auf, und auf Partys quatscht er dich mit den dämlichsten Sachen voll. Erzählt von Mopeds und ihrer Geschichte.

Aber mein Gott, ich hatte noch nie die Gefühle verspürt, die er an einem verregneten Sonntagnachmittag in seinem abgewohnten Apartment in mir hervorrief.

Ich kam eigentlich nur vorbei, um die Unterlagen abzugeben. Er ist freiberuflich als Berater tätig – berät Firmenkunden bei allen möglichen technischen Dingen. Das würde man ihm gar nicht zutrauen. So arbeitet er auch oft für die Firma meines Mannes. Ich sollte die Unterlagen also eigentlich am Montag vorbeibringen.

Den ersten Schrecken bekam ich, als ich klingelte: Er öffnete die Tür in Unterhose und putzte sich die Zähne.

Nicht besonders sexy – seine Unterhose war nun wirklich nicht sexy – und doch … in diesem Augenblick muss ich wohl etwas Besonderes gespürt haben. Ich weiß, dass mir durch den Kopf ging: »Gott, er ist echt so abstoßend, wenn er so an die Tür kommt. Was ist er doch für ein Arsch.«

Aber offenbar muss mir auch aufgefallen sein, wie klasse sich seine Unterhose im Schritt wölbte. Denn als wir später bumsten, war ich überhaupt nicht überrascht, was für einen großen Schwanz er hat. Und das obwohl der Typ ja eigentlich ziemlich klein und eher schmächtig ist.

Das passt alles gar nicht zusammen. Was er zu mir sagte … ich weiß auch nicht, wie es dazu kam, dass ich das alles mit mir machen ließ. Ich weiß nicht mal, was ihn dazu brachte, es zu sagen, aber er war ja immer schon ein abgedrehter Kerl. Ein selbstsicherer, vertrottelter Typ, der sich keinen Kopf macht über das, was er so von sich gibt.

Es scheint ihm nichts auszumachen, wenn andere Leute die Augen verdrehen. Er war nicht verwundert, als ich die Augen verdrehte, nachdem ich mich gebückt und etwas vom Boden aufgehoben hatte. Da meinte er nämlich: »Gott, was für tolle Titten du hast! Diese Dinger würde ich gerne ficken.«

Natürlich verdrehte ich da nicht nur die Augen. Ich haute ihm eine runter, und zwar mit einem Teil der Unterlagen, die ich aufgehoben hatte. Und als er dann keinerlei Reue zeigte – und sich einfach nur mit dem Ellbogen gegen den Angriff schützte und dabei halb lachte –, schlug ich erneut nach ihm und nannte ihn ein dreckiges, kleines Tier.

»Nur zu, straft mich ab mit Eurem feinen Akzent, Mylady«, antwortete er.

Bis dahin hatte ich noch gar nicht gewusst, dass ich angeblich mit einem feinen Akzent sprach. Ich hätte fast gelacht, als er mich mit »Mylady« ansprach. Es klang so lächerlich und unsinnig, aber natürlich war das typisch für ihn.

Ich schlug ihn wieder, nur um zu sehen, was er jetzt wieder sagen würde. Und natürlich machte er weiter. Er stellte einige Fragen: »Drückt er dich manchmal aufs Bett und schneidet dir die tollen Strumpfhosen und Röcke mit einer Schere vom Leib? Ich würde mein rechtes Auge geben, wenn ich dafür die Schere benutzen dürfte. Vögelst du mit ihm in diesen Schuhen? Ich schätze schon, du kleines Luder.«

Und er redete weiter und weiter, während ich ihn durch das Zimmer scheuchte und mit den Akten meines Mannes nach ihm schlug. Aber er war einfach zu geschickt und wich immer aus. Er ist so schnell wie ein Vogel, und immer wenn ich daran denke, wie er mich beleidigte, verwandelt er sich in meiner Fantasie in einen dieser bösen Faune aus der Mythologie. In diesem Moment hatte er etwas Göttliches an sich, als wüsste er, dass er mich quälte und sich über mich stellte. Was für Narren diese Sterblichen doch sind, könnte er gedacht haben.

Ich sagte ihm, dass er sich auf meine Kosten über mich lustig machte, und erst da zeigte er sich zerknirscht. »Oh, ich albere doch nur herum, Cleo. Ich glaube, du hast viel zu selten Spaß, das ist alles.«

Diese letzten Worte saßen. Er glaubte wohl, ich schwieg und presste die Lippen aufeinander, weil er mich veralberte. Ich hielt meine Tränen zurück. Es lag an seinen Worten. Ich hasse diese Worte. Ich hasse ihn immer noch dafür.

Dann versuchte er, einen Arm um mich zu legen. Einen nackten Arm! Er roch stark nach Schweiß und Zahnpasta und nach den Unmengen Shampoo, die er bei seinem zotteligen Haarschopf braucht. Ich stieß ihn von mir.

Es durchfuhr mich, als er plötzlich verletzt aussah. Er hat sehr große Augen, sodass man ständig glaubt, sehen zu können, was er gerade fühlt. Doch es ist ihm vollkommen egal, was die Leute denken, und daher weiß man eigentlich nie, was er fühlt. Doch in diesem Moment schimmerte etwas von seinen Gefühlen durch.

Er mochte mich mehr, als es angemessen war. Das Wort *angemessen* erschien in großen roten Lettern auf den Innenseiten meiner Lider, kurz bevor ich ihn packte und seinen Zahnpasta-Mund probierte.

Wir schafften es gerade noch ins Schlafzimmer. Ich weiß nicht mal mehr, wie wir dorthin gekommen waren oder was mir noch durch den Kopf ging. Ich glaube, ich dachte an nichts.

So sitzen wir also jetzt im Zug nach Holtley. Mein Mann ahnt nicht, dass ich zusammen mit Colin fahre, um ihn bei dieser großen Konferenz zu treffen. Ich hatte ja selbst keinen Augenblick daran gedacht, zusammen mit Colin zu fahren, bis der Autopilot in meinem Kopf es so arrangiert hatte ... und zwar mithilfe unschuldiger Fragen wie »... und, kommt Colin auch zu der Konferenz?«.

Er ist immer ganz begeistert und aufgeregt, wenn ich in seiner Nähe bin. Und ihm fällt immer wieder was Neues ein – ich weiß es. Einer der Gründe, warum ich mich immerzu in dieser Weise erniedrige, ist, dass er unglaublich erfindungsreich ist und immer direkt mit seinem schmutzigen Kram herausplatzt. Anders als mein Mann, der sich bei abgedrehten Pornos einen runterholt, aber dann nicht bereit ist, seine perversen Geheimnisse mit mir zu teilen.

Ich muss dann so tun, als wüsste ich nicht, dass er jemanden in den Arsch ficken will.

Colin hingegen sagt es frei heraus: »Ich will dich anal nehmen.«

Ich erröte, als er im Speisewagen meinen Blick einfängt, denn ich erinnere mich an seine Worte, die er im Dunklen sagte, als mir mein Slip schon um die Fußknöchel hing. Ich war auf Händen und Füßen, er war über mir und flüsterte an meinem Ohr. Ich hatte ihm nicht geantwortet. Ich antworte ihm nie. Wenn ich ihm antwortete, dann würde ich vielleicht Nein sagen.

Stattdessen keuche ich ins Kissen und versuche, an andere Dinge zu denken. Doch das ist ziemlich schwer, wenn einer deine hinterste Öffnung mit einem feuchten Finger umkreist. Seltsam, ich komme am meisten in Fahrt, wenn ich ihn diese Dinge sagen höre, während er mich an einer Stelle verwöhnt, wo mich noch nie jemand in dieser Weise berührt hat. Dinge wie »Du kannst jederzeit sagen, dass ich aufhören soll« und so weiter. Und dann später, viel später nach qualvollen Verzögerungen und Spielereien und Kommentaren wie: »Du bist so eng und heiß – hat er dich nie hier gefickt? Ich schätze, mein Arsch wurde schon öfter gefickt als deiner.« Später, als er stöhnend seinen Schwanz in mein Loch schob und mein schockiertes Gestöhne hörte, sagte er: »Du willst doch nicht, dass ich aufhöre, oder, du kleines Luder?«

Nein. Nein, eigentlich nicht. Vielleicht. Vielleicht, Gott, oh, ich weiß es nicht. Ich lasse mich vom besten Kumpel meines Mannes in den Arsch ficken. Ich lasse mich danach in den Arm nehmen, hauptsächlich weil ich so aufgeputscht bin und stark zittere, als hätte ich gerade einen Sturz aus großer Höhe überlebt. Und weil er wirklich wie jemand war, der jemanden tröstet, der aus dieser Höhe stürzte.

Er nahm mich in den Arm, tätschelte mich beruhigend und meinte: »Ganz ruhig, es ist alles in Ordnung. Was ist los? Es tat doch nicht allzu sehr weh, oder?«

Nein. Es tat überhaupt nicht weh, wirklich – vermutlich weil er so vorsichtig war. Er redet zwar manchmal schroff und schmutzig und direkt, aber trotzdem ist er so sanft.

Und irgendwie fängt mein Herz an zu pochen, wenn ich mir das bewusst mache. Es hämmert richtig in meiner Brust. Ich habe das Gefühl, genauso zu zittern wie nach dem Fick. Daher bin ich dankbar, als er sich durch die Leute seinen Weg zu mir bahnt, zwei Drinks über den Köpfen der anderen balancierend. Er sieht so unmöglich wie eh und je aus. Das Hemd guckt an einer Stelle aus seiner Hose.

»Hier kommen die Drinks«, sagt er, und das Pochen nimmt ab. »Hast du schon einen Platz.«

Ja, ich habe einen Platz in einem kleinen Abteil. »Erste Klasse natürlich«, meint er und ahmt den feinen Akzent der Oberschicht nach. »Immer nur das Beste, wie?«

»Cheers«, antworte ich, worauf wir mit dem furchtbaren Wein anstoßen. Ich sehe Colin nicht an, sondern gucke zum Fenster hinaus.

»Spielen wir wieder dieses Spiel?«, will er kurz darauf wissen, und ich bin froh, dass er nicht merkt, dass ich ihm kurz einen Blick zugeworfen habe. Denn dann wüsste er, dass ich wieder diesen schmerzvollen Ausdruck in seiner Miene gesehen habe.

»Welches Spiel?«

»Das Spiel, bei dem du so tust, als würdest du mich nicht mögen. Und dann muss ich dich zu etwas überreden.«

So verbittert habe ich ihn noch nicht erlebt. Obwohl ich mir nicht sicher bin, ob er wirklich so verbittert ist. Es hört sich eher danach an, als würde er sich zu einer Herausforderung antreiben. Oder vielleicht mich.

Sein Bein streift meins. Irgendwie furchtbar, aber mir gefällt's. Ich muss an letzte Woche denken, als wir im Kino waren und schöne Körper sahen, die vorgaben, einander zu genießen. Doch die Kamera blendete aus, als es erst richtig interessant wurde. Und dann flüsterte er im Dunkeln neben mir: »Sollen wir weitermachen, wo die aufgehört haben?«

Ich hatte nichts dagegen. Aber dann forderte er mich auf, mich selbst anzufassen, und ich schaffte es nicht. Das sagte ich ihm auch, aber er lachte nur. Allerdings hatte er überhaupt nicht gelacht, als ich ihm erzählte, dass ich mich noch nie angefasst hatte.

Dieser Blick! Als hätte er nie von einer erwachsenen Frau gehört, die noch nie masturbiert hatte. Als ich diese schockierte, leicht herablassende Miene sah, rutschten mir ein paar bissige Sachen heraus, aber die Spitzen saßen nicht.

Zumindest gab er mir nie das Gefühl, ich müsse mich für diese hässlichen Worte schämen.

Stattdessen gab er mir ein Geschenk. Ein schön eingepacktes Bunny. Ganz für mich.

Ich erzählte ihm nicht, dass ich mich nie getraut hatte, eins zu kaufen. Oder dass ich nie den Mut hatte, Dinge zu kaufen, die ich angeblich nicht mag – erotische Bücher und den *Playboy*, von dem ich einmal viele Ausgaben im Schuppen meines Vaters fand. All diese schmutzigen Artikel und Fotos, die meine Teenager-Welt auf den Kopf stellten; geblieben ist das Gefühl, das ich damals verspürte.

Ich weiß nicht, warum ich mich nicht mehr so fühlen wollte.

Aber dann war es einfacher, als ich gedacht hatte.

Erst konnte ich es nicht. Ich trank zwei Glas Wein und ließ mir von ihm die Schultern mit Öl massieren. Ich war immer noch nicht bereit. Er verband mir die Augen und flüsterte an meinem Ohr, wie sehr er es liebte, mich zu vögeln, wie sehr er auf meine weiche, feuchte Pussy stand und, oh, wie nass ich würde, wenn er mich leckte … es sei doch gar nicht schwer … vielleicht genügte ja schon sein Schwanz in meinem Mund in einem dunklen Kinosaal …

Und da klappte es bei mir.

Er muss erst schmutziges Zeug reden – und den Schwanz an einem öffentlichen Ort herausholen wie ein geiler alter Sack. Dann kann ich mich hinknien und seinen Schwanz in den Mund nehmen, und danach kann ich mich mit allen möglichen Sexspielzeugen ficken, die er mir mitgebracht hat, und zum Schluss kann er sich dann noch über mich hermachen.

Er zwingt mich dazu, mein Gesicht nicht mit dem Laken zu bedecken, wenn er anfängt. Aber eigentlich ist es kein Zwang, weil er ja erst so schmutziges Zeug geredet hat.

»Du bist nicht wirklich verrückt, oder?«, frage ich ihn, weil er so komisch guckt. Auf seine Art ist er eben verrückt. Und er bestätigt meinen Verdacht noch, indem er mir einen Seitenblick zuwirft und so seltsam grinst.

»Genau, Höschen aus, damit ich dir den Hintern versohlen kann«, sagt er, nachdem er mich eine Weile mit diesem katzenartigen Grinsen verwirrt hat.

Natürlich muss ich lachen. Er ist schon ein komischer Typ – wie sollte ich da nicht lachen? Aber dann starrt er mich einfach nur an mit seinen großen, funkelnden Augen, und mir wird ganz warm. Meine Haut fängt an zu prickeln, wie damals als mein Mann mich nach Südfrankreich mitnahm und ich dann zu lange am Strand lag. Ich bin nicht wirklich verbrannt – Sonnencreme ist mir immer ganz wichtig. Aber es prickelte eben am ganzen Körper.

»Mach dich nicht lächerlich«, sage ich zu ihm, aber er lacht nur, als wäre es wirklich nur lächerlich.

»Trotzdem, zieh dein Höschen aus.«

Das hat er wirklich zu mir gesagt! Ich werfe ihm einen wütenden Blick zu, aber dadurch wird er nur noch durchtriebener und verschlagener – jetzt legt er mir eine Hand auf den Rock, und ich werde ihn wohl nicht daran hindern ...

Er streichelt den Stoff, der sich über meiner Pussy spannt, sodass ich das Gefühl habe, der Rock lege sich noch enger um meinen Körper. Fast glaube ich, der stramme Stoff drückt mir alle weichen Stellen ab. Ich protestiere, rutsche hin und her. Und ich bringe heraus: »Du zuerst! Du zuerst!«

»Also Gentleman first?«, neckt er, aber er weiß, was ich meine. Jeder hätte längst verstanden, was ich meine. Kapiert er denn nicht, was ich brauche?

Natürlich kapiert er's. Mein Mann würde mich bloß verständnislos anstarren und die Hose anlassen, aber während

Colin mich auf die Knie zwingt, sehe ich, dass er seine Hose auszieht. Er streift sie sich schroff nach unten, doch meine bloßen Knie reiben über den groben Stoff der Sitze; es brennt widerlich.

Ich meine, kleine Blumenmuster auf den Bezügen zu spüren. Die Unebenheiten fühlen sich an wie zerknüllte Crisppackungen. Meine Beine sind gespreizt.

»Oh, wunderbar«, sagt er, als die kühle Luft meinen fast nackten Hintern umweht. Ich stelle mir vor, was er jetzt sieht, und mein Gesicht läuft so rot an wie die lackierten Wände des Abteils: Ja, er sieht meine geschwollenen Pussylippen, die aus dem Gefängnis des Stoffes ausbrechen wollen. Ehe er überhaupt etwas sagt, ahne ich, dass meine feuchte Muschi nicht zu übersehen ist.

»Was ist das alles hier?«, fragt er, bevor er mit dem Finger auf die Stelle drückt, die ich besonders durchtränkt zu haben scheine. Die Fingerspitze ist gefährlich nah bei meinem hintersten Loch, und ich zucke zusammen.

Aber ich entspanne mich ein wenig, als ich etwas an meinen Schenkeln spüre, das sich weich und hart zugleich anfühlt. Wie seidig er sich anfühlt!

Ich denke kurz an den Schwanz meines Mannes. An die geschwollenen Venen, die durchschimmern und wie die Unebenheiten der Sitzfläche zu spüren sind. Doch sein Schwanz ist nie so weich und toll, wenn er ihn an mir reibt, ihn an mich presst.

»Wir können hier jetzt nicht Sex machen«, zische ich, aber dafür ist's inzwischen zu spät. Denn er ist schon mit seinen beweglichen Fingern im Bündchen meines Slips und zieht mir das Höschen bis zu den Fußknöcheln herunter. Ich bewege mich zu dem rhythmischen Rattern des Zuges und schließe die Augen. Mit geschlossenen Augen protestiere ich weiter, und die Worte fließen alle ineinander zu dem *Klacketi-*

*klack* der Räder auf den Schienen: »Nein, kannst du denn nicht aufhören, oh, du abscheuliches, kleines Tier.«

Bei dem Wort »Tier« lacht er, während er mit den Fingern eine rutschige Spur zwischen den Lippen meiner Pussy schafft. Nur kurz streift er meine Klitoris und gleitet zurück, sobald ich hin und her wackle. Dann wiederholt er das Ganze, während ich ihm erzähle, dass alle Kollegen meines Mannes hier im Zug sind; jemand wird uns sehen, der Zug ist voll, *Klacketi-klack*.

Ich bin mir sicher, dass er wieder dieses zufriedene Katzengrinsen aufgesetzt hat und den Anblick meiner alles fühlenden und geschwollenen Pussylippen genießt. Und das auch noch von hinten, weil es dann besonders verdorben ist. Meine Absätze zeigen zur Abteiltür, der Rock bauscht sich um meine Hüfte, und ich sehe wie eine Spielzeugpuppe aus, die lang über dem Sitz liegt.

Ein Teil von mir sitzt fröhlich lächelnd und mit artig im Schoß gefalteten Händen im Abteil; mein Stirnreif hält alle Haare zurück. Und mein goldiger Mann sitzt neben mir, perfekt gestylt wie immer.

Ich drücke mich gegen Colins Mund. Mir entweichen Laute, die mir sonst nie über die Lippen kommen, und es klingt wie das erregte Miauen einer Katze. Doch das bin ich, die da so stöhnt. Ich bin eine heiße Katze und reibe mich an dem Gesicht des Katers. Gleich wird er mich besteigen, und was soll ich dann bloß machen? Ich weiß gar nicht, wo ich dann mein Gesicht verbergen soll, und diesmal, oh Gott, müsste ich das vielleicht tun. Ich muss mich nicht nur vor mir selbst verstecken – jeder könnte uns hier erwischen.

»Bist du so weit?«, will er wissen. Ich hätte nie gedacht, dass mich das einer je fragen würde. Und bestimmt hatte ich nicht damit gerechnet, diese Worte aus einem Mund zu hören, der von meinen Säften getränkt ist.

Ich brauche nicht einmal hinzugucken, um zu wissen, wie nass sein Mund jetzt ist. Ich weiß ja, was er macht und wie er es macht; ich habe ihn schon einmal so hocken sehen, mit glänzendem Mund und völlig unbefangen. Manchmal leckt er sich die Lippen, als würde ich wunderbar schmecken.

Wie schmutzig und verdorben und abscheulich.

»Ja, du bist wirklich bereit«, stellt er fest.

Jetzt ist sein Schwanz eher schmierig als weich, glitschig und mit Gummi gewappnet. Er hat immer ein Kondom dabei. Es wird ihm auch nie zu viel, eines zu benutzen – aus meiner Sicht ist er da recht praktisch veranlagt.

Ich weiß auch nicht, warum seine sachliche Herangehensweise mich umso stärker erregt. Sobald ich das Gummi spüre, höre ich auf, mit dem Hintern zu wackeln, stoße zurück und warte auf den Moment, wenn sein toller Schwanz mich dehnt. Ich schaue zur lackierten Wand und stelle mir vor, wie all die schick angezogenen Geschäftsleute uns durch das Fenster in der Schiebetür angaffen. Wie sie auf meine Spalte starren, die in Feuchtigkeit ertrinkt.

Und dann füllt mich sein dickes Ding aus.

Und alle Gaffer wünschen sich, sie wären an Colins Stelle. Alle wollen sie meine Muschi mit ihren dicken Schwänzen dehnen, mich mit dem Gesicht auf das Sitzpolster drücken und meinen Hintern umfassen, wie Colin es bei mir macht. Er bohrt mir seine Finger in die Backen und zieht mich zu sich, und ich wimmere und beschwere mich fast.

Aber meine Vorstellungskraft beschwert sich nicht. Meine Gedanken werden immer zügelloser: Ich sehe die Männer Schlange stehen an der Abteiltür, denn sie wollen mich alle so von hinten nehmen und tief in mir abspritzen … wollen meine Pussy weiter dehnen für den Nächsten – ja, ja, ja.

Ja, Gott, ja, Colin, fick mich, fick mich hart.

Natürlich stöhne ich das alles. Aber ich schätze, ich glaube nicht wirklich daran oder will es vielleicht gar nicht. Ich bin gar nicht so verdorben. Denn als er mich auffordert, etwas zu machen – etwas Zahmes im Vergleich zu der Vorstellung, von irgendwelchen Kollegen meines Mannes gefickt zu werden –, kriege ich es nicht hin.

Ich lüge sogar, denn ich kriege es überhaupt nicht hin. Ich winsele »nein, nein, nein«, während sein Penis in mir zuckt und reibt – er fickt nicht wie mein Mann, sondern reibt sich an mir, stößt und verzögert und genießt es.

Und ich genieße ihn, auch wenn ich immer noch vor mich hin winsele.

»Weiter«, treibt er mich an. »Sei kein Spielverderber.«

Jetzt könnte man meinen, dass er das wie beiläufig fallen lässt. Dass er immer noch dieser frohgelaunte, sorglose Typ ist, der vielleicht gar nicht richtig bei der Sache ist. Aber, Gott, der Tonfall seiner Stimme ist so viel besser als der Wortlaut vermuten lässt. Er spricht zu hoch und presst die Worte heraus, als habe er Bedenken, dass ihm die Stimme versagt.

Ich weigere mich, trotz der Überredungsversuche.

»Nimm . . . einfach die Hände zurück . . . ist so einfach wie Brote schmieren.«

Ich beiße die Zähne zusammen, stemme mich gegen die Wogen der Lust, die sich durch meinen Körper schlängeln. Er drückt so toll gegen meinen süßen Punkt in mir, den es nicht gibt. Ich weiß, dass er nicht existiert. Mein Mann hat sich schon so oft in mich getrieben und mich nie dazu gebracht, dass ich mir auf die Lippe beiße.

»Nein. Nein. Gleich sieht uns jemand. Alle gucken zu! Nein!«

»Dafür ist es jetzt ein bisschen zu spät.«

Ich kriege sofort Panik – was auch sonst?

»Guckt schon einer? Guckt schon einer?«, keuche ich, aber er streichelt meinen Rücken, ehe ich noch komplett die Kontrolle verliere. Ich spüre, was er mir mit dieser Geste bei all dem Gestoße sagen will. Er will mich beruhigen, mich aufbauen.

Eigentlich seltsam, aber bei ihm ist das alles möglich.

»Da ist niemand, ehrlich. Keiner interessiert sich hier für uns. Und würde ich dich nicht warnen, wenn jemand käme?«

Ja, das würde er tun. Ich weiß es. Aber selbst in dieser letzten Frage schafft er es wieder, etwas Durchtriebenheit mitschwingen zu lassen. Als würde er mir eben doch nicht Bescheid sagen, wenn jemand an der Tür wäre ...

Ich mache, was er von mir will, und lege meine Hände auf meine Pobacken. Ich muss mich wohl noch daran gewöhnen, einfach so zu gehorchen, aber er presst sich gegen mich, als ich die Hände so positioniert habe, wie er es haben will.

Wie eine Umarmung, denke ich, und fühle mich plötzlich schwindelig und aufgedreht.

»Weiter«, sagt er. »Mach weiter so.«

Meine Wange ist nun auf die Sitzbank gepresst, und morgen wird man bestimmt das Muster des Bezuges auf meiner Haut sehen können. Ich kneife die Augen zu und presse die Lippen so fest zusammen, dass ich schon Angst habe, dass sie gleich bluten. Aber irgendwie schaffen es all diese Empfindungen zusammen – das Scheuern an meiner Wange, die Enge, meine Hände, die meine Pobacken drücken –, dass sich etwas in mir regt. Niemand könnte sich noch mehr erniedrigen als ich in diesem Augenblick, aber ich brauche mir nur vorzustellen, wie wir beide jetzt aussehen, und schon krampft sich meine Pussy um seinen Schwanz zusammen.

Ich muss weitermachen. Ich winde mich von rechts nach links und kann eben an die Stelle fassen, die er diesmal nicht ausbeutet. Das kleine Loch erinnert sich aber noch genau und beginnt zu flattern, als ich mich dort berühre.

Ich hab mich da noch nie angefasst. Aber mir wird ganz schwummrig, wenn ich es ausprobiere. Noch schwindliger wird mir, als er seinen Finger um meinen legt, glitschig von meinem Saft, sodass alles schön gleitet.

Und schon mache ich genau, was er von mir will: Ich fingere mein hinterstes Loch, während er meine Pussy vögelt, in einem voll besetzten Zug nach Holtley.

Ich glaube, es liegt daran, dass er mich plötzlich anfleht, zu kommen ... mit heiserer Stimme. Das macht mich noch schärfer. Einmal die Tatsache, dass er mich bittet, dann der Druck, schnell sein zu müssen – mein Loch schließt sich eng um meine Fingerspitze, während meine Pussy versucht, den dicken Schwanz zu verschlingen. Noch nie hatte ich so starke Orgasmen wie die, zu denen Colin mich brachte – lange, nasse überschwängliche Ekstasen, die meinen ganzen Körper durchschütteln. Ich verliere die Kontrolle über meinen Körper, der sich vor purer Lust verkrampft, und jedes Stöhnen, das ich unterdrücken will, um mich nicht zu verraten, entweicht trotzdem meinen Lippen.

Ich muss wieder an all die Kollegen meines Mannes denken, die mich jetzt vielleicht hören können, und stöhne absichtlich lauter.

»O ja, lauter, noch lauter, weiter so, Darling!«, platzt er heraus, als seine Stöße so zittrig werden, wie ich mich fühle. Das ganze Winden und Vor und Zurück ist zwar zu Ende, aber das ist dennoch fantastisch, wenn du mitten in einem Höhepunkt bist, der nicht enden will.

Noch einmal scheint er anzusteigen, ein letztes Mal, und es ist irgendwie anders. Es ist anders, denn als ich mich noch einmal gehen lasse, rufe ich auch Colins Namen.

Wir wurden also nicht im Zug *in flagranti* erwischt. Auf der Hinfahrt geschah nichts wirklich Erwähnenswertes, auf der Rückfahrt auch nicht. Warum sollte auch jemand auf uns achten? Die Männer unterhalten sich doch sowieso über Geschäftliches, und dann gibt es jede Menge zu trinken. Die Leute nebeln sich mit Parfüm ein und machen sich schick, sodass einer besser aussieht als der andere.

Ich glaube, wir könnten es mitten unter ihnen treiben, und sie würden es nicht merken.

Allerdings habe ich da so ein Gefühl, dass mein Mann etwas gemerkt hat. Im Augenblick ist er unten, und ich glaube, er ist zurückgekommen, während wir nichtsahnend und matt oben im Bett liegen.

Ich setze mich in unserem Bett auf – im Augenblick meins und Colins, nicht das von mir und meinem Mann – und lausche, was er vielleicht jetzt machen wird. Kam er schon die Treppe rauf und erwischt uns gleich? Oder muss er erst noch die Stufen nehmen?

Ich bin mir nicht sicher. Colin ist sich da ziemlich sicher, was passieren wird.

»Gleich kommt er die Treppe rauf und bringt uns um«, wispert er ganz dicht an meinem Ohr. Ich zucke zusammen, und er legt mir wieder diese beruhigende Hand auf den Rücken.

Nur diesmal führt die Berührung dazu, dass sich etwas in mir aufbaut. Ich stoße seine Hand fort. Ich stoße ihn von mir mit derselben Verbitterung, die er an den Tag legte, als er von dem Vortäuschen und den Vorlieben sprach und all diesen seltsamen Dingen.

»Es wird schon klappen«, sagt er, obwohl ich ihn geschubst habe. »Wird schon werden, keine Panik. Wahrscheinlich kocht er nur innerlich. Du kannst bestimmt mit ihm reden.«

Ich stoße ihn nur noch härter von mir, als ich das höre.

»Hey, keine Panik, ganz ruhig.«

Als ich mich endlich auf seine Streicheleinheiten einlasse, spüre ich eine steinerne Art von Ruhe. So steht's um mich: Ich bin fast zu Stein erstarrt, wenn ich mir vorstelle, dass mein Mann uns erwischt ... und bei dem Gedanken, ihm alles erklären zu wollen.

»Reg dich nicht auf. Er lässt schon mit sich reden. Er liebt dich doch, oder? Die Liebe vergibt alles.« Ich spüre, wie er mich mit seinen großen Augen wie mit der Hand streichelt, aber ich weigere mich, ihn anzuschauen. Stattdessen starre ich wie versteinert an die Wand. »Er weiß, dass du ihn brauchst – Typen wie er.«

Aber ich kann nicht wie ein Stein dasitzen, wenn er so zu mir spricht. Ich kann es einfach nicht. Ich hätte nicht versteinern sollen, als er meinte, mein Mann werde mit sich reden lassen. Mit sich reden lassen!

»Aber ich brauche *dich*«, sage ich, und ich bringe es so vehement vor, dass meine ursprüngliche Absicht verpufft – ich wollte ihn anschauen, als ich es sagte.

Wie nicht anders zu erwarten, ist er schockiert. Er wird sehr still, und als ich es endlich schaffe, ihm meinen zittrigen Blick zuzuwenden, sehe ich eine neue Wärme in seinen Augen. Da ist nichts Sorgloses mehr in seinem Blick.

»Ich brauche dich, Colin. Ich brauche dich. Nur dich, wie lächerlich du dich auch gibst. Ich bin froh, dass ich dich habe, einen abscheulichen und lächerlichen Typen mit schmutzigen, verdorbenen Gedanken. Ich bin echt froh, und ich will nicht, dass er mit sich reden lässt und ich dann all das zwischen uns beiden verliere.«

Er biegt sich vor Lachen. War auch nicht anders zu erwarten. So ist er eben. Aber er ist auch jemand, der mich plötzlich küsst, und zwar überschwänglich, ehe er aufsteht und anfängt, vom Bett und wieder aufs Bett zu springen.

Ich habe keine Ahnung, was für ein schräges Bild wir abgeben: zwei nackte Leute, einer springt wie ein kleiner Teufel aufs Bett und wieder herunter, der andere kann sich vor Lachen nicht halten.

Ich glaube nicht, dass mein offener und langweiliger Mann nach oben kommt, um uns umzubringen. Aber es wäre einen Versuch wert, um der Fotos willen, die man sich niemals über den Kamin hängen könnte.

# Ihr Vater ist dagegen

Er ist wirklich das bewundernswerteste kleine Geschöpf. Diese Aura von umständlicher Schüchternheit lässt in ihr den Wunsch aufkommen, ihn zu erforschen, ganz langsam und Zoll für Zoll. Seine Augen jedoch brauchen nicht erforscht zu werden. Denn sein Blick ist unzweideutig.

Er beobachtet sie von der anderen Seite des Tisches, so vorsichtig wie ein alternder Faun. Selbst als er ihrem Vater das Brot reicht oder sich in bester Smalltalk-Manier mit ihrer Mutter über das Wetter und das Angeln unterhält, ruht sein Blick auf ihr. Er wartet bloß darauf, dass sie etwas Furchtbares tut.

Sie will ihre Zunge in dieses kleine, kaum wahrnehmbare Grübchen an seinem Kinn stecken, und das weiß er.

Manchmal verschwindet diese Offenheit in seinen Augen, und dann wirft er ihr wütend warnende Blicke zu. Warnungen wie: Wage es ja nicht, deinen Fuß weiter anzuheben. Aber während ihr Vater sich gutherzig über den Fisch auslässt, den Norman gefangen hat, und sich etwas brummelig eingestehen muss, dass er selbst nichts gefangen hat, wandert sie mit ihren Zehen sein Knie hinauf. Der Tisch ist sehr schmal. Sie muss nicht einmal auf ihrem Platz nach unten sinken, um an sein Knie zu kommen.

Noch ein oder zwei Zoll und sie ist an der Stelle, an der sich seine ansonsten langweilige Hose wölbt.

Sehen Sie, so ist das mit Norman. Er ist so bodenständig und vorhersehbar. Er ist Buchhalter und hat einen sehr schönen, aber wirklich eintönigen Yorkshire-Akzent. Er mag einfaches Bier und einfaches Essen und gibt sich mit eintönigen Programmen im Fernsehen zufrieden. Seine Lieblingssendung ist, das weiß sie, *Countdown*.

Aber diese Badehose, die er an dem Tag trug, als sie zu dem schönen Cottage am See kamen, war wirklich obszön. Selbst der gut aussehende Mark aus der Marketingabteilung trug große Badeshorts, als das Team schwimmen ging. Auch ihr alter Freund Greg trug in der Öffentlichkeit immer nur Boxershorts beim Baden.

Aber nicht der alte Langeweiler Norman, der beste Freund ihres Vaters. Er trug eine eng anliegende Badehose, als müsse er jedem seine interessante Wölbung zeigen. Wenn sie nicht gewusst hätte, wie langweilig und ängstlich er war, hätte sie das glatt für eine dreiste Zurschaustellung gehalten. Für Angeberei: Yeah, ich bin vielleicht schmächtig und unbedeutend, aber nicht in der Unterhosenabteilung.

Aber eigentlich kann es nicht Prahlerei gewesen sein, da er bei jedem ihrer Annäherungsversuche erschrocken wirkt. Sie hätte sich absolut unattraktiv und zurückgewiesen fühlen können, wären da nicht seine verräterischen Reaktionen gewesen: hin und wieder beißt er sich unschlüssig auf die Lippe, räuspert sich so komisch oder schaut sie fast verzweifelt mit seinen großen Welpenaugen an.

Und wie er sie mit offenem Mund angestarrt hat, als sie vollkommen durchnässt vom Regen nach Hause kam! Es war natürlich alles unabsichtlich. Ihr hatte seine blaue Hose gefallen, aber ansonsten hatte sie nicht weiter darüber nachgedacht. Taten sind für mutige, ungezogene Leute, nicht für Mädchen, die mit fünfundzwanzig immer noch mit ihren Eltern in Urlaub fahren.

Aber sie war nun einmal vom Regen erwischt worden, und er hatte sie mit seinen Blicken verschlungen, begeistert und gierig und nervös zugleich. Erst als sie nach oben ging, merkte sie, wie durchsichtig ihre nasse Bluse war.

Als hätte sie an ein offenes Stromkabel gefasst. Sie bekam quasi einen Stromschlag und spürte ein Kribbeln am ganzen Leib. Ein Mann hatte sie mit Verlangen angestarrt. Ein gut aussehender Mann obendrein. Sie neckt ihn besonders gern, wenn sie sich bewusst macht, wie seltsam anziehend sie sein Äußeres findet, und wie wenig er sich dessen bewusst ist.

Wenn er lächelt, schleicht sich etwas Durchtriebenes und Verbotenes in seine ansonsten ernste Miene. Launisch und maskulin wirken seine Gesichtszüge, wie bei einem Boxer, der ein bisschen zu schmal ist, um es bis ganz nach oben zu schaffen. Er hat einen klasse Stoppelbart, und manchmal sieht es so aus, als würde er unter der Last seiner Verdrießlichkeit dauernd einen Schmollmund aufsetzen.

Sie mag, dass er sein dunkles Haar exakt scheitelt. Am liebsten würde sie ihm mit beiden Händen durchs Haar wuscheln. Ihre Hände sind in letzter Zeit ganz schön wagemutig geworden und gehen auf Wanderschaft, bis er errötet und prustende Laute von sich gibt.

Auch jetzt errötet er, als sie mit ihren Zehen höher wandert.

Er ist etwas jünger als ihr Dad, soweit also kein Problem. Er ist kein alter Sack, der auf die hübsche junge Tochter des Freundes scharf ist. Und doch hat sie bei seiner Reaktion das Gefühl, dass es sich genau so verhält. Als würde sie in der Tat etwas Verbotenes tun.

Oder er, obwohl er ja eigentlich gar nichts macht.

Er sitzt einfach nur da, während sie mit der Zehe über die wachsende Wölbung in seiner Hose reibt. Ihr Vater möchte sich mit ihm über die Buchhaltung unterhalten, aber wie es scheint, kann der gute Norman sich immer schlechter konzentrieren, zumindest nicht auf Worte. Verzückt schließt er die Augen, als sie geschmolzene Butter von ihrem Messer leckt, und dabei so verführerisch langsam vorgeht, dass er nicht nur an ihre warme, feuchte Zunge denkt.

Bald, denkt sie. Schon bald nehme ich ihn.

Als könne sie ihn einfach so in Besitz nehmen und für sich beanspruchen, inmitten der bisher langweiligen Ferien in der Wildnis.

Sie glaubt eigentlich nicht, dass es über das Necken hinausgehen wird. Er wird nichts unternehmen, das weiß sie, und sie kann sich auch nicht vorstellen, die Initiative zu ergreifen. Aber dann geht sie mit ihren Eltern in den Pub, und sie lassen Norman zurück. Er will im Cottage bleiben und lesen – und vielleicht seine Ruhe vor ihr haben.

Aber dann bittet sie ihren Vater auf halber Strecke auf dem halbwegs befestigten Weg in die Zivilisation anzuhalten und täuscht vor, sie fühle sich nicht gut. Kurz darauf geht sie zu Fuß zurück zum Cottage, während ihre Eltern weiterfahren.

Als sie das Haus betritt, steht Norman in T-Shirt und Boxershorts in der Küche und zieht sich gerade den Pullover über den Kopf. Noch steckt er mit dem Kopf fest, weil er gleichzeitig etwas blind in einer der Küchenschubladen sucht. Bislang sind nur sein Mund und seine Nase zu sehen unter der unfreiwilligen Pullovermaske.

»Willst du raus und das Verbrechen bekämpfen?«, fragt sie, worauf er zusammenzuckt, als hätte ihn etwas gestochen.

»Lita«, sagt er und setzt sehr hastig hinzu: »Wo ist dein Vater?«

Sie lässt die Küchentür ins Schloss fallen, und er zuckt wieder zusammen.

»Meine Eltern sind zum Pub gefahren. Ich fühle mich aber nicht so gut.«

Er schweigt. Jetzt sieht sie, dass er eine Schere in der Hand hat.

»Fühlst du dich immer noch nicht gut?«, fragt er.

»Mir geht es schon viel besser«, erwidert sie.

Er schluckt, ist aber sichtlich bemüht, locker zu bleiben.

»Ich stecke in meinem Pullover fest«, meint er und lacht kurz. »Die kleinen Schlaufen haben sich in meinem Haar verhakt.«

Sie erinnert sich, wie die kleinen Schlaufen aussehen. Ein Muster auf einem Pullover eines Anglers. Eines Pullovers, den eigentlich nur jemand trägt, der gar kein Angler ist.

Sie muss kichern, und er schürzt die Lippen.

»Soll ich dich mit der Schere losschneiden?«, fragt sie. Er nickt und reicht ihr die Schere.

Doch sie bleibt stehen. Sie wartet und wartet und schaut auf seinen leckeren Mund. Als er sich bewusst macht, dass er schon viel zu lange gewartet hat, macht er einen Schritt auf sie zu. Die Hände von sich gestreckt wie ein Zombie oder eine Mumie.

»Und?«, sagt er. »Hast du nun vor, mich zu befreien oder nicht?«

Als sie darauf nicht antwortet, macht er noch einen Schritt in ihre Richtung. Tastet mit beiden Händen nach ihr. Seine Lippen öffnen sich, schließen sich wieder fest.

»Lita?«

»Marco«, sagt sie, worauf er einen leicht tadelndes Ts-ts-ts von sich gibt.

»Nun komm schon, mach keine Sperenzien.«

»Marco«, wiederholt sie nur und duckt sich weg, als er weiter blind nach ihr tastet.

»Lita, ich kann nichts sehen, verdammt. Wenn du willst, dass wir irgendwelche Spielchen spielen, musst du mich wenigstens losschneiden.«

»Du musst erst Polo sagen.«

»Ist mir aber nicht nach.«

»Sei kein Spielverderber, Norman. Wenn du mich fängst, befreie ich dich auch.«

Es zuckt um seine Mundwinkel, und jeden Moment lächelt er vielleicht, aber bei diesen kleinen Anzeichen bleibt es dann auch. Doch nach wie vor sucht er sie wie beim Blindekuhspiel. Und während er tastend herumfuchtelt, zieht sie sich das T-Shirt über den Kopf. Als er gegen einen Stuhl stößt, kichert sie und legt den BH ab.

Wieder duckt sie sich weg, aber diesmal ist er verdammt schnell und geschickt und hätte fast ihren Arm erwischt.

»Fast hatte ich dich«, meint er, und jetzt lächelt er. Sie vermutet, dass selbst Buchhalter ab und zu gern ein Spielchen spielen.

»Dann sag ich besser nichts mehr, oder?«, sagt sie. Er wirbelt herum und lacht auf, als er ihr Handgelenk zu packen bekommt.

»Hab ich dich!«

Er scheint wirklich zu triumphieren. Vielleicht sucht er aber auch nur begeistert nach der Schere in ihrer leeren, linken Hand. Als er dann schnell nach ihrer rechten Hand tastet, streift er ihren bloßen Oberkörper mit dem Arm. Sofort erstarrt er, versucht dann, sich ihr zu entziehen, lässt aber ihr rechtes Handgelenk nicht los. Das Lächeln entschwindet aus seinem Gesicht.

»Wo hast du dein–?«, beginnt er und klingt fast verärgert und verunsichert, ehe er die Hand zögerlich ausstreckt. Sie sieht, wie er die Distanz schätzt, und verspannt sich in ihrer Vorfreude.

Natürlich ahnt sie, dass er sie nicht gleich streicheln wird, aber es genügt ihr schon zu sehen, wie er die Hand suchend nach ihr ausstreckt und die Luft vor ihren Brüsten aufwirbelt . . . als würde er sie jeden Augenblick umfassen. Ehe seine Hand die Entfernungen und Abstände richtig einschätzt und ihre Schulter findet.

Sie weiß, wonach er sucht: nach ihrem T-Shirt. Er streicht ihr über die bloße Haut und scheint nicht glauben zu wollen, dass er keinen Stoff fühlt. Sein Mund verspannt sich.

»Bist du vollkommen nackt, Lita?«

Es klingt streng, denkt sie. Er ist im Begriff sie zurechtzuweisen, während er unter seinem Pullover feststeckt.

»Stellst du dir vor, dass ich nackt bin?«, fragt sie, doch er macht nur wieder die Ts-ts-Laute.

»Hör auf«, sagt er dann. »Und hilf mir endlich aus dem Pullover.«

»Das mache ich, wenn du mir einen Kuss gibst.«

»Hör zu, ich habe dir schon gesagt, dass du mit diesem Unsinn aufhören sollst. Wir wollen es nicht übertreiben. Wenn dein Dad uns so sieht, kann ich was erleben. Er denkt, dass du noch Jungfrau bist.«

»Bin ich ja auch.«

»Du kleine Lügnerin.« Er hält inne. »Wenn das stimmt, dann bist du eine seltsame Art von Jungfrau.«

»Sei nicht so gemein, Norman.«

Er wirkt ein bisschen verdutzt.

»Oh, hab ich nicht so gemeint, Lita. Es ist okay, wenn du keine Jungfrau mehr bist. Ich meine, du bist schließlich alt genug und hübsch und sexy und wer weiß, was noch alles. Ich –«

Sie unterbricht seinen Wortschwall mit einem Kuss. Bei seinen bewundernden Worten kann sie einfach nicht widerstehen. Sie lässt sich in diesen Kuss fallen und spürt eine wohlige Wärme und Erlösung für ihren sehnsüchtigen Körper. Sein Mund fühlt sich warm und weich an und gibt dem Druck ihrer Lippen bereitwillig nach. Seine Hand umfasst ihr

Handgelenk fester, aber der Kuss bleibt genießerisch und ohne Hast.

Draußen hat inzwischen Regen eingesetzt. Es fällt ihr nur deshalb auf, weil es plötzlich so still im Raum ist.

Langsam löst sie sich von ihm und schaut einen Moment auf seine vom Kuss aufgeblühten Lippen, ehe sie nach dem Pullover greift. Er legt seine Hand auf ihre.

»Nein«, meint er. »Lass es so.«

Mit den Fingern zeichnet sie seine Wangenknochen nach, drückt mit den Daumen gegen die eben zu erahnenden Mundwinkel. Die Schere ruht nun flach auf seiner linken Schläfe.

»Möchtest du so tun, als wäre ich jemand anders?«, will sie wissen und merkt, dass sie immer noch den Regen hören kann, weil sie beide flüstern.

»Ich – nein. Nein, verdammt. Und jetzt hilf mir aus diesem Ding.«

Er bewegt ihre Hand mit seiner, durch das Haar an seinem Nacken, wo die Schlaufen sich verheddert haben. Erst hatte es wie ein albernes Spiel ausgesehen, wie ein bisschen Spaß, aber jetzt ist sie sich nicht mehr so sicher. Allerdings ist sie sich ziemlich sicher, dass sie eigentlich nicht diese Aufregung am ganzen Körper spüren sollte, nur weil sie ein paar Fäden mit der Schere durchschneiden soll ... doch die kribbelnde Vorfreude fährt ihr bis zwischen die Schenkel, wo alles erblüht und warm wird.

Sie versucht sich vorzustellen, was seine Augen alles aufnehmen werden, wenn sie ihn aus diesem Pullover befreit hat. Und schon beginnt es zwischen ihren Schenkeln zu pochen, sobald sie an diesen Moment denkt. Nicht nur, weil er der Freund ihres Dads ist. Er ist es. Es liegt an ihm, dass alles so durchtrieben läuft.

Sie schneidet an den Stellen, die er ihr zeigt, und hilft ihm dann, den Pullover auszuziehen. Er streicht sein Haar glatt und fegt Haarspitzen und Fäden von seiner Schulter. Seine Augen scheinen sagen zu wollen: Bitte Gott, lass sie weitermachen. Mach weiter. Sie können nicht widerstehen, einen Blick auf ihre bloßen Brüste zu werfen.

»Taste noch einmal nach meinem T-Shirt«, sagt sie, und er lächelt. Es ist noch kein ganzes Lächeln, aber immerhin etwas.

»Was?«, fragt er, woraufhin sie seine Hände auf ihre nackten Schultern legt.

Sein Lächeln wird weicher, fast verträumt.

»Sieht so aus, als würdest du keins tragen.«

»Und was trage ich auch nicht mehr?

»Sachen, die du verdammt noch mal tragen solltest.«

»Warum so missbilligend. Willst du in dieser Tour weitermachen, während du mich vögelst?«

Seine Augenbrauen schießen nach oben.

»Ich werde dich nicht vögeln«, erwidert er, aber das durchtriebene Grinsen, in das er nun verfallen ist, scheint etwas anderes zu sagen. »Kein Stück, meine Liebe. Dein Dad wird mich vierteilen.«

»Deine Worte sagen Nein, aber deine Lippen deuten ein Ja an.«

»Das ist wohl die Rechtfertigung der Vergewaltiger, wie man immer hört.«

»Aha. Deine Worte sagen Nein, aber dein Penis sagt Ja.«

Er fällt in ihr Lachen ein.

»Ich kenne keine Vergewaltiger, die das ausprobiert haben.«

Sie küsst ihn wieder, und sie knutschen immer noch, als draußen ein Auto vorfährt.


Sie ist sich sicher, dass er sich Mühe gibt, brav zu bleiben. Er versucht es wirklich. Allerdings hat er wenig Erfolg.

Es ist klar, dass er zwei Uhr morgens nur deshalb zum Rauchen nach draußen geht, weil er dort auf sie warten will. Sie liegt derweil hellwach im Bett und lauscht auf das Geräusch der Haustür. Ihre Eltern hören das sowieso nicht, weil deren Schlafzimmer nach hinten rausgeht. Aber da ihre Eltern bestimmt verräterische Geräusche in Litas Zimmer hören würden, muss Norman eben nach draußen gehen.

Und auf Lita warten.

Als sie beim ersten Mal nach draußen ging, täuschte er noch Unschuld vor. *Nein, ich wollte gar nicht, dass du rauskommst. Beim letzten Mal haben sie uns doch fast erwischt. Das ist verrückt* usw.

Aber er hatte sich von ihr am Schuppen knutschen lassen, hatte ihre Titten mit Begeisterung geknetet und überhaupt: Es gab keinen Grund mehr, sich schüchtern zu geben. Das hatte sie ihm schon beim ersten Mal gesagt.

Als sie jetzt ins Freie schleicht, reißt er übertrieben die Arme hoch.

»Oh Mann, Lita«, zischelt er mit der Stimme des Schuldbewussten. »Was sollen wir denn hier draußen bei der Kälte?«

»Genau deshalb habe ich die Schlüssel vom Jeep mitgebracht«, antwortet sie, worauf er fast die Schultern hängen lässt. »Ich wollte immer schon mal etwas Verbotenes auf der Rückbank eines Autos machen. Du etwa nicht?«

»Nein, noch nie.«

»Ach, gib's zu. Du hast dich nur in deine Decke gehüllt, damit ich deine Erektion nicht sehen kann.«

»Es ist kalt.«

»Gestern Abend hattest du bloß deine Jacke an.«

»Meine Jacke ist . . . in der Wäsche.«

»Mit deinen Lügen reizt du mich umso mehr.«

»Das sagen Vergewaltiger bestimmt auch.«

»Okay. Ich werde jetzt einfach nur den Jeep aufschließen.

Und dann setze ich mich hinein. Du kannst ja auch einsteigen, wenn du magst – kein Zwang. Ich möchte ja einen hübschen, kleinen Kerl wie dich nicht zu etwas drängen, was du dann später bereust.«

Er verdreht die Augen. Und folgt ihr zum Auto.

Nachdem sie sich beide auf die Rückbank gesetzt haben, wendet er sich ihr zu und meint: »Okay, aber wir unterhalten uns bloß, ja?«

»Bist du sicher?«

»Absolut.«

»Denn ich könnte über dich herfallen, wenn du magst.«

»Ich denke ...«, fängt er an und überlegt es sich mitten im Satz anders. »Sag so etwas nicht.«

»Ich könnte es noch auf andere Weise sagen.«

Er schweigt.

»Wie denn?«

Die echte Neugier auf seinem Gesicht löst ein Prickeln auf ihrer Haut aus.

»Keine Ahnung. Wie würdest du mich denn fragen, wenn du wolltest, dass ich über dich herfalle?«

»Das würde ich fragen, wenn wir weit weg wären, vielleicht an deinem vierzigsten Geburtstag.«

»Dann müsstest du ja nur noch fünfzehn Jahre auf diesen Knaller warten.«

»Ja, was für ein Pech.«

»Oder würdest du mich um einen Blowjob bitten? Vielleicht wärst du ja geradeheraus: Blas mir einen, Lita.«

Sie beobachtet, wie seine Lippen sich öffnen und seine Lider sich bei all der Last der Begierde langsam schließen ... dadurch fällt es ihr leichter, so zu sprechen. Obwohl es ungezogen ist, fällt es ihr doch leichter.

»Wenn du es sagst, mache ich es vielleicht«, sagt sie und schmiegt sich an ihn.

Er sucht ihren Blick, schaut aber immer wieder kurz auf die Wölbungen in ihrem Ausschnitt oder auf ihre Zunge, mit der sie sich sinnlich die Lippen befeuchtet. Sie weiß, wie sehr ihn diese Dinge anziehen. Bei diesem Gedanken bekommt sie weiche Knie und spürt, wie sie zwischen den Schenkeln zerläuft.

»Blas mir einen«, sagt er, und sie merkt, wie ihre Sexlippen anschwellen. Sie bewegt sich in den Hüften, um das brennende Verlangen aushalten zu können, und ahnt, dass er genau weiß, was sie jetzt denkt und fühlt.

»Okay«, meint sie so beiläufig wie irgend möglich, doch dann fügt sie hinzu: »Aber zeig mir erst, wie du es machst.«

Sie scheint von innen her zu verglühen, spürt das drängende Verlangen, nackt mit ihm zu sein und zu vögeln, zu saugen und zu lecken. Ihr fällt das Atmen schwer, und ihre Wangen fühlen sich an als würden sie brennen.

»Lass mich das machen«, sagt er, zieht die Pyjamahose herunter und holt seinen Schwanz heraus.

Er ist so steif, dass er sich fast an seinen Bauch schmiegt, und er berührt sich dort nicht lange. Er braucht ihr nicht erst zu sagen, wie schnell er kommen wird, doch er sagt es ihr trotzdem, ehe er sie auffordert, gegenüber von ihm auf der Rückbank auf die Knie zu gehen. Bevor es ihr überhaupt gelingt, seinen Penis in den Mund zu nehmen, sucht er mit einer Hand den Weg zu ihrer kurzen Hose.

Es erregt sie schier unerträglich, dass nur noch die dünne Stoffschicht ihn von ihrer Muschi trennt. Sein plötzliches Drängen macht sie noch mehr an. Ohne zu zögern bedeckt er ihre Pussy mit einer Hand und gleitet mit einem Finger durch ihre feuchte Spalte. Mit einem Stöhnen lehnt er seinen Kopf an die Rückbank.

Und sie weiß, warum er stöhnt. Spürt sie doch deutlich, wie nass sie ist. Seine Finger scheinen zu schwimmen, als er in ihre Pussy abtaucht und ihren Kitzler mit den fließenden Säften eincremt. Es fühlt sich so verdammt scharf und geil an, dass sie fast vergessen hätte, was sie eigentlich machen wollte.

Bis er sie daran erinnert. Mit einer Hand in ihrem Haar ruft er ihr sanft, aber bestimmt in Erinnerung, was sie tun soll. Es ist diese Beharrlichkeit, die sie noch schärfer macht. Die Erregung treibt ihn fast in die Verzweiflung, und dieses Gefühl kann sie nachempfinden.

Gierig lutscht sie ihn, genauso gierig wie er mit festen Strichen über ihre Klitoris reibt. Als sie ihn so tief wie möglich in den Mund nimmt und dann die Zungenspitze um die Eichel herum spielen lässt, stößt er ein gestöhntes »Mann, du kannst gut blasen« aus.

Ob er es nun gesagt hätte oder nicht, spätestens da treibt er sie in einen Orgasmus, bei dem ihr die Beine zittern.

Sie ist ganz von der Rolle und kommt aus dem Konzept, bis er sie drängt: »Nicht aufhören, bitte.« Aber eigentlich braucht sie nicht mehr viel zu tun. Noch ganz in der Lust ihres eigenen Höhepunkts gefangen, stöhnt sie an seinem Schwanz und spürt, wie sich seine Hand in ihrem Haar verspannt. Er zuckt mit den Hüften und kommt bei einem tiefen, kehligen Stöhnen.

Während sie in seinem Schoß liegt, eine Wange an seinen langsam erschlaffenden Schwanz gedrückt, und er unter leisem Lachen kaum zum gleichmäßigen Atem zurückfindet, versucht sie sich vorzustellen, wie das Ficken erst sein wird.


Doch zum Vögeln will es einfach nicht kommen. Es ergibt sich nicht. Er wirkt schuldbewusster denn je und verlässt nachts nicht mehr das Haus. Wie zwei Buchstützen hocken sie an beiden Enden der Couch.

Und so sitzen sie da, als ihre Eltern schick die Treppe herunterkommen und ankündigen, sie führen in den Pub. Ob noch jemand mitkomme? Und Norman antwortet, er wolle an diesem Abend nicht in den Pub. Das Buch sei gerade sehr spannend. Er wolle im Haus bleiben, weil er wissen müsse, wie es weitergeht.

Sie schaut ihn an und amüsiert sich köstlich, wie beharrlich er sich weigert, auch nur kurz in ihre Richtung zu gucken.

»Und was ist mit dir, Lita?«, möchte ihr Vater wissen.

Sie schaut geradeaus, weil sie Normans Blick meiden will.

»Ach, mein Buch ist auch gerade ziemlich spannend, Dad. Ich denke, ich bleibe hier und lese es zu Ende.«

Ihr Vater zuckt mit den Schultern und legt einen Arm um seine Frau.

»Wir fahren dann mal los«, meint er. »Dann viel Spaß euch beiden.«

»Und«, sagt er, als die Haustür ins Schloss fällt, »was ist so spannend in deinem Buch?«

Sie schwört sich, dass sie dieses kleine Spielchen nicht als Erste beenden wird.

»Die Stelle, wo die Heldin den Helden quält, bis er stirbt.«

»Wirklich? Hört sich aber nicht nach einem schönen, entspannenden Buch an.«

»Ist es ja auch nicht. Es ist schrecklich.«

»Womit quält sie ihn denn?«

»Mit ihren tollen Titten.«

»Möchtest du wissen, worum es in meinem Buch geht?«

»Klar.«

»Es geht um diesen Typen, der sich den Kopf wegbläst mit dem Gewehr des Dads von eben dem Mädchen, die ihn mit ihren Titten quält.«

»Hört sich ja furchtbar an.«

»Absolut.«

»Und wie kommt es dazu, dass er sich den Kopf weg-bläst?«

»Nun ... schuld ist sie, weil sie ihn quält.«

»Wie das? Strippt sie etwa vor ihm, quälend langsam?«

»Fang ja nicht damit an, vor mir zu strippen, Lita.«

Triumphierend zeigt sie mit dem Finger auf ihn. »Ha! Du hast das Spiel zuerst beendet! Jetzt musst du mir alles ausziehen.«

Er lässt das Buch in seinen Schoß fallen und schaut zu ihr herüber. »Das scheint mir nicht richtig zu sein.«

»Na gut, dann ziehe ich sie mir selber aus.«

Diesmal sagt er nichts. Als sie aufsteht, folgen seine Augen jeder ihrer Bewegungen. Er schaut auf ihre Finger, während sie ihre Bluse aufknöpft. Sie ist gerade an der Mitte der Knopfleiste, als er plötzlich aufsteht und die Hand nach ihr ausstreckt.

Sie weiß, dass er sie daran hindern will, die Bluse weiter aufzuknöpfen, und daher entwindet sie sich ihm tänzelnd und macht einfach weiter.

»Lita«, sagt er. »Warte.«

Sie hat den letzten Knopf erreicht und streift sich die Bluse über die Schultern, und die ganze Zeit steigt er ihr nach, als habe er die feste Absicht, ihr die Bluse wieder anzuziehen. Doch er stellt sich dabei nicht sonderlich geschickt an. Denn die Bluse liegt kurz darauf am Boden, gefolgt von ihrem BH.

»Es gefällt dir wohl, deine Titten zu zeigen, was?«, sagt er in anklagendem Ton, bei dem sie sich wie eine Provokateurin vorkommt.

»Ich mag es, sie *dir* zu zeigen.«

Er macht einen Schritt auf sie zu. Jetzt könnte er sie sogar küssen, so nah ist er ihr. Doch er greift nicht nach ihrer Hand, als der Reißverschluss ihres Rocks dran ist.

»Echt? Wieso?«

Er kommt noch näher.

»Weil du sie anschaust – du schaust mich an, als wolltest du mich haben. Obwohl du weißt, dass du Probleme mit deinem alten Freund bekommen könntest, schaust du mich fast verzweifelt an. Noch nie hat mich jemand so angeschaut, als würde er mich jeden Moment vögeln.«

Darauf antwortet er nicht. Aber er hört auch nicht damit auf, sie in dieser hungrigen Weise anzustarren.

Also küsst sie ihn, weich, ganz zart.

Diesmal wandert seine Hand auf Litas Rücken. Er scheint nicht mehr so erschrocken zu sein, ihre bloße Haut zu spüren – obwohl er diesmal nicht halb im Pullover feststeckt und nichts sieht. Anstatt also die Hand wegzuziehen, zeichnet er die Biegung von Litas Wirbelsäule nach, streicht ihr über die Hüften. Seine Finger finden die kleinen Kuhlen gerade unterhalb ihrer Rippen.

Sie kommen sich noch näher, bis ihre Brüste gegen seine Brust drücken. Sein fester Schwanz drückt gegen den bauschigen Stoff ihres Rocks und das weiche Kissen ihres Venushügels. Sie schätzt, dass sie sich überall weich anfühlt, während sein Körper im Ganzen eher hart und unbiegsam wirkt.

Nicht aber sein Mund, denn der ist immer noch so weich wie geschmolzene Schokolade. Sie versucht, ihn noch fester an sich zu ziehen, noch mehr von seinen weichen Schokoladen-Lippen zu spüren. Von außen könnte man meinen, sie würden miteinander ringen, und als sie seine Pobacke greift und ihre Zunge gegen seine zucken lässt, versucht er den Kopf wegzudrehen.

Sein Mund landet in ihrem Haar, als er sich ihr entwinden will. Mit den Händen will er Lita von sich drücken, rutscht aber von ihren Schultern ab und findet stattdessen ihre vollen Brüste.

»Oh Mann, Lita. Das geht jetzt wirklich zu weit.«

Sie zieht ihm am Rücken das T-Shirt aus der Hose und ist nicht erstaunt, als er ihr dabei hilft und sich nicht weigert. Geduldig streckt er die Arme über den Kopf und hat im nächsten Augenblick kein T-Shirt mehr an.

»Lita, wirklich, wir können unmöglich so nackt sein ...«

Sie leckt ihn unterhalb seines rechten Ohrs, und er beugt sich genießerisch vor.

»Oh, das ist wirklich toll, aber jetzt im Ernst, wir sollten ...«

Sie schlingt beide Arme um ihn und küsst ihn, und schließlich hebt er sie leicht an, wie es manche Männer mit jungen, schlanken Frauen machen. Dann legt er sich ihre Beine um seine Taille und steuert auf die Treppe zu.

»Ich glaube nicht, dass das eine gute Idee ist«, meint er, als sie sich auf der Treppenstufe küssen.

»Du bist richtig durchtrieben, wenn du so mit den Gefühlen eines Mannes spielst«, fährt er fort, als sie oben im Flur fast das Gleichgewicht verlieren und gegen eine Kommode stoßen. Wie verrückt zerzaust sie ihm das Haar, während er beide Hände in ihrem Rock vergräbt.

»Willst du es auf dem Bett deines Vaters machen? Nein, Lita, kommt nicht in Frage«, raunt er, als sie den Türrahmen zu fassen kriegt und Norman ins Zimmer zerren will.

Denn es ist der einzige Raum im Haus mit einem Doppelbett.

Jetzt ist er still. Sie hört seinen angespannten Atem. Wie verrückt reißt er an dem Reißverschluss an ihrem Rock, küsst sie dabei aber die ganze Zeit – was sie begeistert, denn er küsst toll. Er ist zärtlich und ganz bei der Sache, als wolle er sie erforschen mit seinen schmelzzarten Lippen.

Erstaunlich, dass er dann doch ihren Rock aufkriegt, aber sie hat ihm ein bisschen geholfen. Dann hilft er ihr aus dem Slip.

Jetzt kann sie wieder den Regen hören. Sie spürt die kratzige Decke auf dem Bett, die ein Muster auf ihrer Haut hinterlässt, als er sie auf die Matratze drückt. Deutlich nimmt sie den Geruch von dem Rasierwasser ihres Vaters wahr, auch den Duft des Parfüms ihrer Mutter. Sie kommt sich wie der Teenager vor, der sie eigentlich nie war: nervig, unartig und schlecht erzogen.

»Oh Gott, fick mich. Fick mich bitte!«

Er schaut sie ungläubig in dem halbdunklen Raum an, doch ein Leuchten kommt in seinen Blick. Er sagt zwar nicht »Bist du sicher?«, aber sie liest es in seinen Augen. Sie spürt, dass er Angst hat vor ihrem Vater, vor ihr und auch vor sich selbst. Und diese Angst ist stärker ausgeprägt als im Auto, als ginge diese Nummer im Schlafzimmer den entscheidenden Schritt zu weit. Als wolle er sämtliche Tabus brechen, schreckt aber gleichzeitig davor zurück.

Sie taucht unter seinen Armen hindurch und öffnet die Schublade der Kommode. Mit der Zunge berührt sie ihre Zahnreihe und stellt ihn vor zwei Möglichkeiten – früher hat ihre Mutter ihr immer erklärt, es seien zwei verschiedene Kaugummipackungen.

»Machst du Witze?«, sagt er, aber er grinst schon wieder so durchtrieben. Sie schätzt, dass er sich eigentlich nie richtig gehen lässt. Immer sitzt er an seinem Schreibtisch, trägt tagein, tagaus dieselbe Krawatte und findet diese Ferien aufregend, weil es in seinem Leben sonst nichts Aufregendes gibt.

»Grün oder gelb?«, fragt sie, worauf er ihr eine Packung aus der Hand reißt. Die grüne. Sie muss zugeben, dass er auch nicht der gelbe Typ ist.

»Ich wüsste nicht, wie ich es erklären sollte, wenn du schwanger wirst«, meint er, als er die Packung mit den Zähnen aufreißt. Das sieht verdorben aus, verdorbener noch als das Abrollen des Kondoms.

»Wem gegenüber willst du etwas erklären?«, wispert sie, als er sich halb über sie beugt.

»Niemandem.«

»Vielleicht solltest du mir ein paar Dinge erklären. Erzähl mir, was für durchtriebene Sachen du dir für mich überlegt hast.«

»Ich ...«

»Wirst du mich ficken? Sag mir, dass du mich ficken willst. Ich bin so schön feucht und scharf für dich, willst du also ...«

»Ja«, erwidert er und hebt ihren Oberschenkel an, bis ihr Knie an seiner Taille gebeugt ist. Dann schiebt er seinen Schwanz durch ihre cremige Spalte, bis er ihre Öffnung erreicht. Sie hat sich ihm ganz geöffnet.

Es hat zu lange gedauert; zu lange musste sie warten. Er nimmt sie anders, als sie es erwartet hatte. Er überstürzt nichts, wirkt nicht nervös, scheint nicht zu befürchten, dass ihr Dad jeden Moment mit einem Gewehr ins Zimmer platzt. Alles spielt sich langsam und bedächtig ab wie zuvor in der Küche. Sein Gesichtsausdruck ist entspannt, während seine Lider sich vor Verlangen halb schließen.

Und dann bewegt er die Hüften vor und zurück, als wolle er Lita lustvoll einlullen. Aber er braucht sie nicht erst einzulullen. Sein Schwanz fühlt sich heiß und hart in ihr an, und sie spürt, wie ihre Pussymuskeln sich um ihn schließen, bis sie es kaum noch ertragen kann.

Als er ihren Kitzler mit einer Hand berührt, entfährt ihr fast ein Schrei. Erst da merkt sie, dass sie die Luft angehalten hatte, und nun atmet sie aus, aber sie will ihn nicht spüren lassen, wie verrückt sie das Ganze macht.

Es war schon anstrengend genug, ihn die ganze Zeit verführen zu müssen. Aber soll er bei ihrem Gestöhne glauben, er sei so was wie ein Superhengst? Nein, denkt sie. Nein,

nein, nein. Bis die Neins in ihrem Kopf zu hohen, schrillen Tönen werden. Sie beißt sich auf die Unterlippe, um die Laute zu unterdrücken, denn jetzt hat sie ja keinen Schwanz im Mund, an dem sie stöhnen kann.

»Bist du okay?«, fragt er, und was soll sie da sagen? Mit zwei Fingern streicht er über ihren Kitzler und löst Wellen der Lust aus, die sich langsam und tief in ihrem Innern aufbauen. »Fühlt sich das nicht schön an?«

Sie weiß nicht, warum er ausgerechnet auf das Wort »schön« gekommen ist. Drängende Forderungen liegen ihr auf der Zunge: Ja, fick mich härter. Fick mich, reib meine Perle, sieh mich weiter so an – als wärst du schon ganz umnebelt von Lust.

»Ich kann nicht mehr aufhören«, meint er atemlos und beschleunigt den Rhythmus seiner Stöße. »Du fühlst dich einfach zu gut an.«

Sie sieht seine Hand, mit der er sich neben ihrem Kopf auf dem Kissen abstützt, und küsst ihn, bis er das Gesicht wegdreht und so lange stöhnende Laute von sich gibt, dass sie sich allein darin fallen lassen könnte. Stattdessen gräbt sie ihre Fingernägel in seine Schulter und drückt sich noch fester an seine streichelnden Finger. Und hört genau in dem Moment Schritte auf der Treppe, als sie von den heftigen Schüben ihres Höhepunkts geschüttelt wird.

Natürlich können sie jetzt kaum noch vortäuschen, sie hätten nur gelesen. Ihr Orgasmus hat sie ausgelaugt, ihn offenbar auch. Entsetzen breitet sich auf seinem Gesicht aus, doch dieser Schrecken wirkt bei den vom Sex geröteten Wangen ein wenig abgemildert.

Wahllos greift er nach ihrem Rock und nach der Hose, die noch um seine Knöchel hängt, aber letzten Endes langen sie beide nach der Bettdecke, um wenigstens die verräterische Blöße zu bedecken.

Im nächsten Augenblick füllt die Gestalt ihres Vaters den Türrahmen aus. Da das Licht vom Flur her ins Zimmer fällt, ist die Miene ihres Vaters nur schwer zu erkennen.

Dennoch versucht Norman, irgendeine Erklärung zu finden.

»Es ist einfach so passiert, Paul.«

Sie überlegt, ob man die Sache ihrem Dad mit einer anderen Formulierung schonender hätte beibringen können.

»Es ist einfach so auf meinem Bett passiert«, antwortet ihr Vater, und einen Moment lang glaubt sie wirklich, dass er Norman mit einem Gewehr das Licht auspusten wird.

Bis er den Kopf schüttelt und meint: »Hätte es nicht woanders passieren können? Geht doch in eure eigenen Betten, verdammt nochmal.« Dann seufzt er und straft sie mit einem weiteren, missbilligenden Kopfschütteln. »Nun ja, wenigstens vögelt ihr endlich. Ich glaube, ich hätte auch nicht mehr von dieser dauernden sexuellen Anspannung ertragen können.«

# Für dich

Ich sollte mich nicht auf ihn einlassen, wirklich nicht. Er ist ein Patient. Ich bin Krankenschwester.

Joe kann jeden Moment sterben. Sein Herz ist im Eimer, und er wartet auf ein neues. Dabei wissen wir beide, dass er es kaum bekommen wird, bevor seine Zeit abläuft. Ich habe schon Patienten wie Joe versorgt, und immer läuft ihre Zeit ab. In Krankenhäusern kommt es eben nicht oft zu den Happy Ends, die seine lächerlichen Stories meistens haben. Denn wenn du Wasser in die Lunge bekommst oder einen Herzstillstand hast, hört der Spaß eben auf.

»Warum sollte ich dir eine hässliche Geschichte erzählen?«, fragt er mich, aber die richtige Frage lautet doch eigentlich: Warum möchte ich überhaupt aus seinem Mund eine Story hören?

Und doch weiß ich es. Ich komme immer wieder, und er sorgt dafür, dass ich näher und näher komme. Zu Anfang hörte ich zu, während ich seine Vitalfunktionen prüfte und an den Geräten zu tun hatte. Doch dann meinte er, er könne nichts erzählen, wenn einer um ihn herum beschäftigt ist. Ob ich mich nicht einen Augenblick setzen könne?

Also machte ich es, und dann sagte er, ich könne ihn unmöglich auf die Entfernung verstehen. Deshalb kam ich näher an sein Bett, denn in seinem schwachen Zustand konnte er nicht laut sprechen.

Da sind wir also nun. Mein Kopf ruht schon fast auf seinem Kissen. Er hat ein Zimmer für sich allein, und es kommen

nicht viele Leute zu Besuch – hauptsächlich weil er sterben wird, und man kann nicht viel tun außer abzuwarten.
Daher kann ich meinen Kopf ruhig auf sein Kissen legen,
ohne Angst haben zu müssen, dass plötzlich jemand hereinkommt.

Doch ich sollte das eigentlich nicht tun. Denn seine Stories,
oh, seine Stories ... die sind toll und schmutzig zugleich.

Als ich zum ersten Mal merkte, dass eine seiner Geschichten in schmutzige Gefilde steuerte, warnte ich ihn. Ich sagte
ihm nämlich, er dürfe sich nicht aufregen. Aber da lachte er
bloß und meinte, er könne sich nicht erregen, selbst wenn er
es versuchte, und außerdem sei das nicht der Punkt in den
aufregenden Passagen der Geschichten.

Der Punkt sei vielmehr: Alle Geschichten endeten schließlich in der Liebe.

Ich sagte ihm, dass man da aber unterscheiden müsse.
Zwischen Liebe und der Sache, die angeblich mit der Chefin
und ihrem Angestellten im Druckerraum lief. Und er grinste
mich an mit seinen weißen Zähnen, ein Grinsen, das ihm früher einmal gut gestanden hatte.

»Nicht unbedingt«, meinte er. »Nicht unbedingt.«

Letzten Endes denke ich, dass es vielleicht keinen so großen Unterschied gibt. Jedenfalls nicht, wenn ich sehe, wie er
davon erzählt. Er meint: »Er wickelte sich ihr langes Haar
um seine Faust und sah zu, wie sie den Rücken im flackern-
den Licht nach hinten bog. Die Haut schimmerte golden wie
Butter, schmeckte aber wie Honig auf seiner Zunge. In ihrer
Ekstase war sie herrlicher anzuschauen als an allen anderen
Tagen, sie gab sich ihm hin, obwohl sie noch sie selbst war.
Und die ganze Zeit ruhte ihr Blick so schwer und durchdrin-
gend auf ihm, dass er kaum atmen konnte.«

Ich finde, das klingt alles sehr blumig und vielleicht auch
ein bisschen albern. Aber ich will nicht lügen und behaupten,

dass ich solche Sachen nicht jeden Tag aus dem Mund eines Mannes hören möchte.

Die nächste Story, die er mir erzählt, knüpft an ähnliche Themen an. Irgendwie haben die Frauen darin immer das letzte Wort, obwohl manchmal auch nicht.

Und hier bin ich wieder, wie jeden Tag, und lausche mit angehaltenem Atem.

»Stell dir vor, die Story spielt in der Vergangenheit«, beginnt er.

»Vor hundert Jahren?«

»Sagen wir ... in den 1930ern.«

»Okay«, sage ich. Ich stütze mein Kinn auf meine Hände, und die Hände liegen auf seinem kleinen Nachttisch. Das Essen, das er nicht angerührt hat, steht noch da.

Heute sieht er sehr blass aus. Bleich, und sein dunkles Haar ist zu lang und kaum noch zu bändigen. Es breitet sich auf dem Kissen aus. Sein Stoppelbart lässt sein Gesicht fast schmutzig erscheinen.

»Und die Action spielt sich in einem fantastischen Landhaus ab – ein Anwesen, wie man es in den Episoden von *Agatha Christie's Poirot* sieht.«

»Die *Action?* Kracht da etwa ein Boot durch ein Fenster?«

Er setzt ein leises Lächeln auf.

»Vielleicht. Warten Sie ab, Miss Ungeduldig.«

»Habe ich schon diesen Ruf?«

»Ich habe gesehen, dass Sie der armen Mrs Waites keine *ice chips* gebracht haben, weil Sie unbedingt das Ende meiner letzten Story hören wollten.«

Ich verdrehe die Augen. Es gibt keine Mrs Waites und auch nicht so etwas wie *ice chips*. Aber er hat recht, ich habe Marisa einige Jobs aufgehalst, damit ich am Ende meiner Schicht seine Story hören kann.

»Aber diese Geschichte werden Sie noch mehr mögen als die letzte. Hier spielt nämlich ein Brief eine Rolle, ein sehr wichtiger Brief. Und unser von Leidenschaft entflammter Held muss ihn sofort seiner Angebeteten überbringen, denn sonst stirbt er. Ja, er wird an Liebeskummer sterben.«

Ich puste die Backen auf und lasse die Luft entweichen. Wir sind hier in einem Krankenhaus. Liebeskummer ist ziemlich blöd, wenn um dich herum Leute an Krebs sterben.

Er zieht eine Braue hoch und meint: »Warten Sie ab, warten Sie ab.

Es ist nicht so, wie Sie denken. Sehen Sie, seine Angebetete ist zufälligerweise ein Dienstmädchen in dem großen Haus. Ein liebenswürdiges, schlankes Geschöpf mit dem hübschesten Gesicht, das man sich vorstellen kann. Walter – denn so heißt unser Held – dachte immer nur an sie, Tag und Nacht. Er wusste nicht, welcher Teil seines Körpers sich mehr nach ihr sehnte – sein Herz oder sein . . . nun, das können Sie sich ja denken.«

Ja, ich kann's mir denken. Aber ich erwarte nicht, dass er es in meinem Beisein ausspricht.

»Sein Schwanz. Sein großer, harter Schwanz sehnte sich nach ihr. Es tat schon fast weh, und daher konnte er nicht mehr länger auf dem Bauch schlafen. Er musste sich förmlich zwingen, sich nicht selbst anzufassen, versteckte ihn Tag und Nacht. Er deckte den Tisch nicht mehr ordentlich, wurde ermahnt, weil er seine Aufgaben nicht erfüllte. Und alles nur wegen der Hitze in seinen Lenden.«

Ich unterbreche ihn und frage ihn, ob er weitererzählen möchte.

Er schiebt seinen angewinkelten Arm unter seinen Kopf, was ihn träge aussehen lässt, aber auch selbstsicher.

»Also schrieb er ihr einen Brief. Darin beschrieb er ihr, wie herrlich feucht er sich die Innenseiten ihrer Schenkel vorstellte. Dass er daran dachte, dass sie ihre Beine für ihn spreizte und seinen Händen ihre Brüste entgegenhob. Er musste sie einfach besitzen. Doch sie zeigte ihm die kalte Schulter. Das war ein sehr aufwühlender Brief.«

»Das kann ich mir vorstellen«, sage ich, meine aber in Wirklichkeit: Ich weiß, denn er wühlt auch mich auf. Ich stelle mir vor, wie er als Butler aussehen mag, steif und im gestärkten Hemd, das dichte Haar in der Mitte gescheitelt. Leidenschaft brennt in seinen Augen. Und ich male mir aus, wie sie sich dann treffen, irgendwo heimlich.

Der harte Schwanz und die herrlich feuchte Stelle zwischen ihren Schenkeln. Ich sehe sogar, wie sie in meinem Beisein die Beine spreizt, als wäre ich er; und sie zeigt mir die pinkfarbene Haut ihrer Pussy. Sie sieht ausgehungert aus, und ihre Spalte glänzt.

Und dann kommt Joe herein, der große stramme Joe, der wahrscheinlich überall strammen Schrittes auftaucht, wie der Held in seiner Story. Und sein Gesichtsausdruck ist männlich, aber auch verletzlich; sein geschwungener Mund ist leicht geöffnet, die Zunge zuckt kurz hervor.

»Aber er beging einen schweren Fehler. Er bat das kleine Dienstmädchen, den Brief für ihn zu überbringen, aber durch Zufall landete er in den falschen Händen.«

»Ach, die alte Geschichte«, meine ich. Und er muss lachen.

»Das Mädchen bringt den Brief nämlich zur Tochter des Hausherrn, die keine Adresse finden kann und deshalb glaubt, der Brief sei an sie gerichtet.«

Er bewegt sich im Bett und scheint sich unwohl zu fühlen. Ich stehe schon auf, um ihm zu helfen, aber er winkt mich fort. Ich bin froh, dass er das macht, weil ich so gespannt bin, wie es weitergeht.

»Als Walter dann merkte, was er angerichtet hatte, war er natürlich erschrocken und angewidert und wusste nicht, was er tun sollte. Immer wieder ging er die Worte durch, die er in dem Brief benutzt hatte: ›Fotze‹ und ›Schwanz‹ und ›ficken‹. Er zermarterte sich so sehr den Kopf, dass er glaubte, den Verstand zu verlieren. Denn jeden Moment würde der Hausherr kommen und auf ihn schießen. Man würde ihn fortjagen, ihm kündigen. Und alles wäre verloren, weil die Fleischeslust seinen Geist benebelt hatte.

Aber schließlich suchte ihn nicht der Hausherr auf«, fährt Joe nach einer Pause fort, »sondern die junge Lady.«

Ich stelle mir vor, wie er in der Unterkunft der Dienerschaft ist. Der Raum wird nur von einer einzigen Kerze erleuchtet. Er dreht sich zur Tür um, und da steht sie: Sauber und tadellos gekleidet, in Tweed. Sie sieht nicht so hübsch aus wie das Dienstmädchen, das er so begehrt. Ihre Stellung in der Gesellschaft hat sie steif und zurückhaltend werden lassen. Immer überlegt sie genau, was sie sagt und tut. Sie kann sich kaum vorstellen, dass ein Mann wie er ihr solche Dinge geschrieben hat.

»Natürlich versuchte er, seinen Fehler zu erklären. Aber er merkte rasch, was für einen Effekt dieser Brief auf die junge Dame gehabt hatte. Die Zeilen übten eine ganz andere Wirkung auf sie aus, als es jemals bei dem Dienstmädchen der Fall gewesen wäre – denn die Angestellte war es sicher gewohnt, dass Männer ihre Begierden offen aussprachen. Der Brief wühlte die junge Lady dagegen sehr auf, da noch nie ein Mann zuvor versucht hatte, ihr Innerstes so aufzuwühlen. Und als sie dann hereinkam und ihn küsste, oh, als sie ihn küsste ...« Joe schließt für einen Moment die Augen, als würde er diese Szene auskosten.

»... war er von diesem Kuss überwältigt und dachte fortan nicht mehr an seine Angebetete, die er so verehrt hatte. Es war, als hätte sich ihm eine ganz neue Welt erschlossen, eine Welt voller Erlebnisse, die er nie für möglich gehalten hätte. Nach Liebe hatte er nicht gewagt zu streben, denn er war doch bloß ein niedriger und jämmerlicher Butler.

Dennoch, als sie sich von seinen Lippen löst, flüstert sie an seinem Ohr: ›Wie können Sie es wagen! Wie können Sie es wagen!? Und jetzt machen Sie es nochmal.‹

Aber der Butler wusste, dass er es nicht tun würde.«

Ich kann nicht anders, ich muss mich einmischen. Das liegt an dem Wort »nicht«.

»Natürlich will er es tun!«, sage ich, komme mir aber im selben Augenblick lächerlich vor. Ich gehöre schon zu den Leuten, die im Kino lautstark ihre Meinung kundtun. »Natürlich liebt er sie!«

Er lächelt nur, schwach und scheu. Seine ganze Mimik ist begrenzt. Er sieht furchtbar müde aus, und ich sollte jetzt besser gehen.

»Sind Sie sicher?«, fragt er, und während ich denke *nein, nein*, sagt er: »Kommen Sie morgen wieder, wenn Sie's wissen wollen.«


Den ganzen nächsten Tag verspüre ich ein Kribbeln. Ja, wirklich. Ich meine, seine Story ist eigentlich nicht so fesselnd. Sie ist überhaupt nicht fesselnd, wie ich finde. Aber ich möchte trotzdem wissen, wie es ausgeht. Wenn ich ehrlich sein soll, möchte ich, dass das Dienstmädchen sein Herz zurückerobert, obwohl die junge Lady nicht der typischen reichen und intriganten Ziege entspricht.

Ich glaube, meine Sympathien gehören ihr. Ich frage mich, ob er das auch ahnt.

Er lässt mich zappeln, bis ich meine Aufgaben erledigt habe. Und ich frage mich, ob er hier alles manipuliert.

»Sind Sie bereit, zu hören, wie es weitergeht?«, fragt er, und ich setze mich wie ein kleiner gehorsamer Automat hin. Ich habe versucht, Desinteresse vorzutäuschen, aber das hat jetzt keinen Zweck mehr.

»Wo war ich? Der Butler wusste, dass er es nicht tun würde. Richtig?«

»Schreiben Sie das alles auf?«

Er tippt sich an die Schläfe. »Alles hier drin. Soll ich weitermachen.«

»Bitte, ja.«

»Der Butler wusste, dass er es nicht tun würde, und dennoch: Als er sich beim nächsten Mal an sein Schreibpult setzte, um seiner Angebeteten einen Brief zu schreiben, sah er im Geiste die junge Dame vor sich. Die tiefe Dunkelheit in ihren Augen und das unergründliche Sehnen in ihrem Blick. Immer wieder stellte er sich vor, wie sie beieinander lagen, der eine auf dem anderen, helle Haut auf heller Haut. Er sah, wie sich ihr Arm wie ein Band um seinen Rücken spannte, wie sie ihn fest an sich zog, während er sie fickte. Sie hatte die Beine gespreizt, trug noch die Seidenstrümpfe und die Strumpfhalter, die ihre Schenkel in milchweiße Hälften teilte.

Er sah ihren gebogenen Hals, als sie den Kopf in den Nacken warf. Er hörte, wie sie seinen Namen rief, als er sich das nahm, was ihm nie hätte gehören dürfen.

Der sehnsüchtige Schmerz tief in ihm war anders als alle Schmerzen, die er je empfunden hatte. Er war hilflos, wartend, verließ sich ganz auf sie . . . und vielleicht auch auf seine Fähigkeit, den schönsten Brief seines Lebens zu schreiben. Sie war natürlich belesen und gebildet, schwer zu beeindrucken. Er musste Worte benutzen, die er nie bei . . .«

»Die er nie bei diesem ungebildeten Dienstmädchen verwendet hätte?«, unterbreche ich ihn und schaue ihn mit hochgezogener Braue an.

»Denken Sie, ich gebe ihr eine Galgenfrist? Sie ist bloß eine Nebenfigur im Plot.«

Ein kleines Lachen kommt mir über die Lippen. Doch ich möchte, dass es tadelnd klingt.

»Zurück zu dem wichtigen Part: die leidenschaftlichen Briefe, die er an die junge Lady schreibt.«

»Jetzt ist sie die Seine? Er ist aber ein ziemlich unsteter Charakter, oder?«

»Nur so unstet, wie Sie ihn haben wollen, Schwester Thompson.«

Ich zucke mit den Schultern bei diesen Worten. Meistens nennt er mich bei meinem Vornamen.

»Fahren Sie fort. Ich komme schon klar mit Ihrem unsteten Helden und Ihrem Plot.«

»Sehr freundlich von Ihnen. Wo war ich gleich noch? Ach, ja, beim Brief. Dieser Brief war so schockierend, so anzüglich, so voller Leidenschaft, dass unsere Lady – Ginevra – sich plötzlich auf die alte Chaiselongue im Salon fallen ließ, aus deren Bezug Staubwolken aufwirbelten. Jetzt war es sicher – er war verrückt nach ihr. Niemand war je verrückt nach ihr gewesen – und das wusste er.

Dennoch hatte er ihre Reaktion nicht voraussagen können. Sie reagierte nämlich wagemutiger und aufregender, als er sich je hätte vorstellen können: Sie begann, alles aufs Spiel zu setzen und nutzte jede Gelegenheit aus.

Als er sich vor sie hinkniete, um ihre Schuhe vor einem Ausflug zu polieren, und alle anderen ihnen den Rücken zukehrten, rieb sie mit der Satinnaht ihres Seidenstrumpfs über seine Wange. Als er Leuten die Tür zum Salon aufhielt, ging sie noch nicht hindurch, sondern schloss die Tür und küsste ihn ... und zwischen den beiden und den Gästen war nur eine Schicht lackiertes Holz.

Dann rief sie plötzlich mit hoher Stimme: ›Oh, Butler!

Bringen Sie das fort.‹ Und wenn er was auch immer weg-
brachte, berührte sie ihn geschickt an bestimmten Stellen, die
er nicht für so empfindlich gehalten hätte. Unterhalb der
Aufschläge seines Hemdes, über dem Kragen und gerade
unterhalb des Haaransatzes, wo sein Nacken sichtbar war.
Oder an dem Grübchen an seinem Kinn.«

Joe hat ein Grübchen an seinem Kinn. Ich könnte ihn dort
berühren.

»Es war wild und quälend zugleich. Er wurde sich seiner
eigenen Grenzen bewusst – er sollte bald bis an diese stoßen.
Und gerade als er glaubte, die ganze Sache sei unerträglich
geworden und er müsse zu dem kalkulierbaren Charme seines Dienstmädchens zurückkehren, weil er es keinen Moment länger aushalten würde, sagte sie Worte zu ihm, die er
gar nicht oft genug hören konnte: ›Ich halte es nicht mehr
länger aus, kann diese Qualen nicht ertragen. Es ist mir gleich,
wer du bist oder was alle anderen sagen werden. Schlaf mit
mir, Darling, schlaf mit mir.‹

Sie führte ihn mitten in der Nacht hinunter zum See, als sie
dies zu ihm sagte, und erst als er die Worte vernommen hatte,
wurde ihm bewusst, wo er sich eigentlich befand. In der Einsamkeit, abseits aller anderen. Und dennoch machte er sich
bewusst, dass er sie nicht einfach so nehmen konnte. Da war
zwar dieses Brennen in seinem Leib und seiner Seele, aber er
schätzte, dass die junge Lady kaum begriff, was sie da von
ihm verlangte.

Er kannte sie doch kaum. Und er hatte nicht damit gerechnet, dass ihre Neckereien sie genauso plagten wie ihn. Aber
so war es: Sie schien wie im Fieber zu sein, zitterte ihm entgegen. Als sie seine Hand nahm und zwischen ihre Schenkel
zwängte, spürte er, dass sie feucht und bereit war. Keine
Unterwäsche wäre ihm hinderlich, und ihre geschwollenen
Sexlippen zuckten unter seiner Berührung.

Mit einem Finger öffnete er ihre weichen Lippen, nur um ihre Glut zu spüren. Er wollte ihr in der Weise nah sein, die ihm eigentlich verboten war, denn natürlich konnte sie ihn mit Liebesgeflüster umgarnen und ihm ihre geheimsten Träume ins Ohr raunen. Sie konnte ihm Briefe schreiben und den sehnlichsten Wunsch ihres Herzens zum Ausdruck bringen. Aber sie konnten doch nicht ... miteinander Sex haben!«

Joe seufzt und scheint ein wenig tiefer in seinen Kissen zu versinken. Sein Gesicht ist mit einem Mal wieder bleich. Er sieht mitgenommen aus. Ich nehme seine Hand in meine und fühle die Schläuche und Drähte, und ich spüre, dass sich etwas in mir regt, als er seine Hand dreht und zwei, drei Finger um meine Finger schließt. Es ist nur eine kleine Veränderung, die ich wahrnehme. Es fühlt sich so an, als ob jemand mich von innen streichelt und etwas in Bewegung setzt, aber ganz leicht.

Ich glaube, ich lasse mich zu sehr auf ihn ein. Es ist nie gut, sich zu sehr ...

Stattdessen richte ich meine Aufmerksamkeit auf die Story. Aber als ich ihn bitte weiterzumachen, hört sich das fast so an, als würde ich sagen: »Sind Sie okay? Ich möchte, dass es Ihnen gut geht.«

»Warum können sie es nicht machen?«, will ich wissen, und seine Mimik verändert sich. Er sieht reumütig aus, aber ich glaube, ich sehe dort auch Schmerz.

»Weil sie nicht heiraten konnten. Sie heirateten nie.«

»Es war in den dreißiger Jahren, nicht im Mittelalter.«

»Ihre Familie hätte sie enterbt.«

»Wenn man sie erwischt hätte.«

»Irgendwann hätte man sie dabei erwischt.«

»Wer sagt das?«

»Ich. Es ist meine Story.«

»So ein Quatsch.«

»Findet die Liebe immer einen Weg, Edie?«, fragt er mich. Ich bin froh, dass er mich wieder bei meinem Vornamen anredet.

»Das meinte ich nicht. Ich wollte sagen . . . ich weiß es auch nicht. Ach, Mist – geben Sie der Story ein Happy End.«

Aber dann zeichnet sich wirklich Schmerz in seinen angespannten Zügen ab, und der Herzmonitor macht dieses furchtbare Geräusch. Sofort muss ich wieder die Krankenschwester sein.

Ich werde wohl damit aufhören müssen, zu ihm zu gehen, um seinen Geschichten zu lauschen. Die Leute fangen schon an zu reden. Ich sei nicht professionell, heißt es. Dies ist nicht *Grey's Anatomy*, verdammt nochmal.

Und trotzdem liege ich nachts wach und denke an Joe: Wie er daliegt und mit dieser seltsamen, weichen, fast eintönigen Stimme erzählt. Für einen so großen Mann hat er eine beinah mädchenhafte Stimme. Und er kommt mir immer noch groß vor, selbst in dem sargähnlichen Krankenhausbett. Auch nachdem sie ihn stabilisiert haben und er wie tot und mit geschlossenen Augen daliegt, blasser und schwächer denn je.

Er dürfte knapp 1,90 sein. Doch danach habe ich ihn nie gefragt. Ich habe ihn nie nach Details aus seinem Leben gefragt – nicht weil ich es nicht wissen will, sondern weil er darüber offenbar nur ungern sprechen wollte. Er war kein Romancier oder so etwas, so viel weiß ich. Er war ein unbedeutender Büroangestellter und schrieb für eine gesichtslose Firma irgendwelche Berichte, die keinen interessierten.

Aber er wollte wissen, wie es in meinem Leben aussieht. Er fragte mich nach meinen Hobbies, meinen Träumen und wo ich am Abend zuvor gegessen habe. Mit wem ich ging –

natürlich immer noch solo. Ich weiß noch genau, wie er auf meine Antwort reagiert hat. Er war erstaunt, dass ich allein zum Essen ausging.

Ich hatte keine Probleme damit, ihm das zu sagen. Warum sollte man die kleinen Dinge im Leben nicht genießen, nur weil man Single ist? Und er meinte einmal: »Mir hätte es nicht so viel ausgemacht, Single zu sein, damals als ich noch alles machen konnte.«

Ich habe ihn nie gefragt, warum er allein lebte, obwohl ich es wollte. Selbst in diesem schwachen Zustand ist er liebenswert. Ich mag seinen Mund, mag den Schwung seiner Lippen in der Mitte. Und ich mag seine Augen, genieße es, wie in seinem Blick all die Höhen, Tiefen und Zwischentöne zu entdecken sind, zu denen seine Stimme nicht in der Lage ist.

»Sie haben doch bestimmt eine Freundin gehabt«, sagte ich einmal zu ihm, und er lächelte sein mattes Lächeln.

»Ja, ich hatte Freundinnen«, erzählte er. »Ich hatte welche – aber ich verliebte mich nie in sie.«


Wann immer er aufwacht, fragt er nach mir. Ich muss dann zu ihm gehen, denn ich bin immer noch seine Krankenschwester, auch wenn seine wissenden Augen alles sehen und ich mal wieder nicht professionell genug bin.

Also gehe ich zu ihm, und kaum habe ich sein Zimmer betreten, da sagt er auch schon mit Nachdruck: »Setzen Sie sich. Ich habe eine neue Story für Sie.«

Ich glaube, der Tonfall bedeutet: »Die Zeit wird mir knapp.« Aber vielleicht werde ich schon so melodramatisch wie seine Geschichten. Mir wird davon noch ganz schwindelig. Ich bekomme weiche Knie. Denn ich denke an seinen Finger, der durch ihre feuchte Spalte wandert, und sehe, wie die Lady den Kopf genüsslich in den Nacken legt. Ich höre ihr lustvolles Seufzen und weiß, dass ihr Vergnügen nun nie erfüllt wird.

Es klingt wie das Seufzen, das ich letzte Nacht von mir gab, als ich meine Hand zwischen meinen Beinen hatte.

»Kommen Sie näher«, sagt er, und ich werfe erst noch einen Blick zur geschlossenen Tür. Aber ich beuge mich vor.

Und er flüstert mir ins Ohr, klar und deutlich: »Einmal gab es da ein Mädchen.

Da war einmal ein Mädchen, und von allen Menschen im Land wurde sie am meisten geliebt. Ihr brachte man eine tiefe Liebe entgegen, nichts war tiefer empfunden als diese Liebe. Sie wurde noch mehr geliebt als andere Mädchen, die schöner waren. Man liebte sie mehr als Königinnen und bedeutende Ladies.

Doch das sagte er nie zu ihr. Er traute sich nicht, ihr seine Liebe zu gestehen. Sie war die Dienerin des Sultans, und es war dem Mann verboten, diese junge Frau anzufassen oder ihr in die Augen zu sehen. Und selbst wenn es nicht verboten gewesen wäre, hätte er sich nicht getraut, es ihr zu sagen. Er konnte es ihr einfach nicht sagen.

Allein mit ihrem Blick raubte sie ihm die Sprache. Mit einer anmutigen Bewegung ihres Kopfes nahm sie ihm den Atem. Jedes Mal wenn er sich vor dem Sultan verneigte, verneigte er sich vor ihr.«

Natürlich unterbreche ich ihn hier. »Sie haben sich da vertan«, sage ich ihm. »Sie sagten, er dürfe ihr nicht in die Augen sehen, und doch nimmt sie ihm die Sprache mit ihrem Blick allein.«

Er muss lachen, doch das Lachen verwandelt sich in ein Husten.

»Ihnen entgeht wohl nichts, wie?«, krächzt er. »Gönnen Sie mir eine Pause. Ich sterbe.«

Ich berühre ihn am Arm. Selbst wenn er recht haben sollte.

»Okay, also wo war ich? Mit der Zeit vermutete der liebeskranke Held, dass die Dienerin seine Zuneigung erwiderte. Diese Gewissheit erhielt er allerdings nur nach und nach: Er sah es daran, wie sie manchmal den Kopf drehte, er spürte es, wenn sie sich zufällig in den Hallen begegneten und sich im Vorübergehen fast begegneten. Aber für diese beiden war bereits ein Atemhauch in die Richtung des anderen wie ein Kuss; ein etwas länger verweilender Blick besaß die Kraft einer Liebkosung auf bloßer Haut; und den wenigen Worten, die sie wechselten, lagen andere Botschaften zugrunde.

Ein ›Ja, Mylady‹, bedeutete ›Ich liebe dich‹. Ein ›Ich danke Euch für Eure Aufwartung‹ hieß so viel wie ›Ich bin erst ich selbst, wenn ich bei dir sein kann.‹

Und ganz allmählich bedeuteten jeder Blick und jede Beinah-Berührung und jede einfache Phrase mehr. Ihre Leidenschaft füreinander wurde größer. Bis ein Ja, Mylady wie die Worte klangen, die man sich im wilden Liebesakt zuraunt ... in einem Liebesakt, den sie nicht genießen durften.

Beide lagen sie nachts wach, in schmalen und einsamen Betten – denn der Sultan rief nur nach ihr, wenn es ihm gerade gefiel, und das tat er selten. Also küsste ein jeder die eigene Hand und stellte sich den heißen Atem des anderen auf der Haut vor. Sie hörten förmlich, wie Worte gemurmelt werden, Worte wie ›Könntet Ihr mir das Salz reichen?‹«

Natürlich muss ich lachen. Aber ich denke, ich lache nur, weil ich erregt bin. Das will ich nicht zugeben, aber so ist es nun mal. Es muss daran liegen, *wie* er die Story erzählt – ich meine, die Geschichte ist nicht wirklich anschaulich. Doch seine Worte rütteln mich innerlich wach. Jetzt beugt er sich ein wenig vor. Seine Augen leuchten.

Ich möchte seine Hand in meine nehmen, aber ich traue mich nicht.

»Und dann passierte es.«

Oh, Gott, oh, Gott, was denn? Das ist ja noch schlimmer als die Story mit dem Butler. Mit dieser orientalischen Geschichte scheint er noch eins draufsetzen zu wollen, obwohl ich auch nicht weiß, wie er das macht.

Es muss an seinem Tonfall liegen.

»Er wurde auserwählt, sie vorzubereiten. Natürlich war ihnen bewusst, welches Leid damit verbunden wäre. Es schien fast so, als wüsste das auch der Sultan und befahl dies, um die beiden zu bestrafen. Denn welcher Mann kann es aushalten, die Frau zu berühren, die er begehrt, ehe er sie in die Arme eines anderen Mannes geben muss? Stellen Sie sich vor, wie unerfüllt das Sehnen der beiden sein muss.

Und die Qualen waren größer, als er befürchtete. Er musste vor ihr stehen, zitternd und Desinteresse vortäuschend, während die anderen Dienerinnen zusahen, und sie . . .«

Er hält inne und nimmt einen Schluck Saft. Eine halbe Ewigkeit scheint zu vergehen, ehe er fortfährt.

». . . und sie sich nach und nach ihrer durchscheinenden Kleidung entledigte. Schon bald stand sie nackt vor ihm – ein Anblick, den er sich unzählige Male vorgestellt hatte.

Sie sah anders aus, als er sie sich ausgemalt hatte. Sie war blasser. Er wollte zu ihren Füßen auf die Knie sinken.

Und genau das gestattete man ihm auch. Doch er wusste nicht, ob das nun besser oder schlechter für ihn wäre. Er kniete vor ihr und versuchte, sie nicht anzusehen, wollte seinem Verlangen sie anzuschauen Einhalt gebieten. Aber er wusste auch, dass er sie nie wieder in dieser Weise bewundern könnte, wenn er sie jetzt nicht anschaute.

Er wusste, was sie fühlte, was sie dachte . . . welche Gedanken sie ihm in Wirklichkeit mit ihren Worten vermitteln wollte. Aber er kannte ihren Leib nicht. Er wollte den Anblick ihrer Haut immer in seiner Erinnerung behalten, selbst wenn es ihm später Qualen bereiten würde, da der Sultan sie in sein Bett holen würde und nicht er.

Sie reichte ihm das Öl, und er begann an ihren Zehen. Die große Zehe zu groß, die kleine Zehe zu klein, die Haut so weich wie die Seide, die ihr locker über die Schultern fiel. Und ehe ihm bewusst wurde, was er tat, waren seine Hände auch schon auf ihren Knien. Ihre perfekten Knie, ihre perfekten Schenkel. Er war so kurz davor, zwischen diesen Schenkeln zu liegen.

Er wusste, dass auch sie diese Nähe spürte. Der Schmerz, den er so unmittelbar vor ihrem nackten, duftenden Leib verspürte, wurde nur dadurch etwas erträglicher, weil der Diener wusste, dass auch seine Angebetete litt. Ihr Leib stand in Flammen wie der seine, ein Feuer brannte in ihren Lenden, wie bei ihm, und als sie dann unter seiner Berührung erzitterte, musste er die Augen schließen.

Er wusste nicht, ob die anderen Dienerinnen etwas bemerkt hatten, jedenfalls sagten sie nichts. Sie verhielten sich so still, dass er fast schon glaubte, sie würden reglos zuschauen, ganz gleich, was passierte. Sein Mund war nun auf der Höhe ihres dunklen Deltas zwischen ihren Schenkeln. Würden die Dienerinnen nun einschreiten, wenn er sich mit dem Mund vorbeugen würde?

Er wollte die anderen schreien hören, denn das würden sie tun, wenn er das Geschlecht seiner Angebeteten mit den Lippen berührte.

Doch stattdessen ließ er seine öligen Hände weiter über ihre Beine gleiten und widmete sich ihren vollen Hüften. Seine Hände wanderten zu den Rückseiten der Beine, zu der Stelle, wo die Rundung des Gesäßes begann – unzählige Male hatte er ihr Hinterteil bewundert und den wiegenden

Schwung ihrer Hüften genossen, die sich unter dem weichen Stoff abzeichneten.

Er wollte seine Finger in ihre Haut drücken, wollte sie mit verlangenden Händen umfassen, aber er musste wieder aufstehen. Denn er musste ihren Bauch und ihre Brüste einreiben. Ihren Nabel, in den er seinen Daumen drücken könnte ...

Als er sich wieder erhob, schien sie ihm ohne Angst in die Augen sehen zu können. Irgendwie hatte er das Gefühl, als sei ihre Furcht auf ihn übergegangen. Bei ihrem Blick bekam er Angst vor sich selbst. Jeden Moment könnte sie ihn dazu verleiten, etwas zu tun, das er nicht tun durfte – er würde sie in seine Unterkunft tragen, sie auf sein Bett legen ...«

Ich schaue ihn so gespannt an, dass ich kaum merke, dass er zu sprechen aufgehört hat. Er nimmt noch einen Schluck von dem Saft.

»Und ... wie geht's weiter?«

Er neigt den Kopf leicht zur Seite.

»Ach, kommen Sie. Sie wissen es doch.«

»Er fickt sie, bis sie um Gnade bettelt?«

»Sehr poetisch.«

»Ja, Ihre ganzen poetischen Beschreibungen verhindern, dass es zum Ficken kommt.«

Er lacht.

»Sie können nicht ficken, es ist ihnen verboten.«

»Oh, immer ist es verboten.«

»Wollen Sie hören, wie es weitergeht mit den beiden, ohne dass es zum Ficken kommt?«

Ich verschränke die Arme vor der Brust – natürlich sind meine Nippel hart unter meinem Top – und schlage ein Bein über das andere: worauf der Druck zwischen meinen Beinen noch zunimmt. So warte ich, dass er endlich weitererzählt, geduldig, sehr geduldig – denn so bin ich nun mal.

»In diesem Augenblick platzte der Sultan in den Raum. Natürlich hätte unser Held froh sein sollen, dass der Herrscher genau in diesem Augenblick hereinkam, doch stattdessen dachte er: *Fast hätte ich sie geküsst, ich war so kurz davor, sie endlich zu küssen.* Und eine tiefe Traurigkeit befiel ihn.

Doch seine Traurigkeit war nicht von Dauer. Denn der Sultan verkündete voller Zorn, er benötige an diesem Abend die Dienste seiner Dienerin nicht, und so entließ er sie alle mit gebieterischer Geste. Die anderen Dienstmädchen waren sofort aus dem Raum geeilt, und daher blieben die Dienerin und unser Held allein zurück.

Sie brauchten sich keiner Worte zu bedienen. Sie hatten keine Furcht. Die Angst gehörte der Vergangenheit an, als sie einander noch nicht berührt hatten. Jetzt hob er sie auf seine Arme und brachte sie in das Gemach, in dem sie wohnte.

Kaum hatten sie es betreten, waren sie nicht mehr in der Lage, die passenden Worte zu finden. Sie stellten fest, dass sie sich kaum trauten, sich anzufassen. Die Tür fiel ins Schloss, seine Kleidung hatte er schnell abgelegt, doch dann zitterten sie. Sie schreckten zurück vor dem, was sie zu tun gedachten. Der Subtext, den sie schon so lange benutzt hatten, wurde nun zu einem Text, all ihre Leidenschaft öffnete sich wie die Seiten eines Buches . . . es war einfach zu viel.

Sie waren gezwungen, wieder einen Code zu benutzen. Ihnen fielen nicht die richtigen Worte ein, und als er sie dann bat, sie solle ihm etwas Obst reichen, streckte sie sich vor ihm auf den Laken aus. Und als sie sagte: ›Hebe meine Schleppe an, Diener‹, stürzte er sich auf sie.

Er hatte damit gerechnet, dass sie zusammenzucken würde, doch sie war entschlossener als er. Und als ihre Lippen seine fanden und ihre Hände über seinen weichen Leib strichen, wurde ihm bewusst, dass es nicht allein an ihrer Entschlusskraft lag. Sie wusste Dinge, die er nicht kannte. Sie war in Künsten unterrichtet worden, die sich seiner Vorstellung entzogen, und obwohl ihre Finger ein wenig zitterten, war ihre Berührung sicher und wissend.

Mit einem Finger streichelte sie seinen Schaft, absichtlich langsam. Als die Berührung zu erregend wurde, kniff sie ihn leicht, während sie mit dem Mund seine empfindlichen Stellen suchte: hinter seinen Ohren, in der Mulde an seinem Hals, an den Innenseiten seiner Arme.

Sie fuhr ihm mit der Zungenspitze die Brust hinab und lächelte, als sie entdeckte, wie unangenehm es ihm war, wenn jemand seine Nippel berührte. Mit den Fingern wanderte sie hinab zu seinen Lenden, zu den Innenseiten seiner Schenkel, die so empfindlich waren, dass er zu zittern begann, als er ihre Fingernägel auf seiner Haut spürte.

Er wusste, dass er im Vergleich zu ihr unbeholfen war. Er umschloss ihre Brüste, knabberte an ihrem Hals und rieb sich an ihren Rundungen. Er tastete sich zwischen ihre Schenkel vor und rieb sich auch da, zunächst mit seinem Oberschenkel, dann aber mit seinem Schwanz, den er fest gegen die feuchte Spalte drückte, die sie ihm bereitwillig öffnete.

Als sie aufschrie, wusste er nicht, warum sie das tat. Ihm kam es so vor, als hätte er kaum etwas gemacht. Sein Körper war so angespannt und voller Empfindungen, dass er sich nicht vorstellen konnte, dass sie vor ihm Vergnügen finden würde, aber sie zog ihn eng an sich und wisperte an seinem Ohr: ›Du gibst so leicht von dem, wonach andere Männer nie streben.‹

Die Worte fachten sein Sehnen an. Er konnte es nicht ertragen, die tiefere Glut zu erkunden, die jenseits von ihren heißen Lippen wartete, aber sie hob ihm die Hüften entgegen und ihr Atem strich heiß über seine Wange. Und er wusste, was diese unausgesprochenen Worte bedeuteten.

Und als er endlich in sie glitt und spürte, wie eng sie war, wusste er auch, was das bedeutete: Er würde sich nie wieder von ihr trennen können. Das würde sein Herz nicht zulassen. Sein Körper ließ es nicht zu, langsam und sanft zu sein. Die Lust baute sich in seinen Lenden auf und zwang ihn, sich in seine Geliebte zu stoßen. Ihr Keuchen steigerte sein Verlangen noch. Er versuchte, sie zu beruhigen, und merkte, dass seine Hände bebten. Er konnte sie nicht mehr länger halten.

Und die Laute, die sie von sich gab – wie ein Tier, das zu lange eingesperrt gewesen war und jetzt losstürmte. Ihre Laute klangen in seinem Leib nach und trieben ihn weiter an, bis sich das Bett bei den Stößen bewegte. In ihrer Lust schloss sie die Augen.

Er wollte ihr sagen, dass er sich nicht mehr länger zurückhalten konnte, aber er fand keine Worte. Stattdessen stieß er dieselben Tierlaute aus, bis die aufgestaute Lust sich Bahn brach und er in ihr zum Gipfelpunkt kam.«

Ich glaube, ich warte darauf, dass er noch mehr erzählt. Ich will noch mehr hören. Das kann es nicht gewesen sein. Ich beuge mich vor, um ihm das zu sagen. Mehr, sage ich, aber er erzählt mir bloß, wie sie in dieser Nacht noch mehrmals Sex hatten – so ein Betrug.

Obwohl ich eigentlich nicht von Betrug sprechen sollte, erregt wie ich bin. Den Rest des Tages habe ich eindeutige Bilder vor Augen: Ich sehe, wie sein Schwanz ihre Klitoris küsst, wie sein geraunes Flüstern sie feucht und bereit macht, wie dick er sich in ihr anfühlte, stoßend und stoßend. Ihre Nippel werden über seine Brust gestrichen sein, während er sie nahm und ihre Hüften hielt, damit er sich mit jedem Stoß rhythmisch in sie treiben konnte.

Ich frage mich, ob er wohl darüber nachdenkt, wie herrlich sich das anfühlen würde. Jemanden auszufüllen, in der Weise wie ich mich danach sehne, ausgefüllt zu werden – ich möchte seine Hände an meinen Hüften spüren, unsere weichen, ein-geölten Leiber spüren. Ich möchte seinen Mund auf meiner Pussy haben, damit er das schmerzhafte Sehnen lindert, das jetzt nicht mehr weggehen will.

Es reicht eben nicht, sich Stories über Dinge anzuhören, die möglich wären.


Aber als ich am nächsten Tag wiederkomme, ist er merkwür-dig zurückhaltend. Er meint, er habe keine Lust, mir den Rest zu erzählen – die Geschichte sei ohnehin zu Ende. Aber ich glaube ihm nicht.

Und ich habe recht. Denn es gibt noch ein Ende.

»Es war am Morgen«, sagt er, »als der Sultan sie fest um-schlungen im Bett fand. Voller Zorn trennte er sie, und ehe die Dienerin etwas machen konnte, hatte der Sultan ihren Diener bereits ins Verlies werfen lassen.«

So etwas hatte ich mir schon gedacht. Ich sage ihm, er soll es anders enden lassen, doch er hört nicht auf mich.

»Tage und Nächte vergingen, die Dienerin musste in ihrem Gemach bleiben. Nach außen hin gab sie sich während dieser schweren Stunden stoisch, denn sie hatte Angst, der Sultan würde ihren Geliebten erst recht bestrafen, wenn sie sich ihre Angst anmerken ließe. Aber ihre Selbstbeherrschung war umsonst, denn er bestrafte ihren Geliebten trotzdem.

Am siebten Tag brachte man ihn zu ihr zurück. Ihnen wur-den keine Verbote auferlegt, sie wurden nicht verbannt. Sie durften einander sehen, so oft es ihnen gefiel.

Aber sie begriff schnell, dass sie diese Freiheit nie würde genießen können. Denn als sie ihren Geliebten in den Arm nahm und dem Himmel für seine Rückkehr dankte, merkte sie, dass er kalt und distanziert war. Und als sie ihn küsste, blieben seine Lippen steif und unbeweglich. Sie zog ihn an sich, doch sein Körper reagierte nicht – er stand vor ihr wie eine gefühllose Statue.

Da weinte die Dienerin bitterlich, denn sie wusste, was der Sultan getan hatte. Dennoch brannte die Wahrheit in ihren Ohren, als er ihr erzählte, der Sultan habe ihm das Herz aus der Brust gerissen und an einem unbekannten Ort versteckt.«

Schwer sinkt er zurück in die Kissen. Er sieht alles andere als zufrieden aus, und das wäre ich auch nicht, wenn meine Story so enden würde. Ich merke, wie ich die Lippen zusammenpresse und meine Hände sich zu Fäusten ballen.

»Lassen Sie es nicht so enden«, sage ich, und meine Stimme klingt angespannter, als ich dachte.

»Wie sollte es denn sonst ausgehen?«, fragt er, aber eigentlich ist es keine Frage. Er weiß, wie es enden müsste.

»Er macht sich auf die Suche und findet sein Herz.«

»Wie soll er das schaffen? Er hat kein Herz. Nichts kümmert ihn mehr.«

»Dann geht sie los und findet es. Sie wird nie aufhören, nach seinem Herz zu suchen.«

»Wahrscheinlich ahnt sie längst, dass der Sultan es verbrennen ließ.«

»Nein, nein, sie findet es.«

»Wenn es versteckt wurde, dann liegt es für immer in den Bergen der Zeit. Sie müsste Tausend Meilen barfuß durch den Schnee und schrecklichen Sturm stapfen, müsste die Schlucht der Furcht und die Gruben der Verzweiflung überwinden, die Wasserfälle an den Bergpässen und die Felsen aus Glas, die schier endlos in den Himmel ragen.«

Da ist dieser furchtbare Druck hinter meinen Augen. Ich kann es fühlen. Ich will es aber nicht fühlen. Meine Hände sind zu Fäusten geballt, aber das bekommt er nicht mit.

»Sie schafft das, da bin ich mir sicher.«

»Das wissen Sie nicht.«

Ich sollte jetzt nicht weiter diskutieren, denn es ist klar, dass er sich aufregt. Er sieht ein wenig durcheinander aus, aber seine Hände sind nicht so fest geballt. Ich will die Zähne zusammenbeißen, aber dann kann ich ja nichts mehr sagen.

»Selbst wenn sie es nicht schafft, so liebt sie ihn doch auf jeden Fall«, presse ich hervor und lasse ein wenig von dem Druck in mir ab.

»Niemand wird jemanden lieben, der nie wieder lieben kann«, seufzt er, aber er irrt sich. Er irrt sich.

»Aber das geht doch vielen so«, sage ich und hasse die Verzweiflung in meiner Stimme. Wieder balle ich die Hände zu Fäusten, bis das Gefühl der Anspannung fort ist. Bis er in die Kissen sinkt und stöhnt, aber nicht aus Resignation. Ich habe nicht gewonnen.

Der Kampf ist vorüber. Die Story ist zu Ende.

Er lächelt sein mattes Lächeln. Das mag ich besonders. Ich glaube, er würde immer so lächeln, nicht nur wenn er krank ist. Es ist ein Lächeln, das von vielen kleinen Freuden zeugt. Er gehört wohl zu den Männern, die sich jeden Tag ein Stück Schokolade gönnen, obwohl genug Tafeln herumliegen.

Ich weiß nicht, warum genau dieser Gedanke mich dazu bringt aufzustehen und das Zimmer zu verlassen – vielleicht lag das auch an anderen Gedanken. Außerdem hätte er vielleicht doch noch meine Tränen entdeckt, die ich mit aller Macht zurückhalte.


Er hat keine Gelegenheit, das Ende noch einmal abzuändern, doch ich glaube, er hätte es sowieso nicht getan, selbst wenn er dafür Zeit gehabt hätte. Am nächsten Tag gehe ich zur Arbeit, und die Leute haben zu tun, kommen ihren Aufgaben nach. Marisa packt mich beim Arm und schüttelt mich. »Bist du denn gar nicht aufgeregt?«, will sie wissen, und Furcht befällt mich, obwohl ich aufgeregt sein müsste. Ich weiß, worauf Marisa anspielt.

Man hat ein Herz für ihn gefunden. Ich schätze, dass der Sultan es doch nicht verbrennen ließ.

Natürlich ruft er nach mir. Er will mich sehen, bevor sie ihn in den OP bringen. Aber ich bin nicht wie seine Heldin, die stoisch in ihrem kleinen Gemach ausharrte. Wahrscheinlich falle ich in Ohnmacht. Ich bin das genaue Gegenstück zu der Story – bin melodramatisch, wenn es die Geschichte nicht ist, und kühl und ruhig, wenn ich melodramatische Anwandlungen hätte haben sollen.

Ich möchte ihn Abertausend Dinge fragen, als ich ihn sehe. Er ist kurz davor, mit seinem Bett in seinen möglichen Tod geschoben zu werden. Erst jetzt fallen mir diese Fragen ein, und die wichtigste, die ich nie gestellt habe, lautet: *Warum? Warum haben Sie mir all diese Geschichten erzählt, obwohl Ihnen doch so wenig Zeit blieb? Wieso? Oh, jetzt ist es zu spät, Joe. Aber warum?*

Er drückt meine Hand, auf seinem Gesicht zeichnet sich Angst ab. Er zittert, als er mich zu sich herunterzieht, so weit, dass ich seinen zittrigen Atem an meiner Wange spüren kann.

Ich glaube, ich habe Glück. Denn er beantwortet meine Frage, ohne dass ich sie zu stellen brauche.

»Sie handelten alle von dir, Edie«, sagt er. »Sie waren alle für dich.«


Ich werde so tun, als wüsste ich nicht, dass er heute entlassen wird. Schon so oft habe ich so getan, dass er längst fort ist. Ich bin froh, dass es ihm gut geht – natürlich bin ich das. Mehr als alles andere hatte ich das gehofft, auch wenn das bedeutete, dass ich meinen Job nicht mehr richtig machen konnte. Aber ich mache meinen Job wirklich gut. Und dann gehe ich nach Hause, schlafe auf meinem schmalen, einsamen Bett, stehe dann auf und frühstücke allein, esse allein zu Mittag, zu Abend.

Die Welt ist nicht so wie in Geschichten. Nie könnte ich darin vorkommen. Ich bin nicht schön genug, um einen Mann beim ersten Kuss entflammen zu lassen, bin nicht so interessant, dass man mir länger Aufmerksamkeit schenkt. Und ich bin nicht clever genug, um mir schöne Geschichten auszudenken, die ich bis ans Ende aller Tage hören möchte.

Ich gebe vor, diese Geschichten nie wieder hören zu wollen.

Und dann sehe ich ihn ganz zufällig. Ich dachte, er wäre längst fort, aber Marisa meinte, er warte, dass ich herunterkomme. Er hat oft nach mir gerufen, aber ich dachte immer: *Was ist, wenn ich in sein Zimmer komme, und irgendetwas läuft schief? Was, wenn es ihm dann nicht mehr gut geht?* Vielleicht ist das doch *Grey's Anatomy*. Es ist bloß Fiction, wenn du es am wenigsten gebrauchen kannst.

Oder was ist, wenn ich ihn besuche und er sich verändert hat? Wenn ich mir alles nur eingebildet habe und alles nur Unsinn war. Ausgelöst durch die Einsamkeit, die fehlenden Besucher, durch das unprofessionelle Arbeiten und den Tod. Und ein Herz, das für immer in den Bergen der Zeit ruht.

Er braucht mich nicht mehr. Es gibt viele junge Frauen, die sich gern von ihm Geschichten erzählen lassen würden.

Aber dann sehe ich ihn. Er wartet draußen, lehnt an dem Geländer vor dem Krankenhaus. In normaler Kleidung sieht er merkwürdig aus, das Haar ist gekämmt. Rasiert hat er sich und sieht sauber und gepflegt aus. Doch er blickt traurig drein, obwohl er doch wahnsinnig happy sein müsste.

Joe, denke ich. Joe. Wartest du auf mich, dass ich die Gelegenheit nutze?

Woher soll man wissen, ob jemand darauf wartet?

Ich schätze, das bekommt man nur heraus, wenn man das tut, was ich jetzt vorhabe. Das wird schwierig, ich weiß. Es verlangt mir einiges ab, noch bevor ich mich auf den Weg mache. Ich möchte mich hinlegen und jetzt schon nachgeben, aber welche Heldin mit Selbstachtung würde das tun?

Ich kann das unmöglich machen. Nicht wenn sein Herz immer noch in den Bergen der Zeit versteckt ist.

Und daher wandere ich tausend Meilen barfuß durch den eiskalten Wind und stapfe durch den Schnee, überwinde die Schlucht der Furcht und die Gruben der Verzweiflung, und die Wasserfälle an den Bergpässen und die Felsen aus Glas, die schier endlos in den Himmel ragen.

Und ich gehe das Risiko ein, nur für dich.

# *Sei schön brav*

Als wir jung waren, nahm er uns fest. Okay, er nahm uns nicht wirklich fest. Er warnte uns eher. Ja, es sollte eine Warnung sein. Obwohl ich mich noch genau erinnere, wie die Handschellen aus Metall sich um meine Handgelenke schlossen.

Ich denke oft an dieses Metall. Auch jetzt denke ich daran, während ich den neuen Sheriff anstarre, so kalt wie möglich. Wer ist dieser neue Sheriff überhaupt? Niemand, eigentlich. Er trägt keine verspiegelte Sonnenbrille wie früher Wade, diese coole Brille, die ihn so teilnahmslos aussehen ließ wie einen Monolithen. Der Neue hat auch nicht Wades markantes Kinn aus Granit und spricht nicht mit dieser rauen Stimme.

Seine Stimme hat einen leicht näselnden Klang. Er jault fast. Sagt mir, ich soll die Zigarette ausmachen, aber seinem jammernden Tonfall fehlt jegliche Autorität, auch seinen Rehaugen.

Ich glaube nicht, dass er die Handschellen zücken wird. Wie soll ich heute Nacht masturbieren, wenn ich mit dem Gesicht nach unten auf der Matratze liege und mir die Hände auf den Rücken gefesselt sind? Es ist ziemlich hart, wenn ich meine Finger nicht zum Einsatz bringen kann, aber ich schaff das. Man muss mit dem auskommen, was man kriegt.

»Sie sind in großen Schwierigkeiten, Starla«, sagt er, und einen Moment lang frage ich mich, ob er wirklich was unternimmt. Durchsuchen Sie mich, schleudern Sie mich gegen diese Graffiti-Mauer hinter dem Wartehäuschen an der Bushaltestelle. Schieben Sie mir die Beine mit dem Fuß auseinander.

Aber nein, ein langweiliges Nein. Er hält mir bloß einen Vortrag und sagt dann, er werde mich offiziell verwarnen. Wenn er mich das nächste Mal mit einem Joint erwischt, komme ich in den Knast, droht er. Im Ernst, ich fange an zu zittern.

Schade eigentlich, dass er so gut aussehend ist. Was für eine verdammte Verschwendung.


Ich denke wieder, was für eine Verschwendung es ist, als er mich das nächste Mal erwischt. Am selben Ort, beim selben Vergehen, nur dass er jetzt rot vor Zorn angelaufen ist. Mit seiner beharrlichen Missachtung seiner Autorität habe ich den Bogen wohl überspannt. Ich zwinge ihn ja förmlich, mir etwas anzutun.

Und bei »etwas anzutun« meine ich nicht, dass er mich einbuchten müsste. Aber das müsste er ja eigentlich jetzt tun, oder nicht? Er müsste mich einsperren und mich nie wieder das Tageslicht sehen lassen. Ich bin ein böses Mädchen, ein richtig übles Stück, und ich habe eine Strafe verdient, wie auch immer sie aussehen mag.

Ich frage mich, wie ich es schaffen kann, dass mir etwas in dieser Art widerfährt.

»Habe ich dir nicht erst gestern gesagt, was Sache ist, Starla?«, fängt er an. Er klingt wirklich sauer. Wenn ich jünger wäre und meine Mutter noch leben würde, hätte er sie bestimmt angerufen: »Starla kommt auf die schiefe Bahn, Mrs Kent. Sie sollten sich um sie kümmern und dafür sorgen, dass sie wieder vernünftig wird.«

Doch leider gibt es niemanden, der mich wieder zur Vernunft bringen könnte, nur Sheriff Brook. Für den Job ist er also wohl zuständig; er müsste dafür sorgen, dass ich mich ordentlich benehme. Wenn nicht er, wer dann? Wenn nicht jetzt, wann dann? Denn jeden Moment könnte ich was Schlimmeres anstellen ... ich könnte versuchen, einen Sheriff zu bestechen, um zu sehen, wie weit er geht ...

»Ich muss dich mitnehmen, Starla«, sagt er und fügt noch hinzu: »Verdammt nochmal!«

Es passt alles, und ich brauche nur noch zu sagen: »Sind Sie sicher, dass Sie das tun wollen, Sheriff? Denn, wissen Sie, wir könnten einen Deal machen.«

Der Joint entfaltet seine volle Wirkung in mir und löst mir die Zunge. Immer neue Ideen kommen mir in den Sinn, fantastische und seltsame.

Er hat definitiv etwas an sich – etwas, das man ausreizen kann. Er ist vollkommen anders als Wade, der sich nie was hätte vormachen lassen.

Und, wie ich schon sagte, man muss mit dem auskommen, was man kriegt.

»Wollen Sie versuchen, mich zu bestechen, Starla?«, fragt er. Er beugt sich ein wenig vor, kneift ein Auge etwas zu und meint wahrscheinlich, dass er jetzt besonders taff wirkt. Wütend ist er wirklich, aber taff kann ich ihn nicht nennen. Doch ich glaube, wenn man ihn weiter provoziert, könnte er noch über sich hinauswachsen.

»Nein, Sir, wo denken Sie hin? Es ist nur so ... ich kann nicht festgenommen werden. Bitte – ich will nicht, dass Sie mich festnehmen.«

Er strafft die Schultern und baut sich vor mir auf. Was für eine autoritäre Haltung!

»Ich fürchte, da kann ich nichts machen. Ich habe Sie ja schließlich gestern schon gewarnt.«

Ich schaue auf seine Uniform und die Handschellen an seinem Gürtel und die vielen anderen Dinge, die oft in meiner Fantasie herumspuken, aber dieser Brook hat nicht das Rückgrat wie der gute alte Wade.

Und das ist gut so, auch wenn's schlecht ist.

Ich befeuchte meine Lippen mit der Zunge.

»Das weiß ich, Sir.« Oh, Gott, *Sir.* »Aber Sie könnten mich doch … laufen lassen. Wenn ich, sagen wir, etwas für Sie tue.«

Seltsam, aber es macht irgendwie Spaß, jemanden wie ihn zu provozieren. Natürlich wäre es toll gewesen, wenn er mich auf die Knie gezwungen hätte, aber ich kann damit leben. Ich finde mich damit ab, dass er nur fast so ist wie Wade.

Er verschränkt die Arme vor der Brust.

»Ich glaube, mir gefällt das nicht, was Sie da andeuten, Starla.«

Es fällt mir schwer, die Das-kleine-Mädchen-hat-sich-verlaufen-Nummer durchzuhalten.

»Ich will gar nichts andeuten. Ich sage nur direkt – wenn Sie mich laufen lassen, blase ich Ihnen einen.«

Man muss ihm zugutehalten, dass er sich Mühe gibt, nicht die Augen weit aufzureißen. Stattdessen zügelt er seinen Zorn, gibt sich aber wütender als er ist, zerrt mich zum Auto und schleudert mich förmlich auf den Sitz.

Und die ganze Zeit erzählt er mir Sachen, die ich immer schon hören wollte – dass ich ein schmutziges Mundwerk habe, dass ich eine kleine Schlampe sei, die es nie zu etwas bringen wird. Und er bringt es richtig gut rüber, als stecke doch mehr in ihm von Wade, als ich dachte.

Er hat es sich verdient, was ich ihm jetzt gebe: Als er den Motor startet und den Schotter aufwirbelt, fasse ich mir in die Hose.

Doch das merkt er nicht sofort. Er ist so unter Dampf, dass er einfach fährt und fährt und gar nicht mitbekommt, dass seine Gefangene sich auf der Rückbank ihre feuchte Spalte reibt. Mein Kitzler ist echt hart und drückt gegen meine Finger, und daher weiß ich, dass der Gedanke an Sheriff Waschlappen mich doch nicht abgetörnt hat.

Doch ich glaube, der Satz »Ich blase Ihnen einen« hat geholfen. Diese Worte haben alles in Gang gesetzt, und jetzt masturbiere ich unmittelbar hinter ihm und kann weder die feuchten Geräusche noch mein Stöhnen unterdrücken. Ehrlich gesagt, will ich es auch gar nicht.

Es ist toll, als er in den Rückspiegel schaut und mich dabei erwischt. Noch besser wird's, als er wütend zu schimpfen beginnt und sofort rechts ranfährt. Schon bei seiner schroffen Stimme wäre ich fast gekommen, aber jetzt stehen wir am Straßenrand – nah am Wald, aber auch noch gut sichtbar – und ich habe jede Menge Möglichkeiten, ihm meinen Willen aufzuzwingen.

Selbst so ein Gutmensch-Waschlappen wie er kann wohl kaum einem Mädchen widerstehen, das es drauf anlegt … und eine total nasse Pussy hat.

Ich reibe weiter über meine Perle, während er aus dem Wagen springt und zur hinteren Tür stürmt. Als er sie aufreißt, bin ich wieder kurz vorm Kommen.

»Komm raus, du Schlampe«, grollt er, und so hatte ich mir immer Wade vorgestellt. Er zerrt mich sogar aus dem Wagen, wie Wade es gemacht hätte, und drückt mich auf die Knie. Bevor ich überhaupt die Chance bekomme, einen Schalter in ihm umzulegen, hat er schon seine Hose aufgemacht und seinen dicken Schwanz rausgeholt. Er drückt ihn mir zwischen die Lippen, ehe ich etwas sagen kann.

Ich kann nicht sagen, dass ich was dagegen habe. Natürlich nicht – so habe ich es mir ja immer vorgestellt. Den

Schwanz des Sheriffs in meinem Mund, und er stößt zu, dass die kleinen Steine an meinen Knien wehtun. Als ich seine ersten Tropfen schmecke, komme ich endlich scharf zum Orgasmus, weil ich mich weiter stimuliert habe. Meine Klitoris schwillt an, meine Beine zittern unter dem Druck – es ist toll, aber ich weiß, dass es noch besser sein kann.

Noch ehe ich mit diesem ersten Orgasmus fertig bin, fange ich schon an, den nächsten aus meiner noch harten Knospe herauszuholen. Das ist nicht schwer. Mir reicht schon, wie er sich bedenkenlos mit seinem Schwanz in meinen Mund stößt, grob und den schnellen Höhepunkt vor Augen. Ich könnte schreien vor Lust!

Ich besorge es ihm richtig, nehme ihn tief in den Mund und spüre, dass er noch weiter anschwillt. Er ächzt und stöhnt bei diesem Druck, den ich aufbaue, und bei all den Geräuschen, die er von sich gibt, höre ich kaum einen Anflug von Scham heraus.

Eigentlich wundert es mich, aber irgendwie ist es dann doch aufregend, als er keucht, er könne sich nicht mehr zurückhalten, er wisse nicht, was über ihn gekommen ist, ich hätte ihn nicht dazu verleiten sollen ... Wade hätte so etwas zwar nicht gesagt, und trotzdem hört es sich gut an.

Ich habe ihn verdorben. Und das war nicht schwer. Erst dachte ich, ich müsste meine Titten aufblitzen und mich ein paar Mal festnehmen lassen, um etwas bei ihm zu erreichen, aber es war nicht nötig. Er kommt schon in meinem Mund, pumpt reichlich in mich und gibt tiefe, kehlige Laute von sich, während ich mich ein zweites Mal mit der Hand zum Höhepunkt bringe.


Und so läuft es. Schlampe verdirbt Staatsdiener. Nachrichten um elf. Schlampe überredet ihn, ihren Fantasien nachzukommen, während sie die Augen schließt und an den tafferen, breitschultrigen, besseren Sheriff Wade denkt.

Der Schlampe scheint es nichts auszumachen, dass die Dinge nicht so laufen, wie sie es sich vorgestellt hat.

Und es macht mir nichts. Ich mache einfach weiter, ihn zu provozieren, und er ist weiterhin schwach und macht das, was ich will – zwingt mich in die Knie, drückt mich auf die Motorhaube. Zu den meisten Aktionen muss ich ihn nicht mal drängen. Wenn ich ihn einmal bis zu einem bestimmten Punkt getrieben habe, macht er alles wie von selbst.

Der Punkt, an dem es kein Zurück mehr gibt, denke ich. Er kann eben einfach nicht mehr zurück, wenn ich in seinem Beisein meine Nippel knete und mir durch den Stoff meines Rocks über meine Pussy reibe ... und Dinge zu ihm sage wie: »Möchten Sie nicht mal gucken, wie sich das hier anfühlt?«

»Ja«, keucht er dann immer. »Ja.«

Er ist wie ein Ertrinkender, der sich an Land zieht. Er lebt ein völlig anderes Leben aus und das gefällt ihm. Ich mache ihm da keine Vorwürfe.

Mir gefällt es auch.

Inzwischen rauche ich keinen Joint mehr, wenn er zur Bushaltestelle kommt. Ich stehe einfach da und warte darauf, dass er vorfährt und laut ruft. Er ruft laut, und dann frage ich ihn, was ich machen kann, damit ich nicht in den Knast muss.

Fast immer wünscht er sich, dass ich ihm einen blase. Und für mich ist das okay. Aber schon bald bin ich darauf nicht mehr so scharf wie zu Beginn und ich brauche mehr. Also frage ich ihn, ob er nicht auch mal meine Pussy ausprobieren will. Ich mache nämlich immer dieselben bösen Sachen und lerne nie meine Lektion, und deshalb brauche ich wieder eine. Okay?

Okay, kommt es von ihm. Bevor er mich auf die Rückbank drückt und mir die Hose runterzieht.

Den Schwanz hat er schon befreit, und ich habe nichts dagegen. Es stört mich nie, wie schnell und vielleicht rücksichtslos er immer ist, denn es ist nicht wirklich er, der mich antörnt. Für gewöhnlich sind es meine Finger, meine Hand, meine Fantasien. Die verspiegelte Brille und die Handschellen. Noch konnte ich Brook nicht dazu überreden, mir Handschellen anzulegen, aber das macht nicht viel, wenn er schon in meine feuchte und willige Pussy stößt, mir die Beine weiter auseinander zwängt, sodass sein Auto hin und her schaukelt.

Er hat es so eilig wie immer, das Haar fällt ihm ins Gesicht, der Schweiß tritt ihm aus allen Poren. Vielleicht quälen ihn schreckliche Gedanken, etwa *Was ist, wenn uns jetzt jemand erwischt? Was ist, wenn ich gar nicht mehr aufhören kann, diese Schlampe zu ficken?*

Denn er kann es nicht lassen. Kein Stück. Das sehe ich in seinem hübschen, geröteten Gesicht und merke es bei seinen ruckartigen Hüftstößen. Sein dicker Schwanz ist wie ein Kolben in mir, zu schnell für mich, um mein Vergnügen auszukosten.

Er gibt ein Grunzen von sich, als ich mich am Kitzler berühre, um weiterzukommen.

»Ohhh«, stöhnt er wie immer. »Du bist so nass, so geil.«

Aber ich denke, er meint »wie böse«. Doch, er meint, ich bin böse und verdorben. Ich bin ein *bad girl* und muss bestraft werden. Richtig?

Und er beantwortet mir die Frage, als er stöhnt: »Das ist's, das ist's« und sich zurückzieht und auf meine geschäftigen Finger spritzt.

Gott, wie langweilig er doch ist. Weiß er denn nicht, dass ich ihn jetzt zu schlimmeren Sachen drängen muss, weil er immer so ein Gutmensch ist und nie etwas Böses sagt?

Wie ärgerlich. Aber – Glück für ihn – ich bekomme es leicht hin. Kein Problem. Als ich das nächste Mal wieder einen Joint rauche, nehme ich meine Freundin Shona mit für eine Tour.

Und sage ihr vorher nichts. Kein Wort. Schauen wir mal, wie er das findet, der Sheriff Gutmensch-Waschlappen.

Das gefällt ihm gar nicht. Selbst durch die getönte Windschutzscheibe sehe ich, dass er das andere Mädchen fast ängstlich beäugt. Und sie erwidert den Blick und guckt auch so erschrocken. »Oh, nein«, wimmert sie, als wäre es ihr Ende, weil sie einmal einen Joint raucht.

Ich sage ihr: »Cool bleiben. Ich bringe uns da raus, kein Problem.« Und ich denke, dass ich das könnte. Ich könnte uns beide da raushauen, denn ich müsste Sheriff Brook ja nur mit einem drohenden Blick ansehen und den armen Kerl an all seine Schandtaten erinnern.

Dass ich der eigentliche Drahtzieher bin – und ihm alles eingebrockt habe –, ändert nichts an der Tatsache, dass er seinen Job verlieren wird. Denn er hat die ganze Zeit ein Mädchen, dem er Handschellen hätte anlegen müssen, ausgenutzt und gebumst. Er braucht ja nicht zu wissen, dass ich es mag, wenn man mir Handschellen anlegt.

Er weiß eigentlich gar nicht Bescheid, über nichts.

»Was geht hier vor?«, will er wissen, aber eigentlich sprechen seine Augen. Sein Blick streift mich, gierig und verwirrt.

Ich versuche, so verzweifelt und zerknirscht wie möglich dreinzublicken.

»Tut uns wirklich leid, Sheriff«, sage ich. Shona nickt eifrig. Brook kneift wieder das Auge leicht zusammen und schaut mich an. »Wir tun es auch nicht mehr.«

Sein Auge verengt sich weiter, aber ich glaube nicht, dass er ahnt, was ich vorhabe. Er weiß bloß, dass es mir natürlich überhaupt nicht leidtut und dass ich es immer wieder machen werde. Ich mache es immer und immer wieder, bis er genau so ist, wie ich ihn haben will.

Ich bin böse. Sehen Sie nicht, wie böse ich bin?

»Bitte nehmen Sie uns nicht fest. Wir werden *alles* tun!«

Ich bin mir sicher, dass er an unsere erste Begegnung denkt. Auch da habe ich, glaube ich, alles in Aussicht gestellt. Oder zumindest war das in meiner Fantasie so.

»Yeah«, wiederholt Shona. »Alles.«

Sie ist eigentlich nicht so wie ich. Nicht Shona. Aber vielleicht ist sie mir ähnlicher, als ich vermutet habe. Denn sie sieht ihn so an – ich glaube, sie hat nichts gegen ihn. Und einen Moment lang sehe ich ihn mit ihren Augen: Er ist groß und kräftig und hat ein nettes Gesicht. Um seine leicht gebogenen Mundwinkel spielt immer diese leise Unsicherheit.

Ich weiß, dass er gut aussieht. Aber an diese Tatsache musste mich wohl erst Shonas hungriger Blick erinnern.

Ich frage mich, warum er sich um alles in der Welt gerade auf eine wie mich eingelassen hat. Weiß Gott, was er über die ganze Sache denkt. Wahrscheinlich müsste man ihn weiter provozieren, aber wo landen wir dann?

Ich weiß es nicht, weil ich noch nie so weit gegangen bin.

»Zeig ihm deine Titten, Shona«, sage ich, und einen Moment lang starrt sie mich an. Ich spüre ihren Blick, aber erwidere ihn nicht. Ich schaue in Brooks weiche Rehaugen und teste aus, ob er die ganze Sache abbricht.

Aber das kann er natürlich nicht. Shona fragt ihn, ob es das ist, was er von uns verlangt, damit er uns laufen lässt, und er geht darauf nicht ein. Er sagt nicht Ja, nicht Nein, kein »vielleicht«. Er steht einfach nur da, die Daumen in den Gürtel gehakt, und wartet, dass Shona etwas macht.

Er wartet viel zu lange. Er nimmt sich nicht, was er vielleicht will, fordert es nicht ein, akzeptiert es nicht.

Doch er scheint es ein wenig mehr zu akzeptieren, als sie ihr T-Shirt anhebt und ihm ihre kleinen, runden Titten zeigt. Kein BH – hauptsächlich weil sie keinen braucht. Ihre Brüste sind so fest wie Wades Griff an meinem Handgelenk.

Sie kichert ein wenig.

»Gefallen Sie Ihnen?«, fragt sie, während ich merke, dass ich mich irgendwie ärgere. Ich glaube, ich habe damit gerechnet, dass sie nervöser sein würde. Dass sie anders wäre als ich. Aber ich denke, er ist einfach der Typ, der einen geradezu auffordert, ihn herauszufordern. Ihn zu zwingen. Ja, blitze ihn mit deinen Titten an, bis er rot wird.

Doch er wird kein bisschen rot. Stattdessen stiert er mich wütend an.

Ich ignoriere diese zornige Miene und kichere ebenfalls.

»Sie hat tolle Dinger, oder?«, meine ich und umfasse ihre feste linke Brust mit einer Hand. Ich habe recht – sie hat wirklich tolle Dinger. Ihre Haut fühlt sich weich an, und Shona windet sich sogar ein bisschen für mich.

»Ich schätze, sie kann richtig gut blasen«, fahre ich fort und begrapsche sie weiter vor seinen Augen. Um ihn damit zu unterhalten, oder mich, ich weiß es nicht.

»Alter – möchtest du, dass ich dir einen blase?«, fragt sie, als könnte sie kaum glauben, dass die Dinge in diese Richtung laufen. Oder sie hat schon die ganze Zeit geahnt, dass ich so etwas im Sinn hatte – vielleicht mit seiner Zustimmung. »Weil ich richtig geil darauf bin. Sie sind *scharf!*«

Wieder regt sich Ärger in mir, aber diesmal schüttele ich dieses Gefühl ab. Ich trete einen Schritt vor und lege meine Hand auf die eindeutige Wölbung seiner Hose.

»Würde Ihnen das gefallen, Sheriff?«, frage ich.

Jetzt habe ich wieder seine Aufmerksamkeit.

»Zeig mir deine Titten«, sagt er, und ich mache es. Ich streife meine dünne Jacke ab und stehe da in der kalten Winterluft, schiebe mein Hemd hoch und präsentiere meine Bälle. Es wird schon allmählich dunkel, daher glaube ich zuerst, dass er nicht genug sehen kann, aber meine Haut ist blass, sie leuchtet richtig in der Dämmerung. Ich kriege schon eine Gänsehaut und fange an zu zittern, obwohl ich sicher bin, dass ich es nicht müsste.

Es ist kalt. Auch Shona zittert.

»Also, kommen Sie«, sagt sie hinter mir. »Holen Sie ihn raus.«

Sie meint seinen Schwanz, denke ich. Sie wird richtig übermütig. Jetzt legt auch sie eine Hand über seinen gespannten Hosenbund und reibt mit ihrer kleinen Hand über die Wölbung. Als er seufzt und sich an sein Auto lehnt, wagt sie sich weiter vor, und das hätte ich auch getan. Jetzt macht sie seinen Reißverschluss und den Knopf auf und schiebt ihre Hand in seine Hose.

In der zunehmenden Dunkelheit grinst sie mich an. Und ihr Grinsen wird noch breiter, als er ihr sagt, dass sie weitermachen und auf die Knie gehen soll.

Eine Weile schaue ich nur zu. Ihr Kopf unterscheidet sich nicht sehr von meinem – sie hat auch dieses rötlichbraune Haar, dieselben schmalen Schultern unter dem zu dünnen T-Shirt. Aber sie ist dünner als ich und nicht so geschickt, wenn es darum geht, ihn ganz in den Mund zu nehmen – ja, sie braucht da Anweisungen. Ihre Technik ist nicht so ausgefeilt, und obwohl der Anblick erregend ist – dieser kleine Mund, ausgefüllt von seinem Schwanz, zu viel Spucke überall, sodass die Haut glänzt –, müsste er es ihr eigentlich sagen. Er müsste sie führen.

Aber er unternimmt nichts. Deshalb mache ich es. Ich lege ihr meine Hand auf den Kopf, schiebe meine Finger in ihr

Haar, das meinem ähnelt. Ich drücke ihren Kopf ein wenig nach vorn, ziehe ihn wieder zurück und zucke zusammen, als ich sie stöhnen höre. Ich stelle mir vor, wie geil ich das finde, wenn mir jemand eine Hand ins Haar wühlt, während ich einem Typen einen blase.

Es ist gar nicht so schwer.

»Gefällt Ihnen das?«, frage ich ihn, aber er hat die Augen zu, hat den Kopf in den Nacken gelegt. Er stößt die Hüften nach vorn, und daher zwinge ich Shona, sich seinem Rhythmus anzupassen. Ich sage ihr, dass sie fester lutschen soll, weil er es ihr nicht sagt, und die Zunge einsetzen muss.

Es ist leicht, die Leitung zu übernehmen. Aber ich warte immer noch darauf, dass er mich auffordert, auf die Knie zu gehen. Dann will er, dass ich sie küsse, und ich gehorche. Wir küssen uns an seinem drängenden Schaft, stöhnen wie richtige kleine Pornostars und kichern, als er uns »tolle Mädchen« nennt.

Oder zumindest kichert Shona. Ich lutsche derweil weiter, lecke ihn, erkunde alles, was ich mit meiner Zunge finden kann – und dazu zählen dann auch ihre festen Titten. Sie sehen zum Anbeißen aus, und das zahlt sich aus, als er stöhnt, ich solle weitermachen. »Yeah«, macht er. »Saug an ihren Nippeln.«

Während sie wimmert und keucht.

Und da wir beschäftigt sind und ihn einen Augenblick lang ignorieren, nimmt er seinen Schwanz in die Hand – bald knetet sie meine Brüste, und wir küssen uns richtig. Aber er spritzt noch nicht sofort ab. Er hat sich etwas Besseres überlegt, wie es aussieht, und nicht das, was ich mir vorgestellt habe – dass sein Saft auf uns spritzt, während wir uns küssen und an uns herumfummeln. Stattdessen fordert er uns auf, aufzustehen und uns zu bücken.

Mir kommt die Idee, uns spanken zu lassen, aber ich schätze, mein Typ ist erwachsen geworden, denn er hat eigene Pläne. Er hebt unsere kurzen Röcke an, als wir uns richtig positioniert haben, und zieht Shona den Slip herunter, während sie ihm sagt, wie geil sie ist.

Seltsamerweise fühle ich mich gar nicht so aufgegeilt. Ich will ihn zwar wieder in mir spüren, aber die Sache ist ... ich glaube, ich muss noch warten. Denn er will definitiv die kleine, geile Shona ficken.

Doch dann überrascht er mich. Er steckt heute voller Überraschungen. Er reißt mir den Slip herunter und dringt schnell in mich ein. Doch durch mein Haar, das mir ins Gesicht fällt, sehe ich, dass er Shona gleichzeitig anfasst. Er schiebt ihr einen Finger in die Pussy – und sie scheint sich nicht beklagen zu wollen. Sie keucht nur die ganze Zeit, wie geil es ist, während er mich mit einer Hand an der Hüfte festhält und mich richtig hart nimmt.

»Küss sie«, fordert er mich heiser auf. Obwohl ich bei seinen Stößen taumele und den Slip an den Fußgelenken spüre, packe ich sie am Nacken. Ich schiebe ihr meine Zunge in den Mund.

Sie ist praktisch wie von Sinnen, stößt sich gegen seine Pussyfinger, als hätte sie Angst, er könne weglaufen, wenn sie sich nicht beeilt. Ich weiß, wie sie sich fühlt. Manchmal denke ich, dass er eines Tages einfach nicht mehr da sein wird, weil ihn das ganze Ficken verrückt gemacht hat ... ganz zu schweigen von den *bad girls*. Mittlerweile müsste er aber wissen, dass ich ihn nie abzocken würde.

Wenn ich das täte, würde jeder wissen, wie verdorben ich bin. Und dann wäre er weg. Er wäre so richtig durch den Wind und käme nie wieder.

»Oh, yeah, honey, ich komme gleich«, stöhnt er.

Shona winselt, er habe sie noch gar nicht gefickt, aber

das scheint ihn nicht zu stören. Er stößt noch einmal richtig hart in mich, spritzt seine Ladung ab und zieht sich zurück.

Ich denke an das Wort *honey* und zittere am ganzen Körper und wünsche mir, Shonas Mund wäre sein Mund.


Danach sehen wir uns eine Weile nicht. Was mich nicht überrascht. Es überrascht mich auch nicht, dass ich Shona kaum noch sehe, obwohl ich ziemlich schnell mitkriege, dass sie weiterhin Spielchen mit ihm treibt. Richtige Spielchen, ohne mich und Bestechungsspielchen. Doch ich weiß nicht, wie dämlich sie waren – ich kann nicht daran denken, ohne heiße Wangen zu bekommen. Ohne in meinem Haus auf dem Boden zu knien und mir vorzustellen, wie er vor mir steht.

Aber das erzähle ich ihm nicht, als ich ihn das nächste Mal sehe. Er nimmt mich mit, als ich vom *Gas and Guzzle* nach Hause laufe. Er meint, ich solle mehr an den Beinen haben, wenn es draußen so kalt ist.

Es ist komisch, vorn im Wagen zu sitzen.

»Sie sind ein Idiot«, sage ich, weiß aber nicht, ob das meine Antwort auf seinen Rat ist. Meine Beine fühlen sich wirklich ziemlich kalt an. Vielleicht sollte ich öfter Jeans tragen, selbst wenn es cool ist, wenn sein Blick auf meine bloßen Beine fällt.

»Yeah, dachte mir schon, dass du so was sagst«, antwortet er. Du dummer Sheriff Brook.

»Vielleicht sollten Sie da was ändern. Vielleicht sollten Sie nicht länger so ein verdammter Gutmensch-Klugscheißer sein.«

»Hältst du mich für einen Klugscheißer?«

Er bläst die Backen auf, schüttelt den Kopf. Yeah, ich denke, er ist ein verdammter Klugscheißer.

»Ich denke, dass du verdammt leicht zu haben bist.«

Ich sehe, wie sich seine Kiefermuskeln verspannen. Er schlägt hart auf das Lenkrad.

»Ach ja? Und ich schätze, das sollte nicht so sein? Ich denke, Sie wissen genau, wie ich sein müsste – dann sind Sie also doch der Klugscheißer, was sagen Sie nun?«

Er sieht mich nicht an, aber ich sehe ihn an. Die nächsten Worte speie ich mit Nachdruck in seine Richtung: »Sie sollten mehr sein wie Wade. Ja, so sollten Sie sein.«

Ich knurre schon fast, als er vor seinem Haus hält. Nicht vor meinem – vor seinem. Er macht den Motor aus, und plötzlich will ich ihn nicht mehr ansehen. Jetzt dreht er den Kopf zu mir, aber ich starre einfach geradeaus in die Dunkelheit.

»Du willst, dass ich wie Sheriff Wade bin? Das willst du?«

Doch ich sage darauf nichts. Also starrt er mich weiter an, und zwar wütender als je zuvor. Plötzlich scheint er jemand anders zu sein, so anders, dass ich ihm eine verspiegelte Sonnenbrille aufsetzen will.

»Okay, Starla. Dann werde ich Sheriff Wade sein. Ich werde der richtig taffe Typ für dich sein und dir sagen, was du tun sollst. Wie wäre das?«

Ich schließe die Augen. Endlich. Endlich. Mit geschlossenen Lidern sitze ich reglos da, um jedes Wort genau zu verstehen, das er jetzt sagt.

»Geh in das Haus. Geh hinein und setz dich an den Tisch. Klar? Setz dich also an den Tisch, und wenn ich reinkomme, dann isst du das Essen, das ich dir mache. Und wenn du das nicht machst ... wenn du das nicht machst, Starla, dann werde ich wohl richtig sauer werden.«

»Wie sauer?«, frage ich, aber die Worte sind leise.

»So sauer, dass ich nicht weiß, was ich machen werde. Vielleicht muss ich dich am Bett festbinden und dir einen Knebel in dein loses Mundwerk stopfen. Und dann lasse ich dich da liegen, bis du es kaum noch aushalten kannst, weil du es unbedingt brauchst. Denn so ist es doch, oder? Du bist eine geile Schlampe, die es richtig hart besorgt bekommen will.«

»Ich glaube, ja.«

»Ich glaube, ja, was?«

»Ich glaube, ja, *Sir*.«

»Und jetzt ins Haus mit dir.«

Ich will es gar nicht. Ich will nicht in seinem netten Haus sein, bei all den Möbeln, die vielleicht gut riechen und poliert sind. Alles ist sauber. So wie er. Wahrscheinlich macht er mir ein echt gesundes, vorbildliches Essen, denn so ist er nun mal. Vorbildlich. Er ist so vorbildlich, dass er mich ganz krank damit macht.

Aber letzten Endes ist es wohl nur fair. Ich habe ihn dazu gebracht, schlimme Sachen zu machen. Jetzt will er mir was Gutes tun. Ein fairer Handel. Vielleicht können wir nach dem Essen ja die Rollen tauschen. Vielleicht ist der eine nicht gut und der andere nicht böse, denn ihm scheint beides zu gefallen. Er ist eben so ein Gutmensch. Er ist eine echte Nervensäge, ein Spaßverderber.

Warum habe ich dann aber nicht das Gefühl, dass er mir den Spaß verdirbt? Denn stattdessen steige ich aus dem Auto und gehe ins Haus. Und als ich mich nicht überwinden kann, mich an den Tisch zu setzen, schlägt er mir mit der flachen Hand auf den Arsch. Und als ich sein blödes Essen nicht mag, schlägt er mir wieder auf den Arsch. Und als ich mein Anmeldeformular fürs College nicht ausfüllen kann – oh, Gott, dann kriege ich es richtig.

Ich kriege es die ganze Zeit.

Und wenn er bis zum Hals im Papierkram steckt und nicht auf irgendeine Reform oder ein Disziplinarverfahren drängt, sage ich zu ihm: »Wenn Sie mich laufen lassen, dann mache ich, was immer Sie wollen, Sheriff. Ich kann alles sein und alles machen. Wirklich, alles. Sie brauchen nur ein Wort zu sagen, und dann werde ich richtig gut zu Ihnen sein, ist versprochen. Ich werde gut sein.«

# *Telefoniert*

Sie reden über alles. Sie weiß es. Sie weiß, ob er sich für grün oder für blau entscheidet. Sie weiß, wie sein Tag gewesen ist. Was er zum Abendessen haben möchte und auch sonst alle Kleinigkeiten am Tag.

Der eine kennt das Leben des anderen in- und auswendig. Es gibt nichts, worüber sie nicht reden könnten. Und vielleicht ist das der Grund, warum sie die besten Freunde sind.

Oder es liegt daran, dass sie das meiste am Telefon regeln.

Am Telefon sieht man nämlich nicht, wenn der andere die Augen verdreht. Keiner fasst den anderen unbeholfen an, keine steifen Umarmungen, kein Händeschütteln und all dieser Quatsch. Sie mag diesen seltsamen Tunnel der Geräusche, ganz so, als würde er Worte in sie füllen, die von allem Ballast befreit sind, der unangenehm oder schmerzhaft sein könnte.

Sie kann sich ihr eigenes Bild von ihm machen. Wenn er einen Moment lang schweigt, hat er das Interesse nicht verloren. Er hat dann einfach den Hörer fallen lassen oder einen Schluck Tee genommen, oder er lässt sich Badewasser einlaufen. Man sieht keine andere Person an, die vielleicht gelangweilt ist. Alles ist voll konzentriert, eindeutig vorgegeben, aufeinander bezogen.

Und dann ist da natürlich noch seine Stimme. Dieser fast monotone Tonfall, bei dem jede noch so kleine Betonung elektrisierend wirkt. Dieser dunkle, metallene Beigeschmack, als wäre er insgeheim ein böser Roboter. Er ist HAL 9000 aus *Odyssee im Weltraum* und sagt ihr, dass er dies nicht tun will, dass es aber nur zu ihrem Besten sei.

Sie hat keine Ahnung, was für sie das Beste ist, aber die Telefonanrufe helfen ihr. Sie helfen bei scheinbar unbedeutenden Sachen, etwa dabei, dass die eigenen sozialen Kompetenzen nicht verkümmern.

Genau das sagt er zu ihr, als sie beide gleichzeitig Sandwiches mit Dosenschinken zubereiten, dreißig Meilen voneinander entfernt. Sie kann sich gar nicht erinnern, wann sie das letzte Mal Sandwiches gemacht haben und nicht voneinander getrennt waren.

Genau das sagt sie ihm, während sie sich beide alte Episoden von *Poirot* anschauen und überlegen, wer der Täter sein könnte. Und da sind sie auch dreißig Meilen voneinander entfernt.

Und später lauschen sie, wie der jeweils andere ins Bett geht und zufrieden seufzt, oder zumindest in einer Weise, dass es zufrieden klingt. Und an diesem Punkt sagt Roy dann zu Olive: »Gute Nacht, Ol.« Und Ol sagt dann immer zu Roy: »Gute Nacht, Roy.«

Und beide denken sie kurz vorm Einschlafen: Dreißig Meilen ist keine so große Entfernung.


Aber dreißig Meilen *ist* eine große Entfernung. Sie ist sogar so groß, dass Olive schon vergessen hat, wie Roy aussieht.

Natürlich weiß sie, dass er ein sehr ausdrucksstarkes Gesicht hat – wie bei einem Stummfilmstar –, aber das liegt vielleicht auch nur daran, dass sie in letzter Zeit viele Stummfilme gesehen hat. Zweifellos wird er sich jede Menge nackte Schauspielerinnen ins Gedächtnis rufen, weil er in letzter Zeit ziemlich viele anzügliche Filme gesehen hat.

Alles nur Recherche für eine Homepage, die er für jemanden bastelt und auf der Sexszenen aus Kinofilmen gelistet sind. Nicht weil er so geil ist. Sie überinterpretiert es nicht gleich, wenn er etwas aufgeregt von der dritten Sexszene in einem Kinofilm erzählt, in dem jede Menge Leute kunstvoll vögeln.

Sie sind beide beruflich sehr beschäftigt, habe anstrengende Jobs. Bis sie wieder zu Hause sind. Dreißig Meilen voneinander entfernt.

Roy entwirft Websites. Olive schreibt Artikel übers Stricken und anderen solchen Quatsch. Beim Stricken und Webdesign haben die Leute viel zu tun, so hat sie es einmal jemanden sagen hören. Nichts von alldem hat irgendetwas zu tun mit Themen, die sie oder sonst jemanden beschäftigen.

Nur weil Roy seit Jahren in der Öffentlichkeit die Hände nicht aus den Taschen genommen hat, bedeutet das noch nicht, dass er Probleme hat. Wie er ihr eines Abends erzählt. Und viele Leute tragen heutzutage Handschuhe. Miss Marple, zum Beispiel.

Und daher ist es auch nicht seltsam, dass sie in letzter Zeit kaum je Augenkontakt mit einem Mann hatte. Sie hat ihre Gründe, wie sie ihm erzählt. Und das liegt weit zurück, in einer Zeit, als fast jeder Mann im College ihr immer in das Etwas-kleinere-Auge-der-beiden-Augen schaute. Und natürlich auf ihre großen Brüste.

Er wiederum sagt ihr, ihr eines Auge sei gar nicht kleiner als das andere. Aber so etwas erzählt er ihr immer. Er ist ihre Wärmequelle, ihre beruhigende Stimme. Er ist sehr überzeugend, auch wenn er sie schon lange nicht mehr gesehen hat, und sie sich daher fragt, ob er noch weiß, wie sie aussieht.

Aber das ist nicht so schlimm, denn sie hat sein Gesicht auch vergessen. Beide scheinen sie ihr eigenes Geheimnis zu haben, obwohl sie so vieles miteinander teilen. Er fragte sie, ob er hören darf, wie sie sich ihre eingeseiften Beine rasiert. Sie lauscht am Hörer, wenn er sich zwischen den Zehen wäscht.

Es hat sich eben alles so entwickelt, was die beiden verbindet. Und dennoch erschreckt es sie so, dass sie beinahe ihr Laptop vom Bett gestoßen hätte.


Sie hat das Gefühl, dass sie immer in allen Belangen ehrlich zueinander gewesen sind, und daher ist es wichtig, ihm gegenüber auch jetzt ehrlich zu sein. Warum sollte sie lügen, wenn es um den Artikel geht, den sie kürzlich für das Magazin *Scandalous* geschrieben hat? Er unterscheidet sich nicht groß von jenem Artikel über Strickpullover, den sie ihm vorgelesen hat.

In beiden Artikeln geht es um Prozesse. Allerdings geht es in einem eher um die körperlichen Prozesse. Die guten, nicht die Zur-Toilette-müssen-Prozesse.

Aber nachdem sie ihm die erste erfundene Geschichte vorgelesen hat, ist er sehr still. Stiller noch als bei den Artikeln »Stricken in den Jahrhunderten« und »Stricken: Nicht nur für Omis«. Sie hat sogar einen Moment Angst. Der Tunnel könnte sich schließen. Niemand will wissen, dass das *Scandalous*-Magazin keine wahren Geschichten von Ausschweifungen druckt – tatsächlich werden diese Geschichten von hoffnungslosen Leuten erfunden, die im stillen Kämmerlein sitzen und deren eines Auge kleiner ist als das andere.

Aber ihre Freundschaft fußt auf Sandwiches mit Dosenschinken, Stricken, *Poirot*. Älteren Sachen. Nicht auf Sex.

Obwohl es unfair von ihm wäre anzunehmen, dass die Älteren nie Sex haben, meint sie.

Aber dann sagt er: »Wow.« Sie weiß, dass er es auch so

meint, denn die Hälfte des Worts wird von knackenden Geräuschen in der Leitung verschluckt. Und dann sagt er ihr, dass er sie nun von einer ganz anderen Seite kennengelernt hat. Von einer guten Seite. Einer faszinierenden! Sie habe ja Seiten an sich wie ein Pentagon. Nein, wie ein Oktagon!

Das ist ungefähr so wie zu der Zeit, als sie gestand, dass sie dem Dosenschinken doch lieber die Sardinencreme vorziehen würde.

Als er ihr am Ende dieses Telefonats eine gute Nacht wünscht, hat sie den Eindruck, dass seine Stimme wärmer klingt als sonst. Sie haben sich ganz neue Dinge erschlossen. Der Tunnel ist zwar noch dreißig Meilen lang, aber inzwischen bestimmt zehn Meilen breiter.

Und als sie einschlummert, versucht sie krampfhaft sich vorzustellen, wie sein Gesicht aussah.


Das Laptop ist noch nicht ganz vom Bett gefallen. Zunächst sagt er etwas vollkommen Unerwartetes, als sie gerade im Begriff ist, *Poirot* einzuschalten. Er sagt nämlich: »Hast du noch was anderes für das *Scandalous*-Magazin geschrieben? Lies mir das kurz vor, ehe *Poirot* anfängt. Wir können uns die Folge ja ... später noch ansehen, weißt du?«

Sie wundert sich, dass er eine Pause beim Sprechen gemacht hat. Und dann das »weißt du?«. Es klingt fast ein bisschen düster, als habe da einer noch eine Leiche im Keller. Dabei hat keiner von ihnen einen Keller, und an einem »weißt du« ist eigentlich nichts Düsteres dran.

Es liegt wohl an seinem Tonfall. Er klingt plötzlich tief und verschlagen.

»Bist du sicher? Denn heute kommt Damian Lewis in unserer Folge vor und –«

»Ach, Damian kann warten. Auch Damian würde wahrscheinlich gern deine erfundene-wahre Geschichte hören, wenn er die Wahl hätte. Er findet es bestimmt okay, wenn du ihm zuvorkommst. Vielleicht lauscht er ja schon an der Wand.«

»Sein Leben ist bestimmt so wie eine dieser Stories.«

»Dann versage sie uns nicht. Unser Leben ist nicht so wie *Y Tu Mamá También* mit vielen älteren Frauen, die plötzlich Sex mit uns haben wollen.«

»Hast du dir diesen Film für deine Website angesehen?«, fragt sie, aber in Wirklichkeit denkt sie: *Er sagte »versage sie uns nicht«, als hätte ich die Schlüssel zu einem Zauberreich.*

»Woher weißt du das?«

»Nur so eine Idee.«

Sie glaubt, ihn am anderen Ende der Leitung lächeln zu hören. Manchmal ist das so.

»Okay, also in dieser Geschichte geht es um zwei Fremde an einem Strand.«

»Fängt der Artikel an mit ›Lieber *Scandalous*‹?«

»Na klar, so fangen sie alle an. Hör zu. ›Lieber *Scandalous*, seit fünf Jahren lese ich mit Freude Ihr Magazin und habe beschlossen, Ihnen zu schreiben, um Ihnen von dieser ziemlich schmutzigen Sache zu erzählen, die mir widerfahren ist.‹«

»Mir gefällt, dass du ›ziemlich‹, sagst.«

»Danke. Aber egal, zurück zu Mrs X aus Brighton.«

»Oh, ja, Brighton ist ein wirklich verdorbenes Pflaster.«

»Absolut.«

»Und Mrs X ist ein toller Name für eine vollkommen nicht fiktionale Person.«

»Ich habe schon oft daran gedacht, diesen Namen anzunehmen.«

»Kann ich dich dann heiraten und Mr X sein?«

»Leider läuft es in der Welt nicht so. Wie schade. Wenn wir

heiraten würden, wäre ich nur Olive Meadows. Du würdest mir das tolle X stehlen.«

»Nie würde ich dein X stehlen wollen. Bei Todesstrafe verboten.«

»Okay, aber das ist ja nun gar nicht sexy. Der Tod ist nur sexy, wenn du jemanden anbietest, ihn totzuficken.«

»Wird denn in der Geschichte jemand zu Tode gefickt?«

Ehe sie antwortet, durchrieselt sie ein eigenartiges Gefühl. Denn sie überlegt, ob sie jemals aus seinem Munde das Wort »gefickt« gehört hat, und ist erschrocken, als ihr klar wird, dass er es in ihrem Beisein noch nie in den Mund genommen hat. Er flucht auch nie. Tatsächlich hat er noch nie etwas gesagt, das im Entferntesten anzüglich wäre. Sie kann sich nur erinnern, dass er über die Sexszenen, die er für die Website auflistet, immer nur in gewählten Anspielungen und Euphemismen gesprochen hat.

»Wer weiß, vielleicht. Hör zu.«

Und das tut er. Sie erzählt ihm die ganze Sache, auch die Stellen, in denen es um sein von Nebel verhülltes Gesicht geht, an das sie sich nicht mehr richtig erinnern kann. Dabei hatte sie es gar nicht so beabsichtigt. Sie denkt nicht in dieser Weise von ihm. Sie sind bloß befreundet. Es ergab sich nur so, dass sie bei der Beschreibung des Mannes, der die unerschrockene Heldin in den Sanddünen vögelt, vielleicht auf allzu bekannte Merkmale zurückgegriffen hat.

Als sie zu Ende vorgelesen hat, sagt er kein Wort. Sie kann nur seinen Atem hören, der weich und langsam kommt.

»Bist du noch dran?«, fragt sie und ist sich sicher, dass sie ihn wieder lächeln hört.

»Ja, ich bin noch dran, Ol.«

»Hat es dir gefallen?«

»Ja. Hey, weißt du noch, als wir beide unten am Strand waren?«

Natürlich weiß sie das noch. Sie aßen Softeis und bauten eine Figur aus Sand, und das alles vor acht Millionen Jahren.

»Ja, weiß ich noch.«

»Das war toll, oder? Wir sollten das bei Gelegenheit wiederholen«, sagt er, doch sie ahnt, dass er weiß, wie unrealistisch das ist.

»Klar, Roy«, meint sie, und auch sie weiß, dass es nie wieder so sein wird.

»Gute Nacht, Olive.«

»Gute Nacht, Roy.«


Es passiert mitten in der dritten Story. Gerade als sie sich richtig daran gewöhnt hat, laut vorzulesen, diese kleinen Geschichten, die sie sich ausgedacht hat. Diese hell lodernden Geheimnisse, die in ihrem Herzen gedeihen und ... noch in anderen Stellen.

Es passiert, als sie vorliest: »Oh, fülle mich mit deinem heißen Saft.«

Natürlich sagt nicht *sie* diese Worte, sondern die nuttige Nachbarin, die sich vom Jungen von nebenan durchbumsen lässt. Jeden Sonntag kommt er vorbei und bringt sie dazu, dass sie die Beine breit macht, damit er sich zwischen ihre Schenkel legen kann.

Er mag es besonders, auf ihrem Körper ein Muster aus seinem Liebessaft zu machen. Am Ende der Story ist sie davon überzogen, und überall klebt es. Aber sie kommt gar nicht erst zu der Stelle mit dem klebrigen Liebessaft, denn gerade als der Nachbar sich wie wild zwischen ihre Schenkel treibt und alle möglichen anzüglichen Dinge sagt, lässt sich auch Roy vernehmen.

Doch er sagt nichts.

Das Laptop verrutscht. Der Hörer wird heiß und scheint

an ihrem Ohr festzukleben. Bei all diesen schnellen, flachen Atemzügen und diesen verdächtigen feuchten Geräuschen und schwachen Lauten, die zu bedeuten scheinen »hör nicht auf!«, merkt sie, dass sie innehalten muss.

»Bist du . . . bist du noch dran, Ol?«

Er klingt nervös, aber nicht halb so nervös, wie er eigentlich sein müsste. Sie überlegt, was sie ihm antworten soll, damit er wieder ruhiger wird . . . und sie übrigens auch, aber all ihre Worte werden von drei vollkommen deplatzierten Worten verdrängt. »*Masturbierst* du etwa?«

Zum Glück kommt es ihr eher ungläubig und belustigt über die Lippen und nicht angewidert. Es ist schockierend, dass ein Mann, der nie flucht, masturbiert, während sie ihm schmutziges Zeug vorliest, aber sie findet es nicht widerlich. Sie hat das Gefühl, als habe jemand Druck auf ihre Schultern ausgeübt, und mit einem Mal sind die Hände nicht mehr da. Ihr kommt es so vor, als stecke sie in dem Tunnel fest, doch nun ist da noch eine Luke, durch die sie fliehen kann.

Die Pause, die er in die Länge zieht, ist die längste in ihrem Leben.

»Ich . . . könnte es tun. Was ist dann?«

»Nichts, ich –«

»Das ist ein absolut gesunder Zeitvertreib. Neunzig Prozent aller männlichen Erwachsenen üben diese Aktivität siebzehn Mal am Tag aus, und die restlichen zehn Prozent lügen. Obwohl ich zugeben muss, dass es nur bei mir siebzehn Mal am Tag sind.«

»Siebzehn Mal kommt mir aber ein wenig exzessiv vor.«

»Sagt die Frau, die mir Sexszenen vorliest. Könntest du bitte weitermachen?«

Sie überlegt. Denkt an sein Schweigen zuvor. Er schwieg, weil er aufgeregt war. Die plötzliche Aufregung ließ ihn verstummen, und nun wärmt eben diese Aufregung ihre Wangen und schlängelt sich heiß durch ihren Körper. Ja, ihr Körper heißt diese Wärme willkommen.

Wieder versucht sie, sich seine Gesichtszüge in Erinnerung zu rufen, sieht aber stattdessen seine Hände. Seine großen, kräftigen Hände. Seine langen Beine, als er zur Eisdiele schreitet. Sieht, wie seine dunkle Jeans seinen Hintern betont.

Wie es wohl wäre, wenn er der Nachbar von nebenan wäre, und sie die nuttige Nachbarin?

»Hast du dir vorgestellt, du wärst der Junge von nebenan?«

Seine Antwort kommt prompt und ehrlich.

»Ja.«

Sie hat sich geirrt. Sie waren nie ehrlich zueinander. Das weiß sie jetzt, weil in diesem einen Wort »Ja« seine wirkliche Aufrichtigkeit durchscheint.

»Wie fühlt sie sich an?«

»Wen meinst du?«

»Na, die Nachbarin.«

»Oh, gut. Weich. Sie will mich wirklich.«

»Masturbierst du wieder?«

»Ich könnte nicht mehr damit aufhören, selbst wenn mich jetzt eine plötzliche Lähmung befiele. Ich habe es jeden Abend nach einer Story gemacht. Ich habe mir auch vorgestellt, ich wäre der Fremde am Strand.«

»Oh, ich wette, das war toll.«

»War es auch.«

»Hat ihre Pussy gut geschmeckt?«

»Ja, absolut. Ich kann mich kaum noch erinnern, wie eine feuchte Pussy schmeckt, also hat mir das gefallen.«

»Mir war gar nicht klar, dass das dem Fremden am Strand so gut gefallen hat.«

»Es gefiel ihm. Mir auch. Ich mag es, außer Haus zu essen – das weißt du ja.«

»Ja, aber nur in dem nicht euphemistischen Sinn.«

Er stöhnt, aber sie weiß, dass es eher ein frustrierter Laut ist und kein anderer, verräterischer Laut.

»Geh wieder zurück zu dem Strand«, meint er.

Das fällt ihr nicht schwer. Denn es gibt unbeantwortete Fragen.

»Hättest du sie anders gefickt?«

»Ja.« Es knackt in der Leitung, als habe er die Position verändert. »Hätte ich ... ich hätte sie auf meinen Schoß gezogen.«

»Warum?«

»Dann könnte ich nach oben stoßen, und sie könnte sich auf mir bewegen.«

»Ich wette ... das würde ihr gefallen.«

Olive möchte das Wort »wette« gegen einen anderen Ausdruck tauschen. Ein »ich weiß« vielleicht. Sie könnte ihre Beine um die Taille des anderen schlingen und schön rhythmisch auf seinem Schwanz reiten ... bei diesem Gedanken greift sie sich dauernd an ihr Pyjamaoberteil. Sie zerrt und zupft daran herum, bis es schief sitzt und verschwitzt ist.

»Sag nicht *sie*«, meint er, und mit einem Mal klingt seine Stimme heiser. »Sprich von dir.«

Sie presst ihre Schenkel zusammen und schafft es, dieses eine Wort herauszubringen: »Ich ...«

Das scheint ihm schon zu genügen. Er keucht ein »Ja« und dann noch eins, direkt an ihrem Ohr. Dieses Keuchen bringt sie dazu, die Worte vollkommen zu ändern.

»Das würde mir gefallen«, versucht sie es. »Das würde mir gefallen.«

»Was würde dir denn noch gefallen?«

»Ich weiß nicht.«

»Möchtest du, dass ich dich streichle, während ich dich bumse?«

»Bumst du mich denn gerade?«

»Stell dir vor, es wäre so. Sag mir, wie sich das anfühlt.«

»Hm, ich ... gut. Es fühlt sich toll an. Du fühlst dich toll an und so ... groß.«

»Ich wette, das sagst du bei allen Kerlen.«

»Ich sage es aber zu dir, weil du in mir bist und mich hart mit deinem großen Schwanz bumst.«

Unverständliche Geräusche erreichen sie durch die Leitung.

»Du bist überall groß, oder?«

»Mein Schwanz scheint meine Hand zu sprengen.«

»Ich schätze, ich könnte ihn kaum mit meiner Hand umfassen.«

»Oh, das würde ich gern sehen.«

»Besorgst du es dir selbst hart oder eher weich? Schnell oder langsam?«

»Sowohl als auch. Mal so, mal so. Jetzt mache ich es mir gerade langsam, weil ich noch nicht kommen will, wenn du so mit mir sprichst.«

»Ich dachte, das war die Idee ... dass du kommst, während ich mit dir spreche.«

»Noch nicht. Ich möchte erst, dass du mich anfasst. Ich will, dass wir beide zugleich kommen. Nichts fände ich besser, als dich in einen großen ... wilden ... Orgasmus zu ficken.«

»Sag noch einmal Orgasmus.«

Und er zieht das Wort in die Länge wie Toffee.

»Deine Stimme klingt so ... so ...«

Aber ihr Körper bringt das zu Ende, was ihre Stimme nicht zu tun vermag. Ihre Hand wandert wie von selbst zu ihrer Pyjamahose, die sich über ihr pochendes Geschlecht spannt. Sie übt Druck aus mit der Hand, und der Druck und das nachfolgende Gefühl sagen alles über den Klang seiner Stimme – und was seine Stimme mit ihr macht.

Vielleicht tat seine Stimme das schon die ganze Zeit.

»Gefällt dir meine Stimme?«

Sie mag seine Stimme sogar so sehr, dass es immer er ist, der in das Ohr der Verkäuferin flüstert, er wolle sie so gern von hinten an der Ladentheke nehmen. Er ist es in Wirklichkeit, der dem Mädchen im Bus sagt, sie soll den Rock anheben. »Komm schon, heb ihn an. Das sieht niemand.« Und all ihre Frauen in ihren *Scandalous*-Geschichten gehorchen, weil seine Stimme so unwiderstehlich ist.

»Ol, magst du meine Stimme?«

Sie kann nur hilflos nicken. Natürlich kann er sie nicht nicken hören. Und er fährt fort: »Ich könnte dir alles Mögliche mit dieser Stimme erzählen. Ich könnte dir beschreiben, wie hart ich im Augenblick bin, nur für dich. Wie ich mit einer Hand über meinen von Speichel feuchten Schaft streichle und mir vorstelle, wie du deinen Mund langsam über meine Eichel schiebst und langsam lutschst. Ich möchte, dass du dich mit deiner Pussy auf mein Gesicht setzt und mir einen bläst, während ich über deine Klitoris lecke ... erzähl mir, wie sich deine Pussy anfühlt.«

Sie zögert. Ihre Finger stehlen sich bereits in ihre Hose, und ihre Spalte öffnet sich ihrem gierigen Tasten. Die Worte sind da. Aber sie klingen gedämpft, weil ihr Herz so laut pocht und die Erregung sich in ihr ausbreitet. Die Finger spielen an ihrem Kitzler, reiben über ihre Labien, bis sie ganz benommen ist.

Sie kann es kaum aushalten, sich selbst anzufassen. Ihre Finger verharren in ihrer Spalte, das Gefühl ihrer Feuchtigkeit erregt sie und macht sie noch feuchter. Und so gerät sie weiter in diesen Strudel der Lust.

»Bist du noch da?«

Seine Stimme bringt sie dazu, die Worte herauszulassen, die sie bislang zurückgehalten hat.

»Samtweich«, flüstert sie, bis ihr die Worte leichter über die Lippen kommen. »Weich und nass – meine Perle ist richtig hart.«

»Oh, das ist toll. Das ist wirklich toll. Sag noch mehr solche Dinge. Wie feucht bist du?«

»So nass, dass mir mein eigener Saft über die Finger läuft.«

»Ohhh. Das hört sich so gut an!«

Sie mag es, sein lang gezogenes »Ohhh« zu hören; es schwingt in ihrem Innern nach.

»Und ist deine Pussy richtig heiß?«

»So heiß, dass sie mich überall aufheizt.«

»Sag mir, wie du jetzt im Augenblick aussiehst.«

Sie versucht, sich zu konzentrieren und ihm zu gehorchen, aber das Geräusch, das seine Hand an seinem feuchten Schwanz macht – er scheint einen schnelleren Rhythmus gefunden zu haben –, lenkt sie ab. Sie stellt sich vor, wie er die Hüften vor- und zurückstößt. Sein Körper schwingt nun wie ihrer hin und her. Sie bewegt sich schon wie von selbst, auch wenn sie ihre Klitoris gar nicht direkt stimuliert.

Sie tut es nicht, weil sie dann sofort kommt, das weiß sie.

»Du weißt doch, wie ich aussehe«, sagte sie.

»Ich weiß es kaum noch. Erzähl's mir. Erzähl mir, wie deine Beine aussehen.«

»Rund, weich.«

»Würden meine Finger Spuren hinterlassen?«

»Ja. Oh, ja, bohr mir deine Fingernägel in die Haut.«

»Ist es das, was du willst?«

»Ja, ich liebe es, wenn sich Fingernägel in meine Haut graben. Und deine Zähne ...«

»Ich beiße dich überall, wo du willst. Erzähl mir was zu deinen Schultern. Über deinen Hals, erzähl es mir, und ich beiße dich dort ...«

»Meine Schultern sind gestrafft. Meine Haut ist dort sehr dünn und blass. Ich bin überhaupt überall sehr blass.«

»Wie ich?«

»Ich weiß es nicht, ich erinnere mich nicht.«

Sie kann sich an gar nichts mehr erinnern, weil er so viele Dinge sagt. Ihr eigener Name erscheint ihr wie ein komisches, obskures Wort. Seine schnellen Atemzüge steigern die schwindelerregende Lust weiter und weiter.

Selbst wenn sie noch nicht ihre Klitoris angefasst hat.

»Gott, ich schätze, du bist ganz weich. So weich, und dein Hals ... hebst du ihn meinem Mund entgegen?«

»Ja, ja.«

Wenn er von ihr eine längere Antwort erwartet, steckt sie in Schwierigkeiten. Sie ist erstaunt, dass er noch so viele zusammenhängende Sätze bilden kann, doch auch er zieht die Worte nun etwas mehr in die Länge und stößt sie zwischen zusammengebissenen Zähnen hervor.

»Oh, ich weiß, du schmeckst bestimmt toll. Jesus, ich glaube, ich platze gleich.«

Das Keuchen nach seinen letzten Worten bringt sie wieder zum Sprechen. Sie muss etwas sagen. Er kann doch jetzt noch nicht aufhören!

»Warte! Roy – erst musst du mir noch sagen, wie du aussiehst. Erzähl mir, wie dein Mund ist, wenn deine Lippen sich über dem Schwung meines Schlüsselbeins schließen und meinen Hals erobern. Sag mir, was deine Hände tun.«

»Ich bin fast da ... ich kann nicht länger ...«

»Bitte! Bitte erzähl mir irgendetwas.«

»Ich lasse dich klein aussehen, weiß du? Du bist so klein, und ich bin so groß. Ich bin groß und schlaksig und ... Mein Mund ist wie ... oh, Mann, Ol ...«

Sie erinnert sich wieder an seinen Mund. Sie weiß, wie seine Unterlippe aussieht, die weich und geschwungen wirkt.

Sie erinnert sich, wie diese Lippen das Softeis lutschten. Sie weiß noch, wie er in ihr volles Haar gegriffen hat und sich ihre Strähnen um seine große Hand gewickelt hat.

Wenn er daran gezogen hätte. Wenn er an ihrem Haar gezogen hätte, fast grob, ihren Kopf zurückgezogen und gesagt hätte: »Leck das Eis von meinen Lippen.« Wenn sie auf dem Heimweg etwas dichter beieinander gegangen wären, hätten sich ihre Lippen vielleicht gefunden.

Sie hätte ihren Rock anheben und ihn einen Blick auf ihre Unterwäsche erhaschen lassen können; sie hätte, auf dem Rücken liegend, die Beine in die Höhe strecken können, um ihn zu anderen Sachen zu ermuntern, zu schwindelerregenden Sachen, die sie hinter sich gelassen haben, seit sie auf eine Entfernung von dreißig Meilen telefonieren. Und die Gründe, warum sie diese Sache nicht vertieft haben, will sie lieber nicht weiter ergründen. Nette, sichere Gründe, wo alles zugleich ausgesprochen und unausgesprochen bleibt.

»Du siehst so gut aus«, sagt sie, weil sie sich erinnert und weil die Laute, die er macht – ein schnelles, keuchendes Atmen – sie dazu veranlassen, mit einem Finger auf ihre brennende Perle zu drücken. Ihr Körper verspannt sich bei diesem Lustempfinden.

Als diese Lust sich schließlich entlädt und Olive sich auf dem Bett windet, fällt ihr das Schlimmste ein: der letzte Satz, den sie zu ihm gesagt hat.


Jetzt ist alles hin. Wie kann es anders sein? Sie hätten es beim Stricken und bei *Poirot* belassen sollen, sie weiß es. Und er wird es wohl auch wissen, aber sie hat ihm ja gesagt, wie toll er ist, also braucht er sich keine Gedanken über irgendetwas mehr zu machen. Es ist nämlich alles bestens, wenn ein anderer dich für schön hält.

Insbesondere wenn dieser jemand anders ein Troll ist. Er denkt bestimmt, sie ist ein Troll. Und wenn nicht, dann ist es nicht okay, wenn sie plötzlich dazu übergehen, einander zu sehen und einander zu berühren und den Tunnel komplett zu vernachlässigen.

Sie werden sich in peinliche Situationen bringen ohne den Tunnel, sie sieht es kommen. Der eine wird über den Fuß des anderen stolpern – denn er ist so groß und schlaksig und unbeholfen –, sie werden vielleicht voneinander enttäuscht sein. Wahrscheinlich ist sie dicker und seltsamer, als er denkt, und er ist vermutlich dünner, und sie hat vergessen, dass seine Ohren stärker abstehen. Alles wird den Bach runtergehen.

All die Anrufe. Fort. Alles wegen abstehenden Ohren und Bauchspeck und Peinlichkeiten.

Von ihrem momentanen Platz aus kann sie seinen Hinterkopf sehen. Er sitzt genau da, wie er es angekündigt hat, auf der Parkbank, auf der sie einst saßen und gemeinsam auf die Linie 9 zur Uni warteten.

Sie hatte sein Haar nicht mehr so dunkel in Erinnerung. Es ist tatsächlich dunkler; er trägt es kürzer. Seine Schultern wirken breiter.

Aber dann dreht er sich um und lächelt, und sein Lächeln hat sich nicht verändert. Allein das Lächeln war das Risiko wert, sie weiß es. Sie benötigt alle fünf Sinne für diese Art von Lächeln. Der Tunnel war klasse und großartig; es hat Spaß gemacht, aber als Roy dann den Arm um sie legt, begreift sie, dass dem wahren Leben etwas fehlt, wenn sich alles nur am Telefon abspielt.

# /Ja

Das Erste, was er sagt, ist:

»Ich möchte, dass du im Apartment herumläufst, nackt.«

Und ich überlege, ob es ein Wort geben kann, das nicht »nein« ist.

Ich versuche es, scheitere aber. Ehrlich, ich hätte damit rechnen müssen. Ich kann ja wohl schlecht Nein sagen, wenn wir einen Deal gemacht haben, und ich hätte sowieso damit rechnen müssen. Er liebt es, wenn er mich nackt sieht.

Da sind wir also.

»Ja«, sage ich.

Sein Gesichtsausdruck liegt irgendwo zwischen Triumph und Schreck.

»Nein, warte«, meint er, als ich anfange, mir das Hemd über den Kopf zu ziehen. Jetzt grinst er, und da ahne ich, dass er etwas Durchtriebenes im Sinn hat. »Langsam. Schön langsam. Männer sind visuelle Typen, oder? Möchte ich etwa nicht, dass du eine kleine Show für mich ablieferst?«

Er ist ein ungezogener, durchtriebener Junge. *Männer sind visuelle Typen.* Ich weiß verdammt genau, dass er kaum die Hälfte von den Dingen mag, die Männer angeblich mögen, aber jetzt sucht er sich ausgerechnet dieses dämliche Klischee aus, um die Sache anzuheizen.

Nur weil er sehen will, wie ich erröte und mich mehr oder weniger geschickt durch einen Striptease laviere.

Und so läuft es dann auch. Ich bleibe mit dem Ellenbogen stecken, während er es sich mit verschränkten Armen auf der

Couch bequem macht. Ein belustigtes Glitzern liegt in seinen Augen, das sich aber in ein hitziges Glühen verwandelt. Für einen Moment frage ich mich, ob er meine linkischen Bewegungen mag – so wie ich mich manchmal über ihn amüsiere –, aber so ist es, glaube ich, nicht. Ich denke, er mag es einfach, wenn ich mich ausziehe, langsam, und ihn damit unterhalte.

Er sagt immer, dass er nicht gern der Boss ist, aber ich schätze, dass diese besondere Art der Kontrolle ihm den richtigen Kick gibt. Er bringt mich dazu, mich zu öffnen, mich seinem Blick darzubieten – das mag er, okay.

Ich weiß noch, wie er mir in dem verlassenen Lagerhaus sagte, er liebe mich. Gott, wie offen er da war! Wie sorglos mit seinem Herzen. Er schien zu wissen, wie sorglos er war, als ich nicht sofort meine Liebe erwiderte. Aber später meinte er: »Ich kann eben nicht anders sein.«

Vielleicht erlebe ich gleich noch eine andere Seite an ihm, wer weiß. Er verlangt, dass ich langsamer machen soll, als ich mir den Slip die Beine nach unten streife, und dieses »Langsamer!« klingt scharf und erregt. Ich stelle mir vor, dass er mich übers Knie legt und meine Pussy schön glänzt, aber das wäre wohl zu einfach.

Die Sache wird nicht einfach für mich, das weiß ich. Spanking ist dagegen nichts, das ist Fun, so tun als ob, es bedeutet nichts. Aber nackt vor einem anderen posieren – im Zimmer herumlaufen, als wäre man angezogen – das ist hart.

Ich finde es schwierig, als er mir sagt, dass ich wieder in die Küche gehen soll, um mir da ein Sandwich zu machen. Denn damit war ich gerade beschäftigt gewesen, als ich ihn aufstehen hörte. Meine tägliche Routine, unterbrochen, aber jetzt bin ich wieder auf Kurs.

Allerdings bin ich inzwischen nackt.

Ich lege Tomatenscheiben auf das mit Butter bestrichene

Brot – und bin nackt. Auf die Tomaten lege ich Schinken, immer noch nackt. Meine Nippel sind inzwischen kleine Perlen, weil die kühle Luft darüberstreicht, aber es hat auch noch andere Gründe. Doch ich konzentriere mich auf die Sandwiches.

Ich mache auch weiter, als er in die Küche kommt und hinter mir cool an der Anrichte lehnt. Ich weiß, wie er dasteht, ich brauche mich nicht einmal umzudrehen – er hat die Arme immer noch vor der Brust verschränkt und vielleicht ein Bein vor das andere gestellt –, aber mit seinen Augen kann ich mich noch viel besser sehen.

Ich bin weich und glatt wie die Butter, die ich auf das Brot streiche. Sein Blick streift meinen Po und die Rückseiten meiner Beine. Er stellt sich vor, wie er mit der Zungenspitze durch die kleinen Falten genau unterhalb der Pobacken leckt. Dort leckt er und leckt und leckt.

Ich setze mich an den Küchentisch und lasse die Empfindungen in mir nachschwingen.

Das Auf und Ab der Erregung will nicht aufhören, wenn er mich beobachtet, wie ich so tue, als wäre ich gar nicht nackt. Dann setzt er sich neben mich, stützt sein Kinn auf eine Hand und legt den Kopf leicht schief – er will mich zum Lachen bringen. Aber ich esse einfach mein Sandwich weiter, unbeteiligt.

Obwohl ich das Verlangen verspüre, mit meinen Nippeln zu spielen. Sie fühlen sich so gespannt an, als hätte er wirklich mit der Zunge dort geleckt, als ich nicht hinsah. Ich möchte meine Spitzen kneifen, nur ein bisschen, aber das würde alles durcheinanderbringen, und außerdem hat er mich nicht dazu aufgefordert.

»Möchtest du dich anfassen?«, fragt er, und erst jetzt sehe ich ihn an – hauptsächlich weil ich mir plötzlich seiner psychischen Kraft bewusst werde. Natürlich kennt er mich inzwischen sehr genau. Als wir einmal ungewöhnlich lange im Haus seiner Mutter blieben, nahm er mich mit in den Gartenschuppen, weil er wusste, dass ich kommen musste. Er zog mir den Slip bis auf die Fußknöchel herunter und bumste mich schön hart; keiner konnte uns dort erwischen, mitten in dem staubigen, vollen Schuppen. Ich weiß noch, wie scharf ich auf ihn war, und nachdem er gekommen war, lutschte ich ihn gleich wieder hart und bat ihn, mich noch einmal zu nehmen. Danach frage ich selten, aber da brauchte ich es.

Und er kam meiner Bitte nach. Mehr als das: Meine Begierde hatte ihn noch extra angestachelt.

»Ich schätze, du willst dich anfassen. Gott, es ist immer toll, wenn man sich anfassen kann«, meint er. Ich ahne, dass er lügt – er mag es nämlich lieber, wenn ich etwas mit ihm mache. Selbst die Initiative bei sich zu übernehmen, ist nicht unbedingt sein Ding. Außerdem geht es jetzt auch gar nicht darum, wie er seinem Verlangen erliegt. Es geht wohl eher darum, wie er aussieht, wenn er sich auf dem Stuhl zurücklehnt und mit der flachen Hand über seine Brustwarze streicht, die sich ein wenig unter dem T-Shirt abzeichnet.

»Möchtest du dich nicht auch anfassen, Lo?«, will er wissen, während seine Lider sich leicht senken.

»Ich . . . möchtest du, dass ich mich anfasse?«

Denn so lauten die Regeln.

»Nein«, antwortet er. »Nein – du sitzt einfach da und siehst mir zu.«

Das ist also die Quittung. Er zahlt es mir herausfordernd heim. Ich bin enttäuscht von seinem Mangel an Originalität. Er hätte sich ja zumindest etwas anderes ausdenken können, dann hätte er es mir nicht nachzumachen brauchen.

Aber dann steht er auf, zieht sich das T-Shirt über den Kopf aus und sieht mich mit diesem Schlafzimmerblick an, worauf ich mich frage, ob wir überhaupt dieses Spiel spielen müssen.

Wahrscheinlich würde ich auf allen vieren zu ihm kriechen, er bräuchte mich nicht mal dazu aufzufordern.

Obwohl ich nicht weiß, ob das auch wirklich stimmt. Ich bin mir nicht sicher, bis ich es tue.


Er fordert mich stumm auf, ihn zu suchen. Er braucht nichts zu sagen – er verschwindet einfach, und ich schleiche auf Zehenspitzen durch die Wohnung, meide die nicht ganz zurückgezogenen Vorhänge und warte darauf, dass er aus irgendeinem Versteck hervorspringt.

Irgendwo hat er doch bestimmt eine Überraschung für mich parat.

Stattdessen finde ich ihn in unserem Schlafzimmer, er ist genauso nackt wie ich. Er guckt mich an, als hätte er nicht damit gerechnet, dass ich ihm folge – eine Braue hochgezogen, der Blick warm und sinnlich –, aber als ich die Tür schließe und der Raum nur noch von dem Kerzenschein erleuchtet ist, kehrt er zurück zu seinem neuen Modus. Dem neckenden, herausfordernden Modus.

Er streicht sich mit einer Hand über den Bauch und nestelt an der Spur aus Haaren, die von seiner Scham aufsteigt. Der Anblick ist mehr als fesselnd. Er hat einen Steifen – wie sollte es auch sonst sein? – und schiebt leicht seine Hüften vor und zurück, sodass sein Schwanz pendelt. Ich mag auch, wie seine Zehen sich einrollen und wieder entspannen, mag, wie er blinzelt ... langsam und sinnlich.

Aber ich warte. Denn er ist ja an der Reihe – ich habe zu warten!

Aber wieso warte ich eigentlich noch?

Ich trete einen Schritt vor, frage mich dann aber, ob es extra so gedacht ist, dass ich hier stehe. Er will mich betrachten, während ich nackt vor ihm stehe, bevor er vielleicht masturbiert. Und das macht mir nichts aus, wirklich nicht, denn er sieht richtig scharf aus, wenn er sich einen runterholt. Bei ihm sieht es so aus wie die heißeste Sache der Welt, wenn er anfängt zu stöhnen und mit den Hüften zuckt und seine Lust voll auskostet. Einmal erzählte er mir, dass er früher auf dem College manchmal Kurse verpasst hat, weil er so in seiner großen Solo-Sexsession gefangen war.

Irgendetwas an dieser Sache bringt mich in Fahrt. Schon als er mir diese College-Geschichte erzählte, wurde mir ganz heiß, obwohl es ihm fast peinlich war und er befürchtete, ich könne ihn für einen Loser halten, für einen Deppen.

Ich liebe es, dass er mein großer Depp ist.

Was mir aber gar nicht schmeckt, ist, dass er mich nicht dazu bringt »Ja« zu sagen. Hier stehe ich und bin bereit. Warum will er mir nicht sagen, was er jetzt will?

Ich trete noch einen Schritt vor, und sein Blick wandert meinen Körper hinab. Diesem Blick entgeht nichts, er wärmt mich weiter von innen auf. Wieder spüre ich, dass meine Nippel kitzeln und nur darauf warten, dass jemand daran saugt. Und dieses Verlangen breitet sich aus bis zu meinem Geschlecht und bis in meine Beine. Ich bekomme fast schon weiche Knie, aber dann muss ich nur daran denken, dass ich praktisch kriechen müsste, was meine Erregung weiter anfacht.

Ich denke, ich will kriechen. Ich denke, ich erwarte von ihm, dass ich mich schwach fühle ... dass er mich fesselt und Dinge von mir verlangt, die widerwärtig sind. Brich mich, Baby, brich meinen Willen.

Aber als ich vor dem Bett stehe, dreht er mir nur den Kopf auf dem Kissen zu und schaut zu mir hinauf. Er streichelt sich selbst. Er ist so sinnlich-entspannt wie eine Katze im Sonnenschein. Ich finde das so frustrierend, dass ich ihn am liebsten packen oder mich auf ihn stürzen möchte.

Aber er hält mich rechtzeitig davon ab, und zwar mit der Feder, die er in der Hand hält und die ich bisher gar nicht bemerkt habe.

Sie stammt nicht aus unserer Sextoy-Schublade, und sie ist auch zu lang und obendrein pink, als dass sie in das Kissen gehörte. Also wird er sie irgendwo gekauft haben, was ich genauso aufregend finde wie die Gefühle, die diese Feder in mir hervorgerufen hat.

Jetzt streicht er mir mit der Federspitze über den Bauch und grinst, als meine Bauchdecke zu zucken beginnt. Dann wandert die Feder genau bis zu der Stelle unterhalb meiner linken Brust, kitzelt mich dort mit ihren feinen Fasern, ehe sie über die empfindliche Haut an meinem Unterarm fährt.

Er versteht sich auf so etwas. Fast so als hätte er heimlich geübt – vielleicht an sich, als er vor dem Spiegel stand und beobachtete, wie seine Härchen sich aufrichteten und seine Muskeln zu zucken begannen. Ich wiege mich ungeduldig in den Hüften, kann es nicht verhindern. Ich weiß nicht, ob ich mich beherrschen soll. Ist das ein Test? Soll ich etwa einfach hier stehen und mir das alles ansehen?

Nein, das muss ich nicht. Ich strecke mich und entspanne mich, als könnte ich auf diese Weise den Qualen aus dem Weg gehen oder noch mehr Genuss für mich daraus ziehen. Meine Haut prickelt, noch nicht so stark, dass ich mich kratzen müsste, aber dennoch empfinde ich dieses Kribbeln als aufwühlend.

Ich merke, dass ich schneller zu atmen beginne, aber auch das kann ich kaum noch beeinflussen. Als sich meine Brust hebt, kniet er sich auf das Bett. Endlich, denke ich. Endlich macht er etwas oder sagt mir zumindest, was ich machen soll – aber er tut es nicht. Er streichelt mich nur weiter mit dieser blöden Feder.

»Willst du mir gar nicht sagen, was ich machen soll?«, platze ich heraus, aber ich fange an zu keuchen, weil er in diesem Augenblick mit der Feder über meine gut sichtbaren Pussylippen wandert.

Aber als ich keuche, zieht er Hand und Feder zurück, und ich handele instinktiv. Ich packe sein Handgelenk und sichere mir seine Aufmerksamkeit. Ruckartig schießt sein Blick zu mir, die Brauen sind wieder fragend hochgezogen.

»Todd«, fange ich an. Es ist schon schlimm, wie jammernd meine Stimme inzwischen klingt.

»Möchtest du, dass ich was mache?«, fragt er auch noch, der verfluchte Kerl.

»Du sollst *mir* sagen, was ich machen soll. So lauten die Regeln!«

Er scheint nachzudenken, während er die Feder in die andere Hand nimmt und mich am Hals kitzelt.

»Ich glaube, du machst schon längst das, was ich möchte.«

»Aber du . . . du befiehlst mir ja nicht, etwas zu tun.«

»Ich weiß«, meint er und lächelt ein kleines, geheimnisvolles Lächeln.

Er kitzelt mich immer noch. Inzwischen ist es eine Qual. Ich bin schon so nass, ich kann es fühlen, wenn ich mich bewege. Das kann nicht einmal diese zunehmend unangenehme Unterhaltung verhindern – wir hätten nicht eine Woche verstreichen lassen sollen, um die zweite Hälfte dieses Spiels zu spielen. Eine Woche, in der ich ihn nicht in mir spüre, ist einfach zu lang.

»Du kannst . . . alles von mir verlangen«, sage ich. Meine Stimme stockt kurz und klingt zittrig. »Fordere mich ruhig auf, ich verspreche dir, dass ich es mache. Ich habe es geschworen.«

Und immer noch halte ich sein Handgelenk fest umklammert. Jetzt ziehe ich seine Hand an meine Hüfte, und als er mich immer noch nicht streichelt, drücke ich seine Hand flach auf meine Haut.

Als Nächstes werde ich seinen Schwanz nehmen.

Als er die Feder fallen lässt und mir die andere Hand auf die Hüfte legt, sterbe ich fast vor Erleichterung. Weniger melodramatisch gelingt es mir, die Worte herauszupressen: »Ja, bitte, fass mich an.«

Er zieht eine Braue hoch. Der Blick wirkt zuerst distanziert, doch dann fangen seine Augen Feuer.

»Willst du, dass ich dich anfasse?«

»Ja, doch ... jetzt mach endlich.«

»Ich weiß nur noch nicht, wo. Es gibt so viele Stellen, die Auswahl ist groß.«

»Hör auf mit der Neckerei, Todd. Streichle mich, berühr mich, irgendwie, irgendwo. Bitte.«

Ich drücke mich selbst gegen seine Hände, so heiß bin ich. Als er mir mit den Daumen leicht über den Rand des Venushügels streicht, schreie ich fast laut auf. Aber die Regel heißt, dass er mich erst dazu auffordern muss, also muss ich mich wieder einmal beherrschen.

Er leckt über die ansteigende Wölbung meiner rechten Brust. Seine Zunge fühlt sich an wie schnell abkühlendes Silber, das Muster auf meiner Haut hinterlässt. Ich stöhne, presse meinen Körper an Todds Mund und will mehr, aber er taucht mit der Zungenspitze in meinen Bauchnabel und lässt sie dort kreisen.

Es fühlt sich an, als würde er mit der Zunge über meine Haut reiben. Er reibt über die Rundung meiner Hüfte, über meine gespannten Nippel und die weiche Stelle oberhalb meines Monds. Und währenddessen murmelt er bewundernde Worte, mein guter alter Pussylecker. Aber alles läuft quälend langsam ab, Schritt für Schritt, und ich bin am ganzen Körper feucht, bevor er irgendetwas anderes macht.

Schon besser, als er seinen Körper gegen meinen drückt.

Oh, das fühlt sich gut an. Mir brennen weitere Worte auf der Zunge, Worte, die ich aber nicht sagen darf: Jetzt, Baby, mehr, oh, Baby, du bist so heiß.

Denn seine Haut ist wirklich heiß. Sie verbrennt mich fast, als er seinen Körper an meinen schmiegt und mich dazu zwingt, noch mehr in seiner Hitze aufzugehen. Ich reibe meine geschwollenen Nippel über jeden Zoll Haut, den ich erreiche, klammere mich an ihn, als könnte er mir gleich entgleiten. Seine Hände wandern meinen Rücken hinauf.

Jetzt lässt er sich rücklings aufs Bett fallen und stöhnt an meinem Mund. Der Klang vibriert in mir nach, spornt mich an. Ich packe wieder seine Hand und stecke sie zwischen meine Schenkel.

»Willst du, dass ich deine Pussy anfasse?«, fragt er, immer noch in diesem geheimnisvollen Tonfall. Ich will, dass er endlich leidenschaftlicher loslegt! Es sprudelt nur so aus mir heraus: »Ja, ja, bitte!«

»Bist du sicher?«

Warum fragt er das? Oh, verdammt, ich drehe noch durch.

»Natürlich bin ich mir sicher! Verdammt, Todd, mach es einfach!«

»Was denn?«

»Fass meine Pussy an.«

Er legt mir seine Hand auf mein Geschlecht. Berührt nichts speziell, lässt die Hand einfach da liegen, als würde er einen Ball umschließen.

»Nein, verflixt. Fass mich richtig an!«

Er scheint seinen Spaß zu haben.

»Fass meine . . . Perle an.«

Es ist nicht fair, dass ich ihm alles vorsagen muss, aber als er meiner Aufforderung endlich nachkommt, ist sowieso alles egal. Er schiebt mir seinen Daumen zwischen die Lippen der feuchten Pussy und drückt fest auf meinen pochenden Knopf. Ich habe mich schon so lange darauf gefreut, dass ich sofort die Hüften nach vorn stoße, damit der Daumen mich dort reibt.

»Fühlt sich das gut an?«

Seine Stimme ist heiser. Aber vielleicht nicht so heiser wie meine.

»Ja, das ist geil, drück fester.«

Es stimmt, ich klinge wirklich heiser.

»Etwa so?«

»Mehr . . . reiben. Lass den Daumen kreisen.«

»Das fühlt sich doch bestimmt toll an, oder?«

»Ja, wirklich toll. Willst du, dass ich . . .« Gott, ich weiß auch nicht, warum es mir so schwerfällt, etwas zu verlangen. Das ist eigentlich gar nicht das Ja-Spiel, sondern etwas anderes, denke ich. Ich war noch nie gut darin, schmutziges Sexzeug zu sagen. Manchmal gelingt es mir, aber nur, wenn ich die Kontrolle habe. Aber jetzt habe ich die Kontrolle nicht, bin viel zu erregt und komme mir wie ein Tölpel vor. Ein gieriger, verdorbener Tölpel.

Doch dann bringe ich die Worte doch heraus. Hauptsächlich deshalb, weil ich vermute, dass er es genau darauf anlegt.

»Willst du, dass ich deinen Schwanz anfasse?«

Und dann variiere ich meine Frage, weil – verdammt nochmal – wenn er nicht danach fragen kann, dann muss ich die Sache ja buchstäblich in die Hand nehmen.

»Ich will deinen Schwanz anfassen.« Wieder hole ich tief Luft. »Ich will deinen Schwanz lutschen.«

Er reagiert prompt. Er macht die Augen fest zu – jedenfalls kurz – und streckt die Hüften vor, dass sein Schwanz meinen Bauch berührt.

Dann nimmt er seinen Penis in die Hand, und ich bin schon wieder enttäuscht, dass ich ihn nicht mehr an meinem Bauch spüre. Ich will seinen dicken Schwanz spüren, will fühlen, wie er in meiner Hand weiter anschwillt und in meinem Griff heiß zuckt. Aber am liebsten möchte ich –

»Reib mit deinem Schwanz über meinen Kitzler«, fordere ich ihn auf, und er beginnt zu stöhnen. Er masturbiert jetzt, aber zwischen den massierenden Bewegungen schafft er es, seine Eichel fast gegen meine Perle zu drücken.

Schließlich öffne ich selbst meine Pussylippen mit einer Hand, sodass seine Spitze feucht darüber gleiten kann. Die Lustschübe katapultieren mich schon beinah in den Orgasmus, aber ich halte mich zurück. Ich will, dass er über meine Klitoris reibt und dann seinen Schwanz in mich schiebt. Ich will, dass er mich genau in dem Rhythmus fickt, mit dem er jetzt bei sich angefangen hat – mit harten Stößen, bei denen ich keuche und mehr Dinge sage als jetzt.

Und als ich ihm all das sage, lobte er meine Vorzüge in höchsten Tönen.

Und ich lobe seine. Ich sage ihm all das, was ich ihm eigentlich schon immer sagen wollte, mich aber nie getraut habe, weil es zu sehr nach Klischee klang. Doch als er seinen Schwanz in meine Spalte rammt, in mein nasses Loch, sage ich ihm, dass er so groß ist, dass er mich wie nichts anderes ausfüllt, dass ich seinen Schwanz in meiner Pussy liebe.

Und als er mich bumst und stöhnt und keucht und meint, er komme zu früh, sage ich, dass es mir nichts ausmacht. Ich liebe es, wenn er so erregt ist, ich liebe es, wenn er mich so wild nimmt ... ich liebe ihn einfach.

Und als er mich an der Taille packt und mich so dreht, dass ich unter ihm bin, sage ich ihm, wie toll ich es finde, dass er so ein Muskelprotz ist und mich einfach so irgendwohin tragen kann. Aber er muss kein Muskelprotz sein, wenn er mich küsst und meine Klitoris streichelt, wie er es jetzt tut: Er reibt mit einem Finger darüber, während er in meine Pussy stößt und meine weichen Lippen an seinem harten Schaft massiert.

Er macht es jedes Mal genau richtig für mich, und er ist immer toll, er ist einfach mein Todd.

Er umfasst meine Hüfte, um mich seinen Stößen anzupassen, mit einer großen Hand umschließt er meine Hüfte. Seine Finger streichen über meine Perle, und mit einem flatternden Gefühl baut sich mein Orgasmus auf. Flügelschläge scheinen meine Haut zu berühren. Wenn ich jetzt etwas sage, nimmt dieses Gefühl noch zu.

»Oh, ja, Baby, lass mich kommen. Ohhh, ja, oh, Gott, das ist so gut, fick meine Pussy. Nimm mich hart!«

Er mag so etwas – ich denke, er mag jedes einzelne Wort. Dann brummt er für mich und fickt mich härter, schneller, bis ich den Rücken durchbiege und wirklich spüre, wie mein Kitzler an Todds Händen anschwillt. Die pure Lust pulsiert durch meinen Körper, und das Lusterlebnis ist noch größer, als er sich mit einem Stöhnen zurückzieht und seinen Saft auf mich spritzt.

Ich umklammere seinen Rücken und spüre, wie Todd erschauert. Und als er dann auf mich sinkt, beben unsere Körper nach.


Es ist schon spät am Abend, als wir aufhören. Ein Orgasmus war einfach nicht genug, und deshalb leckte er mich in einen weiteren. Natürlich musste ich ihn erst danach fragen. Musste ihn anflehen.

Und als ich dann bereit und cremig war, stieß er sich auch noch in mein hinterstes Loch. Aber erst nachdem ich gesagt hatte, ich wolle es so haben. Ich weiß schon gar nicht mehr, was ich gesagt habe, doch mir schießt jetzt noch die Hitze ins Gesicht. Normalerweise fickt er mich da nur, wenn ich mich vorher mit Gleitmittel für ihn eingerieben habe.

Diesmal musste ich ihn auffordern.

Ich drehe mich in der Dunkelheit zu ihm um, noch von Schweiß glänzend, aber schläfrig und befriedigt. Auch er scheint befriedigt zu sein, aber so genau weiß man das ja nie. Bei einem anderen, meine ich.

»Ist es das, was du von mir wolltest?«, frage ich, und er grinst.

»Ich weiß, dass ich mich nicht an die Regeln gehalten habe«, meint er und zögert die Antwort nur kurz hinaus. »Aber was ich will, funktioniert nicht, wenn ich es von dir verlange. Ich wollte, dass du die Dinge sagst, weil du es so haben willst. Ich will, dass du mich willst.«

Ich strecke meinen Arm aus und berühre sein schönes, seidiges Haar.

»Glaubst du denn, ich will dich nicht?«, frage ich. Seine Mundwinkel heben sich ein Stück.

»Doch. Zum Beispiel vor einer Stunde, als du mich aufgefordert hast, meinen Schwanz in deinen Arsch zu schieben.«

Aha, so habe ich es also formuliert.

Glücklicherweise kann ich jetzt darüber kichern. Es ist nicht so schlecht, jemanden spüren zu lassen, wie sehr man ihn will. Und braucht. Ohne ihn nicht sein kann.

Auch er gluckst und kichert jetzt.

»Du hättest mich auffordern können, ganz geil auf dich zu sein.«

»Es ist nicht so einfach, jemanden zu fragen ... ich konnte dich nicht auffordern, zu sagen, dass du mich willst, oder von mir erwartest, dass ich dies oder das tue. Das ist anders als jemanden zu fragen, nackt herumzulaufen.«

»Irgendwie ist es doch fast dasselbe.«

Er lacht, dreht sich zu mir und sieht mich an.

»Ich will dich, weißt du. Immer«, sage ich, und er beugt sich vor und küsst mich.

»Ich weiß.«

»Und du weißt, dass ich dich liebe, oder? Ich liebe dich ... ich liebe dich voll und ganz.«

Sein Lächeln erhellt den dunklen Raum.

»Ja«, sagt er.

# Schon bald

Er ist kein Leisetreter und kommt direkt zur Sache. Seine Hand wandert sofort unter meinen Rock, und dabei küsst er mich fast grob. Ich sage grob, aber so ist er eigentlich nicht – er küsst vielmehr fest. Drängend. Seine Zunge schnellt nicht in meinen Mund wie ein hydraulischer Kolben, aber ich weiß auch nicht, wie ich diese Bewegungen sonst nennen soll. Erkundend? Seine Zunge scheint meinen Mund erforschen zu wollen, so wie sie zu allen Seiten schnellt und züngelt. Eigentlich ist er nicht der Typ für diese vorschnelle, erkundende Zunge oder für diesen warmen, weichen Mund.

Die rauen Haare seines Schnauzbarts reiben über meine Haut, seltsamerweise nicht halb so unangenehm wie seine Bartstoppeln. Damit wird er mich noch wund reiben, denke ich, aber dann hört er mit dem fordernden, nassen Küssen auf und macht wieder etwas, das ich eigentlich nicht bei ihm erwartet hätte ... sodass ich zu denken aufhöre.

Das hier ist kein Reese-Witherspoon-Fahrzeug, wirklich nicht. Du brauchst nicht erst groß meinen Hals abzuknutschen und so zu tun, als wären wir ein Paar. Ich weiß auch nicht, was das wird, aber ein Liebespaar sind wir nicht. Er hat mich bloß aufgefordert, zu ihm in den Truck zu steigen, und das habe ich getan.

Und jetzt küsst er meinen Hals wie ein Typ in einer romantischen Komödie. Obwohl ich schätze, dass Matthew McConaghey Reese Witherspoon nicht befingert, während er ihre Schultern abknutscht in *Legally Alabama Congeniality*.

Denn das macht BJ, und er macht es ziemlich gut, sodass ich fast meine Beine für ihn spreize. Er schiebt meinen Slip seitlich nach unten und taucht mit dem Finger hinein, genauso fest und fordernd wie eben beim Küssen.

Ich höre ihn an meinem Hals stöhnen, und mir ist klar, warum. Ich bin verdammt feucht. Ich war schon feucht, als ich mir vorstellte, bei ihm im Truck zu sitzen, der auf dem Parkplatz seiner Werkstatt steht. Und ich gebe es zu, ich schaute ihn durch das Fenster an und positionierte mich geschickt – die Titten vorgestreckt und wie immer ohne BH, wenn ich bei der Werkstatt vorbeikomme. Und meine Nippel wurden wie von allein hart, weil ich wusste, dass er mich sieht und mich will.

Ich weiß gar nicht, wie oft ich in seiner Werkstatt auf diesem harten Plastikstuhl gesessen und zugeschaut habe, wie er mit seinen rauen, großen Händen und den dicken Armen mein Auto repariert. Ich wurde feuchter und feuchter, und manchmal halte ich irgendwo an, weil ich es nicht mehr bis nach Hause aushalte, fasse mir mit einer Hand in meine Hose und spüre, dass ich heiß und nass bin.

Und hier sind wir also und parken irgendwo da draußen. Ich werde es bestimmt von ihm besorgt bekommen. Aber ich kann nicht sagen, dass ich es nicht will.

Er geht jetzt ein bisschen zu grob mit mir um. Reißt mir den Slip herunter. Wahrscheinlich denkt er, warum warten? Vielleicht denkt er auch, dass ich dankbar sein müsste, dass er überhaupt nachgeguckt hat, ob ich schon bereit für ihn bin. Aber das Beste hebt er sich noch für zuletzt auf.

»Dreh dich um«, sagt er.

Denn es wäre wahrscheinlich zu viel, wenn wir einander dabei in die Augen sehen. Huren und einfache Mädchen müssen dabei das Armaturenbrett angucken – in diesem Fall die Autotür. Ich weiß, dass er mir einen Gefallen tut, als er mir sagt, wie gern er die gierige Schlampe vögelt.

Und bei diesen Worten, Gott verdammt, durchzuckt es mich heiß. Ich gehorche. Perry könnte mich nie so zum Zittern bringen, lieb und nett wie er ist. Ich bebe am ganzen Leib, in meiner heißen, unersättlichen Lust, und obwohl er mich vielleicht nur für leicht zu haben hält, zittert auch er, glaube ich.

Als ich mit dem Gesicht zur Tür knie, schiebt er mir die Schenkel auseinander. Oh, Gott. Und dann befingert er mich mit dieser großen, rauen Hand und tastet meine geschwollene, überreife Pussy, und oh Gott, es fühlt sich so gut an, dass ich leise stöhne. Mit zwei Fingern dringt er in meine flüssige Fotze und dann – oh, Mann, woher weiß er das, liest er so was in Ratgebern? – dreht er die Finger in mir, reibt, und es fühlt sich geil an.

Ich stöhne schamlos.

»Weiter so, Schlampe«, sagt er. »Weiter.«

Ich stöhne und schiebe mich seinen Fingern entgegen und bin schon kurz vorm Kommen, während er weiter mit seinem schmutzigen Hinterwäldler-Zeug auf mich einredet. Ich hasse dieses Gerede aus seinem Mund, verdammt. Ich hasse das, nur jetzt nicht, jetzt nicht.

»Das hast du doch die ganze Zeit gewollt, was? Sitzt da auf diesem Stuhl und starrst mich an – dachtest, ich merke das nicht? Sieh nur, wie sehr du es brauchst, wie nass du wirst.«

Doch dann hört er auf, als es gerade richtig gut wird, und reibt mit seinen Fingern über meine Spalte. Ich versuche, mich wegzudrehen, aber er hält mich fest. Ich bin mir sicher: Wenn er gleich meinen Kitzler berührt, komme ich auf der Stelle. Noch ein Wort, und ich komme.

Stattdessen winde ich mich und sage: »Nein, nein, nein« und spüre, wie mich die Lust in heißen Schüben durchzuckt.

»Wie meinst du das mit deinem Nein, Schlampe? Guck dir doch diese kleine, nasse Spalte an.«

Ich höre förmlich, wie er seine Finger durch meinen nassen Schlitz zieht; der Saft läuft mir schon an den Schenkeln hinunter. Und es geht ja nicht nur darum, wie nass ich bin. Meine Sexlippen sind dick und geschwollen, mein Kitzler ist hart und groß. Ein Pulsieren macht sich dort bemerkbar, wenn er darüber streicht.

Aber glücklicherweise entkomme ich seiner quälenden Hand für einen Moment. Hauptsächlich weil er sich mit einer Hand die Hose aufmacht. Ich höre den Reißverschluss, bis er wieder die Finger in mich schiebt.

*Kondome*, denke ich, aber eigentlich ist es mir egal. Ich will unbedingt kommen, und ich weiß, dass er es mir mit seinem Schwanz besorgen wird. Ich werfe einen Blick über die Schulter und sehe den längsten Schwanz, den ich je gesehen habe. Wie gebannt schaue ich zu, wie er sich kurz an dieses dicke, lange Ding fasst. Meine Fotze zuckt, wenn ich nur daran denke, wie dieser Schwanz sich in meinen Tunnel drückt, aber schlimmer ist es noch, als ich plötzlich das Verlangen spüre, ihn zu lutschen. Obwohl es im Fahrerhaus eher dunkel ist, erkenne ich genau, dass die geschwollene, rosafarbene Eichel glänzt. Er drückt jetzt darauf, und der erste Glückstropfen rinnt ihm aus dem Schlitz.

Aber schon kommandiert er: »Guck nach vorn«, und die Show ist vorbei. Ich gehorche, genau in dem Moment, als er die Spitze dieses geilen Dings gegen mein Loch drückt.

Er stöhnt bewundernd, als er sich in mich stößt, aber ich kann ihm nicht antworten. Ich bin sprachlos bei dieser Größe; es ist schon fast schmerzhaft. Ich bewege mich in den Hüften, bis er meine Oberschenkel festhält und mich zu sich zieht. Wahrscheinlich hält er mich für die zappeligste Kleine, die er je hatte, aber ich kann ihm nicht dabei helfen, auch wenn er sanft vorgeht.

Und im Großen und Ganzen ist er auch sanft. Langsam presst er sich in mich, schön langsam, bis er mich so weit gedehnt hat, dass ich seinen Schwanz nicht mehr so mit meinen Sexmuskeln quetsche. Mit den Händen streichelt er über meinen Rücken und schlüpft dann unter mein T-Shirt. Er liebkost meine Brüste, streicht über die Nippel, die knallhart sind ... und ich bewege mich wieder ungeduldig.

Die Geschwindigkeit, die er vorgibt, ist wahnsinnig langsam.

Und deshalb kommt es auch dazu, dass ich *ihn* ficke. Anders kann ich es gar nicht beschreiben. Ich stoße mich einfach zurück, so hart und fest wie ich nur kann, und er keucht bloß: »Oh, du verdammte Schlampe.«

Ich glaube, deshalb hat er so langsam angefangen – damit ich zurückstoße und ihn ficke. Er will mich um den Verstand bringen, bis ich mich wie ein wildes Tier aufbäume.

Mit einem Finger ist er an meinem Kitzler, während ich mich seufzend und stöhnend gegen seinen Schwanz drücke. Ich sage ihm, wie dick und hart er ist, wie geil ich es finde, so ein großes Teil in mir zu haben. Er geht auf meinen Sextalk ein und murmelt, wie schön nass meine Fotze ist, dass er meinen Saft auf seinem Schwanz glänzen sieht, wenn ich mich nach vorn bewege ... wie geil es ist, wenn ich ihn fast ganz in mich aufnehme.

Mir macht das Gerede nichts. Es gefällt mir sogar. Je schmutziger, desto besser.

»Fick mich fester«, stöhnt er. »Fick mich fester, du kleine Nutte.«

Und das mache ich. Ich ficke ihn so hart ich kann, damit er weiter so redet und diese keuchenden Geräusche von sich gibt, bis ich am ganzen Körper zittere und mich kaum noch unter Kontrolle habe.

»Nicht aufhören«, stößt er heiser hervor, und es ist toll. Bislang habe ich ihn immer nur dann etwas sagen hören, wenn er mal in der Werkstatt eine Zange haben wollte. Sein »nicht aufhören« klingt sogar noch besser als sein Lieblingswort »Schlampe«, und ich belohne ihn mit meinem schönsten Stöhnen.

»Du willst, dass ich dich schön hart bumse, Baby?«, fragt er, und ich antwortete nur mit »Yeah, Yeah«.

Ich muss erst gar nicht darum betteln. Er drückt meinen Oberkörper nach unten, sodass mein Gesicht in den Sitz gepresst wird, packt meine Hüften und hält mich in dieser Position, damit er mich hart ficken kann. Und jetzt stimuliert er eine tolle Stelle, immer und immer wieder, und zusammen machen wir geile, feucht-glitschige Geräusche.

Als ich komme, vibriert sein Stöhnen in meinem Kopf, und ich erschauere und zitterte und antworte ihm mit einem »Oooh, yeah, jetzt!«.

Direkt danach will ich ihm sagen, dass mich noch nie jemand so zum Höhepunkt gebracht hat, nur durch einfaches Bumsen. Dass ich noch nie so einen Orgasmus hatte, und dass er zu gut, zu groß und einfach fantastisch ist, aber ich bringe nur seinen Namen raus, und das ist schon fast zu viel.

Er will, dass ich seinen Namen noch mal sage, und als ich es tue, stößt er sich tief in mich, packt mich wieder bei den Hüften und zieht meinen matten Körper auf seinen Schwanz.

»Oh, verdammt, Baby, ich komme«, sagt er, und ich spüre, wie er weiter in mir anschwillt.

Aber es gibt noch andere Anzeichen, dass er kommt. Er packt meine Titten, und ich merke, wie er zittert. Kurz vorm Höhepunkt bohrt er sich so tief wie möglich in mich und spritzt dann in meine Pussy ab. Ich glaube, ich spüre seinen Saft. Ich spüre ihn ganz sicher, als er sich zurückzieht; ich schaue wieder über die Schulter und sehe, wie er seinen Schwanz melkt und meine Arschbacken mit seinem Sperma verziert.

»Hier«, sagt er, »leck ihn sauber.«

Und dann dreht er mich um, zielt auf meinen Mund, und ich lutsche ihn gierig. Er schmeckt süß-salzig, eine Mischung aus ihm und mir.

Doch er lässt mich nicht lange daran spielen. Er stößt mich zurück, als es ihm zu viel wird, und ich sacke auf den Sitz, mit dem Gesicht fast auf seinem Schoß. Bestimmt ist eine Weile vergangen. Ich weiß es nicht. Als Nächstes macht er seine Hose zu und sagt mir, ich soll mich hinsetzen.

Erschöpft und halbherzig setze ich mich hin und verteile wahrscheinlich unsere Flüssigkeiten schön auf dem Sitz. Keine Ahnung, wo mein Slip ist. Vielleicht ist BJ morgen sauer, wenn er sieht, was ich mit seinem tollen Truck gemacht habe.

Es ist mir egal. Vollkommen egal. Als er den Motor startet, lehne ich den Kopf zurück und schließe die Augen.

Er ist nicht der Kuscheltyp. Jedes Mal wenn ich mir vorstelle, dass er mich küsst und einen Arm um mich legt, kommen bei mir diese Bilder, wie wir vögeln. Oft habe ich auf diesem Plastikstuhl gewartet und mir die schmutzigsten Sachen ausgedacht. Da gab es mal diese kleine, geile Tussi, die reinkam und seine Aufmerksamkeit erregte – ja, vielleicht würde ich ihre Fotze für ihn lecken, ihm eine Show bieten. Vielleicht könnten er und sein Kollege Dirk mich abwechselnd auf der Motorhaube eines Camaros bumsen; sie könnten mich mit Öl besudeln, während sie mich gleichzeitig in beiden Öffnungen bumsen.

BJ würde dann den Vibrator in meiner Handtasche entdecken und ihn mir in den Mund schieben, damit ich daran lutsche. Das wäre eine geile Show für die Jungs aus der Werkstatt, wenn sie mir den Rock hochschieben und mir das kleine, pinkfarbene Plastikteil tief in die nasse Pussy schieben könnten. Es würde an meinem Kitzler vibrieren. Ich würde feucht für die Jungs, würde für sie stöhnen ... oh, meine Fantasien, wenn ich auf diesem Plastikstuhl sitze!

Aber diese Fantasien habe ich auch jetzt. Und das ist neu – ich hatte eben erst Sex und will noch mehr.

Ich denke, dass er mich zurück in die Stadt fährt. Mich aus dem Truck stößt. Ich rechne nicht damit, dass er vor seinem Haus hält, zur Beifahrertür kommt und mich aus dem Wagen fischt. Dann drückt er mich gegen den Truck, und ich denke, dass er mich wieder ficken will, hier auf der Straße, aber er hat wohl andere Vorstellungen. Wir schaffen es in seine Küche, wo er mich auf dem Tisch bumst. Ich kann ihn wieder nicht dabei ansehen, aber es ist mir gleich, weil mein Körper immer noch verrückt spielt. Wahrscheinlich haben meine Fantasien mich wie einen Motor auf Hochtouren gebracht, und ich winde mich auf dem Tisch und merke, wie meine Titten gequetscht werden. Und die ganze Zeit treibe ich ihn mit schmutzigem Sextalk an.

Aber er braucht keinen extra Kick. Diesmal ist er sogar noch schmutziger, als hätte ich ihm meine Erlaubnis dazu gegeben, und natürlich dauert es länger, weil er ja schon einmal seine Spannung abgebaut hat.

Ich überlege, wie alt er sein mag. Fünfunddreißig? Vielleicht ist er auch jünger, sieht aber älter aus – und da müsste er es ja zweimal in zwanzig Minuten schaffen.

Ich jedenfalls komme gleich zweimal hintereinander. Einmal weil er fast die ganze Zeit stöhnt und mir immer zuflüstert, wie eng und heiß doch meine geile Pussy ist, wie sehr er es mag, wenn meine Säfte für ihn fließen ... dass er sein Sperma aus meiner Spalte lecken wird, wenn er abgespritzt hat, und ich alles schmecken werde, weil es einfach zu gut ist.

Das zweite Mal komme ich wirklich laut, weil er meine Klitoris stimuliert, während er mich fickt. Er sagt: »Gefällt dir das, Baby, gefällt dir das?«, und ich keuche und klammere mich an ihn und versteife mich total. Meine Füße heben vom Boden ab. Er presst mich fest auf den Küchentisch.

»Ja, das gefiel dir, was?«, sagt er schwer atmend, aber mit beinah beruhigender Stimme.

Aber ich kann ihm nicht antworten, weil er ein Arschloch ist. Er ist ein dreckiges, hinterwäldlerisches Arschloch von einem KFZ-Schrauber. Aber als er hervorpresst: »Oh, verdammt, Baby, verdammt, ich kann nicht genug kriegen von deiner geilen Pussy«, vergebe ich ihm fast, dass er so ein arroganter, furchtbarer Trottel ist.

Schließlich kommt er gewaltig mit einem letzten Stoß, und als er sich aus mir zurückzieht, habe ich das Gefühl, ein Meer zwischen meinen Schenkeln zu haben. In mir ist alles warm und rutschig von seinem Saft, und wenn ich aufstehe, ist es noch schlimmer.

Ich bilde mir ein, dass er diese ganze Feuchtigkeit hören kann, aber bei seinen keuchenden Atemzügen dürfte er wohl kaum noch etwas hören. Ich traue mich kaum, ihn anzusehen oder ihm in die Augen zu schauen. Dafür schaue ich mir seine kräftigen, muskulösen Arme an, auf denen der Schweiß glänzt, als würde er arbeiten. Und das hat er ja auch. Er hat in mir gearbeitet.

Ich kann nichts sagen. Auf wackligen Beinen mache ich mich auf die Suche nach seinem Bad und merke, dass mein Rock hinten ganz feucht ist. Müsste ich mich nicht richtig schämen? Was bin ich doch für eine dreckige kleine Nutte.

Doch ich bereue es nicht. Ich habe überhaupt kein schlechtes Gewissen, dass ich mir das nehme, was ich will. Und manchmal, ja, manchmal möchte ich es sanft. Aber dann ist mir manchmal die harte Tour lieber. Selbst wenn es mich zu sehr auslaugt, sodass ich auf dem Bett zusammenbreche, als ich aus dem Bad komme.

Erst war es immer nur eine Matratze auf dem Fußboden. Oder Gartenmöbel in seinem Wohnzimmer. Kein Fernseher, kein Komfort im Haus, immer nur das Leben für die Werkstatt, immer nur die Werkstatt. Aber ich schätze, dass die Dinge sich etwas geändert haben. Ich weiß auch nicht, warum das so ist. Jedes Mal wenn wir vögeln, verändert sich unsere Sache ein bisschen mehr, und diesmal ist es auch wieder so.

Während ich auf seinem Bett liege und schon halb schlafe, spüre ich, dass er sich über mich beugt. Er macht es so, als wüsste er, dass er vorsichtig sein muss und mich nicht wecken darf. Und dann küsst er mich auf die Stirn, liebevoll und zart.

Und das macht er nicht zum ersten Mal. Obwohl ich meine, dass es mir langsam zu viel wird. Er küsst meinen Hals, bringt mich wieder in sein Haus – ich schlafe wieder auf seinen schönen neuen Möbeln ein, und dann küsst er mich und berührt mich als wäre ich sein Liebling. Als Nächstes sind wir wahrscheinlich Freund und Freundin, und die ganzen schmutzigen, dreckigen Sexnummern lösen sich auf in einem Meer aus Verabredungen zum Dinner, Vorstadtausflügen und romantischen Komödien.

Das will ich alles nicht. Ich muss unbedingt mit ihm darüber sprechen, und zwar schon bald.

# Innen ganz anders

Sie ist überrascht, dass sich plötzlich alle auf eine abgedrehte Version des Versteckspiels einigen. Denn sonst ist immer *Scrabble* angesagt: gestelzte Dinnerparty-Konversation und Klatsch und Tratsch – wer ist befördert worden und wer müsste befördert werden, und ob die Wirtschaftskrise unweigerlich in den Dritten Weltkrieg führt.

Es ist Zeit, älter und weise und abgestumpft zu sein. Wenn man dreißig wird, hat man eben so zu sein. Gut situiert und angenehm plaudernd bei Brettspielen. Etwas Ausgefalleneres sollte man kochen können, wie zum Beispiel Filet Wellington. Man sollte Aussicht auf eine Pension haben, über Wertpapierbestände verfügen und eine Lebensversicherung vorweisen können.

Und schon bald, so ahnt sie, wird es Zeit, eine Familie zu planen. Alle sprechen sie von kleinen Jonathans – die beim Kindermädchen sind –, reden über die besten Schulen und über andere Dinge, die im Augenblick angesagt sind. Sie wollen, dass auch sie jemanden findet und sesshaft wird. Und dann hätten sie alle die gleiche Lebenssituation und könnten sich zu Spieleabenden verabreden und zu anderen tollen Sachen.

Auch wenn einige Leute diesen Dingen nicht so viel abgewinnen können.

Sie ist sich ziemlich sicher, dass Gabe die Augen verdrehte, als Lucinda auf dem Weg hierher im Auto von diesen Dingen geplappert hat. Sie sah es aus den Augenwinkeln ... er lehnte

215

sich an die Beifahrertür und versuchte, weiter von den anderen abzurücken.

Aber Lucinda hatte vorher schließlich gemeint: »Wieso wollte er dann überhaupt kommen? Ich verstehe nicht, wieso Marcus ihn eingeladen hat! Das ist doch nur so eine Mitleidseinladung. Habt ihr seine Schuhe gesehen?«

Una hat einen Blick auf seine Schuhe geworfen. Es sind eigentlich gar keine Schuhe im engeren Sinn. Es sind Hausschuhe, die sich als Schuhe verkleidet haben, und sie kann sich im Leben nicht erklären, woher er die Dinger hat. Welcher Laden verkauft Hausschuhe mit festen Sohlen wie bei richtigen Schuhen? Und welcher Laden kann sich nicht entscheiden, ob er nun Hausschuhe oder Straßenschuhe verkaufen will?

Aber dann war sie einen Augenblick lang wie gelähmt, als sie sich eine Szene in dem Schuhgeschäft vorstellte. Sie sah die Freude in seinem Gesicht aufblitzen, weil er endlich das Schuhwerk fand, das weder das eine noch das andere ist! Sie hört ihn sogar sagen: »Gott, wie toll!«

Und dann merkte er, dass sie ihn ansah, als wäre er eine andere humanoide Art. Vielleicht auch gar kein Mensch – vielmehr ein Alien. Wer weiß das schon, als er sich halb abwandte, mit dem dummen, geheimnisvollen Lächeln auf den Lippen? Er lächelt auch jetzt noch so, als sie im Begriff sind, etwas wirklich »Aufregendes« zu starten.

Er ahnte nicht, dass Lucinda seine Anführungszeichen in der Luft bemerkte, die er dem Wort anheftete, mit dem Lucinda ihre Version von Versteckspiel beschrieb, aber da lag er so falsch. Sie merkte es nämlich und versuchte ihm mit ihrem wütenden Blick klarzumachen, dass er ja als Langeweiler im Haus bleiben könne, wenn es ihm nicht gefalle.

Aber dann schlug Marcus ihm kumpelhaft auf den Rücken, und ihr Blick glitt zur Seite. Sie fragt sich, nicht zum ersten Mal, ob Marcus Gabe eingeladen hat, weil die beiden eindeutige Absichten haben.

Bei diesem Gedanken verspürt sie ein leises Zittern und eine unerklärliche Wut, aber sie schüttelt diese Gefühle ab und denkt lieber an das Spiel. Bei diesem Spiel müssen die Teilnehmer sich gegenseitig suchen und dem Gefundenen einen Papierzettel wegnehmen. Derjenige, der mit den meisten Zetteln zurückkommt, hat gewonnen.

Sie ist sich ziemlich sicher, dass dieses Spiel nicht funktioniert, aber andererseits ist dies hier der perfekte Ort, eine Variante des Versteckspiels auszuprobieren. Jede Menge Bäume, hinter denen man sich verstecken kann, eine Hütte mit rustikalen Zimmern, ein Holzschuppen, eine waschechte Scheune. Obwohl Hayley ihre Allergien hat und Alan Tiere nicht leiden kann. Also ist es unwahrscheinlich, dass sie sich irgendwo anders als in der Sauna verstecken werden, eine Flasche Rotwein mitnehmen und sich weiter über Marks and Spencer unterhalten.

Alle sind aufgeregt und kichern, daher fragt Una sich, wie waghalsig die ganze Sache werden mag. Wird sich einer bis auf die Unterwäsche ausziehen und im See schwimmen? Wird Lucinda den Absatz ihres heimlich-bei-Oasis-gekauften Schuhs einbüßen? Wer weiß das schon? Sie weiß auch nicht, wieso sie sich je mit diesen Leuten angefreundet hat.

Insbesondere mit Gabe. Der arme, verrückte Gabe aus der IT-Abteilung, der nur aufgrund von Marcus' Hilfsprogramm hier ist: Helft dem Nerd!

Aber eigentlich ist er gar kein Nerd. Er ist bloß dunkel überall – innen wie außen, vermutet sie – und merkwürdig reserviert in einer Weise, die sie nicht ganz durchschaut. Ständig scheint er etwas mit den Augen sagen zu wollen, was sein Mund irgendwie nicht zustande bringt. Wenn sich ein

Lächeln bei ihm andeutet, dann nur an den Rändern seiner Oberlippe. Und das bedeutet dann etwas ... Interessantes. Was wiederum erstaunlich ist, wenn sie darüber nachdenkt, dass sie alle in ein und demselben Versicherungsunternehmen arbeiten.

Sie fragt sich, was er eigentlich da unten in der IT-Abteilung macht. Wahrscheinlich ziemlich langweilige Sachen. Wahrscheinlich wartet er das System und lädt Daten hoch. Und vermutlich wird er wahnsinnig wie Stuart, wenn die Leute immer noch nicht richtig mit ihren E-Mails umgehen können.

Doch sie hat noch nie erlebt, dass er die Geduld verliert. Meistens guckt er so, als hüte er ein großes Geheimnis, auf das auch du jeden Moment kommst.

Aber er ist so ganz anders als sie oder Marcus, als Lucinda, Alan und Hayley, daher ist sie nicht in der Lage, sein Geheimnis zu durchschauen. Es ist bestimmt nicht so, dass er die Konten frisiert hat oder ein kleines Alkoholproblem verbirgt. Aber er ist definitiv anders als die anderen Leute, als wäre sein Inneres aus dunklen, schmutzigen Dingen gemacht. Ja, sein Inneres besteht aus der verbotenen Frucht, und immer sieht er die Leute so an, als frage er sich, ob sie einen Bissen von dieser Frucht nehmen wollen.

Vermutlich lacht er insgeheim über die anderen. Bestimmt findet er ihren M&S-Rock aus Tweed lächerlich. Und dann dieses seltsame Hemd, das er trägt, mit Bildern von Busen vorne drauf! Es sieht so aus, als ob er Busen hätte! Wo, um alles in der Welt, findet er solche Klamotten? Er trägt viel zu enge Jeans, während alle anderen meistens in Anzügen herumlaufen – warum sollte er da nicht über die anderen lachen? Die wissen doch gar nicht, wie man ein Wochenende entspannt und lässig verbringt.

Sie vermutet, dass sie nur deshalb verstecken spielen, weil

er in der Ecke sitzt und sich insgeheim über den Mangel an Coolness der anderen amüsiert.

Natürlich ist er auch nicht cool. Er ist eben anders.

Komplett anders. Er sieht nicht so gut aus wie der schlanke, arrogant blonde Alan, der immer so wirkt, als würde er Seminare besuchen mit dem Titel »Wie werde ich über Nacht Millionär?«. Er ist auch nicht so hübsch wie Marcus, der ein männliches, markantes Kinn, eine schicke Frisur und stahlblaue Augen hat – falls er mit Marcus schlafen möchte, dann sind das vielleicht die Gründe.

Und dann spürt sie diese innere Unruhe und hasst ihn dafür, dass er diese Unruhe in ihr auslöst. Sie kann sich nicht mal erklären, warum die Gedanken an ihn überhaupt diesen Effekt haben, denn er ist nicht gut aussehend im herkömmlichen Sinn.

All seine Züge sind zu ausgeprägt für sein Gesicht. Zu groß für jedes andere Gesicht. Seine Nase ist eigenartig und knollig und zu lang, seine Lippen sind zu voll für einen Mann, sodass er männlich und ungewöhnlich weiblich zugleich aussieht. Das Maskuline, glaubt sie, kommt von seiner Haarfülle. Er ist richtig behaart, dass man schnell den Eindruck hat, Rasieren allein ist nicht genug. Sie schätzt, dass er sich gegen halb zehn morgens rasiert und eine halbe Stunde schon wieder stoppelig aussieht.

Sie weiß nicht, warum sie so genau über seine Rasiergewohnheiten nachdenkt. Oder warum sie immer wieder auf seine Augenbrauen gucken muss, die sein Gesicht zu vereinnahmen scheinen. Sie treffen sich zwar nicht über der Nasenwurzel, sondern sind glatt und pechschwarz. Diese dunklen Brauen verstärken den Eindruck, dass er Geheimnisse hütet.

Diese Brauen scheinen sie zu verhöhnen, weil sie etwas hineininterpretiert in diesen Blick.

Sie könnte ihm glatt einen Tritt versetzen. Dies sollte ein nettes, normales Wochenende werden – ein Ausflug in höfliche Verabredungen, Immobiliengeschwafel und Kindermädchen und Beef Wellington. Alle wissen, dass Alan hier ist, und sie ist hier, weil eins und eins nette Paare ergibt.

Doch nun ist Gabe hier, starrt sie an und sagt: »Wo wirst *du* dich verstecken?«

Und schon fühlt sie sich unwohl und deplatziert. Ihre Wangen werden warm, wenn er eine dieser verrückten Brauen hochzieht. Seine Stimme windet sich in ihr Innerstes – in ihren Oberarm, meint sie. In ihre Taille.

Er hat eine faszinierende Stimme, also kann man Una nicht vorwerfen, dass dieser Klang von ihrer Taille ihre Wirbelsäule hinaufläuft. Etwas Hämisches schwingt tief in seiner Kehle mit, aber sobald er seine Worte hervorbringt, klingen sie sanft, so sanft.

Jetzt schenkt er ihr wieder dieses kleine Lächeln, aber sie fühlt sich nicht wohl. Stattdessen fällt ihr auf, dass er immer noch sein Busen-Hemd trägt.


Sie weiß nicht einmal, wie dieses Spiel richtig gespielt wird, will aber auch nicht verlieren. In die Scheune geht sie nur, weil es anfängt zu regnen. Und obwohl sie ahnt, dass alle anderen sich in der Sauna verstecken, entscheidet sie sich für die Scheune.

Sie ist so gut wie leer. Es ist staubig und geheimnisvoll und einsam da drin, und in den Boxen vermutet sie eher wilde Tiere als ihre Freunde. Vorsichtig geht sie zu einer der Boxen, stellt sich auf die Zehenspitzen und späht über die verrottende Tür . . . belohnt wird sie nur dadurch, dass niemand sie zu Tode erschreckt.

Sie stellt sich vor, dass Gabe hier irgendwo steckt, bereit, jeden Augenblick aus einer Ecke hervorzuspringen. Wahrscheinlich ist er oben im Heuboden, macht irgendwelche unheimlichen Geräusche oder ruft plötzlich – sie schaut sogar nach oben, weil sie jeden Moment mit einem blöden Streich von ihm rechnet. Doch stattdessen ist sie allein in einer Scheune, in der es nach modrigem Holz riecht und alten Pelzen. Wenn sie sich umdreht, sieht sie nur Staubkörnchen im matten Licht schwirren, ansonsten Schatten um sie herum.

Im Vergleich dazu findet sie Scrabble plötzlich interessant, sie weiß auch nicht, warum. Und wieso spürt sie eine anwachsende Enttäuschung? Schwer zu erklären ist auch, dass diese Enttäuschung wie weggeblasen ist, als die alte Scheunentür in den Angeln quietscht und Gabe hereinkommt, komplett nass.

Sofort ist sie mit ihren Gedanken bei einem Buch, das sie als Mädchen gelesen hat. Sie weiß gar nicht, wie lange sie schon nicht mehr daran gedacht hat – sie durfte dieses Buch gar nicht lesen, und die letzten Jahre ihrer Teenager-Zeit tat sie so, als habe sie es nie gelesen – aber umso lebhafter stellt sich jetzt die Erinnerung ein. Eigentlich ergibt das keinen Sinn, aber so ist es eben.

In diesem Buch kam die Herrin eines großen Landhauses vor, meint sie sich zu erinnern, und ein eher grobschlächtiger Stallbursche. Die beiden begegneten sich in einer Scheune, sie war vollkommen durchnässt vom Regen und obendrein in Schwierigkeiten. Jede Menge herzzerreißende Seufzer und Beteuerungen und schnellere Atemzüge folgten, wie Una sich erinnert, doch das erklärt noch nicht so ganz, warum ihre diese Szenen gerade jetzt in den Sinn kommen.

Das muss an der Scheune liegen, glaubt sie. Oder auch am Regen, mutmaßt sie leicht widerwillig.

Die Heldin war so durchnässt gewesen, dass der schroffe

Stallbursche ihr seinen Mantel anbot: »Hier, nehmen Sie meinen Mantel.« Doch die Heldin war viel zu prüde und zu stolz, viel zu stolz, und ...

Und Una hat sich danach immer gefragt, wie das Buch gewesen wäre, wenn die Heldin nicht so stolz und prüde gewesen wäre. Vermutlich wäre es so gelaufen, wie Gabe es jetzt vormacht, denn er zieht sich das Busen-Hemd aus, lacht und steht dann in einem kleinen Unterhemd da.

Und Una denkt, sie könne ihm ja ihren Mantel anbieten und errötet dann bei dieser lächerlichen Idee. Was würde er mit ihrem Mantel anstellen? Seine Schultern sind viel zu breit für dieses kleine Ding aus Tweed. Es ist ja nicht so, als ob er nackt ist. Aber jetzt kann sie sehen, wie behaart er überall ist, wie schmal seine Hüften sind – Schlangenhüften, denkt sie wie abwesend.

Sie denkt das alles halb abwesend. Sie ist gar nicht bei der Sache, müsste eigentlich jetzt in der Sauna sitzen bei Hayley und Marcus, Alan und Lucinda. Natürlich wären dann alle nackter als hier in der Scheune. Aber das scheint irgendwie nicht der Punkt zu sein.

Man kann nackt sein, weil man es so plant, man kann aber auch zufällig unbekleidet dastehen.

Allerdings wird es hier wohl kaum zufällig sein; ihr werden nicht plötzlich die Kleider vom Körper fallen, ihm bestimmt auch nicht – vielleicht weil gleich der Blitz einschlägt oder Pferde ausschlagen oder weil der Plot es so will. Aber der Plot ihres Lebens ist nicht so. Im Plot ihres Lebens konzentriert sich vieles auf Scrabble.

»Es regnet«, sagt er, lacht über sich selbst und bestimmt auch über andere Dinge, von denen sie im Augenblick keine Ahnung hat. Irgendwie schafft er es immer, selbst den simpelsten Sachverhalt ins Komische zu ziehen.

»Dachte ich mir.«

Scrabble, denkt sie, Scrabble.

Und dann ist seine Stimme mit einem Mal tiefer, und alles ist noch stärker auf den Kopf gestellt als zuvor.

»Jetzt hole ich es mir von dir«, sagt er, und es klingt wie beiläufig, als wäre es die normalste Sache von der Welt, dass man so etwas zu jemandem in einer Scheune sagt.

Die Scrabble-Gedanken funktionieren nicht. Gabe hat sogar die Augenbrauen über seinen glitzernden Augen zusammengezogen, nur um dafür zu sorgen, damit sie nicht errät, welche Absichten er nun verfolgt.

»Was willst du dir holen?«, fragt sie und kommt sich nicht albern vor. Er könnte auf alles anspielen. Alle möglichen abgedrehten Ideen könnten in seinem verrückten Kopf herumspuken. Er könnte meinen –

»Deinen Zettel«, sagt er, als sei dies doch die ganze Zeit klar gewesen. War ihr das denn gar nicht klar? Was, um alles in der Welt, hätte er denn sonst meinen können außer dem kleinen Zettel, der aus der Tasche ihres Rocks lugt?

Sie ist sich ziemlich sicher, dass er über ihre Verwirrung grinst.

»Gibst du ihn mir freiwillig oder müssen wir darum kämpfen?«

Sein Grinsen veranlasst sie dazu »Kämpfen« zu sagen. Aber natürlich sagt sie das nicht laut. Doch sie ist davon überzeugt, dass er es kapiert, als er einen Satz nach vorn macht, um den Zettel zu stibitzen. Sie tritt ihm vors Schienbein.

Diesmal grinst er übers ganze Gesicht. Er grinst sogar noch, während er sich beklagt, sie spiele nicht fair. Dann hüpft er in der Scheune herum und versucht, sie aus verschiedenen Richtungen anzugreifen. Sie hat das Gefühl, dass sie sich wie zwei Gegner umkreisen, aber das ist schwer zu sagen, weil sie furchtbar in ihrer Tweedjacke schwitzt.

Kurz überlegt sie, die Jacke abzulegen, aber das würde ja

heißen, sich auszuziehen. Wie es die Lady des Landhauses getan hat. Oder später der Stallbursche, nachdem er all ihre Hindernisse aus dem Weg geräumt hatte.

Ich werde ihm schon ein Hindernis zeigen, denkt sie, obwohl sie weiß, dass sie nichts dieser Art tun wird – bis er ihr den Zettel entreißt und plötzlich im Vorteil ist. Schon ist Krieg, und da sind alle Mittel recht. Als er sich also lachend an einen Holzbalken lehnt, tut sie das, was sie tun muss, um sicherzugehen, dass er nicht mehr gewinnen kann.

Sie fesselt ihn an diesen Pfosten . . . mit allem, was ihr in die Finger kommt.

Sie findet einen Gurt, wahrscheinlich ein Stück von einem Sattel, und das kommt genau passend. Natürlich hat sie nicht wirklich vor, ihn anzubinden, aber als die Schlaufe des halb verrotteten Leders sich um sein Handgelenk schließt, braucht sie ja nur noch strammzuziehen und wegzuspringen.

Erst als er einen Satz nach vorn machen will, begreift er, dass er nicht mehr weg kann. Richtig schockiert schaut er auf sein gefesseltes Handgelenk, mit einem Blick, den sie noch nie bei einem anderen Mann gesehen hat. Schließlich sieht er ihr in die Augen und zieht dabei eine Braue hoch.

Und als sie die Verwunderung in seinem Blick sieht, wird ihr bewusst, dass sie – die Tweed tragende, in einer Nische arbeitende, Beef Wellington mögende Una – einen anderen Menschen in Schrecken versetzt hat. Sie hat jemanden gefesselt, ehe er sie dazu bringen konnte, irgendwelche schlimme Sachen zu machen. Nein, denkt sie, keine schlimmen Sachen mehr. Strich drunter. Bring es zu Ende. Lass ihm keinen Raum, bevor er sich noch zu verrückteren Sachen hinreißen lässt.

Einen Moment lang herrscht lähmende Stille. Kichern ist nicht erlaubt. Es darf ruhig so aussehen, als würde er jeden Augenblick losprusten, aber sie ist überzeugt davon, dass das nicht gestattet ist. Das Glitzern in seinen Augen verhindert, dass er lacht.

»Du spielst unfair«, sagt er. »Ich wusste es.«

»Ich hab gewonnen. Gib mir den Zettel zurück.«

Nicht schlecht, wie autoritär auf einmal ihre Stimme klingt. Aber sie ahnt, dass er merkt, wie atemlos sie in Wirklichkeit ist. Sie ist sich sogar sicher, dass er hören kann, wie sehr sie versucht, an Scrabble zu denken. Aber Scrabble führt eigentlich nie dazu, dass man jemanden in einer Scheune an einen Balken fesselt.

»Und wenn ich Nein sage?«

Er könnte sich befreien, wenn er es wollte, da ist sie sich sicher. Die andere Hand hat er ja frei. Wieso befreit er sich nicht einfach? Das Leder ist doch bestimmt nicht so angenehm am Handgelenk – sie war nicht zimperlich. Sie kann sich sehr gut vorstellen, dass das Band in die Haut schneidet.

Die ganze Zeit bewegt er die gefesselte Hand, und Una denkt nur: Lass das, das muss doch wehtun.

»Dann muss ich ... mir den Zettel eben holen.«

Darauf erwidert er nichts, aber da ist dieser Ausdruck in seinem Gesicht. Sie glaubt – sie ist sich natürlich nicht sicher – dass er vielleicht ... dass er sie vielleicht ein wenig lüstern ansieht. Dabei weiß sie allerdings gar nicht, wie so ein anzügliches Grinsen eigentlich aussieht. Anzügliches Grinsen ist wohl für Leute, die kein Tweed tragen und nicht nervös werden, wenn sie jemanden gefesselt haben.

»Er ist in meiner Tasche«, meint er. Er schiebt die linke Hüfte einladend vor, und diesmal ist sie überzeugt davon, dass da eine Anzüglichkeit mit reinspielt. Da ist definitiv etwas, das ihr Herz schneller schlagen lässt. Sie verspürt so ein komisches Gefühl im Magen und schleudert Gabe all die Worte der Empörung an den Kopf, die ihr so einfallen.

Aber natürlich kommt ihr keins dieser Worte über die Lippen.

»Na, schön, dann hole ich ihn mir jetzt.«

Aber sie merkt schnell, dass sie nur mutig tut, aber nichts macht. Ihr Herz pocht ja schon wie verrückt, wenn sie darüber nachdenkt, was sie getan hat. Aber ihm jetzt noch eine Hand in die Hosentasche schieben, wäre zu viel des Guten. Steckt man denn die Hand in die Hosentasche eines anderen, der an einen Balken gefesselt ist und auch noch anzüglich grinst? Wäre das etwa der Gesprächsstoff für eine Dinnerparty?

»Vielleicht solltest du auch meine andere Hand fesseln, ehe du dich traust.«

Das lässt sie innehalten. Sie sucht seinen Blick und sieht, wie mutig er sie anstarrt. Die Lady des Landhauses war nie so mutig, als der Stallbursche sie festband.

Aber das ist natürlich anders herum. *Er* ist der Mann, und *sie* ist das Mädchen. Sie findet es besonders beunruhigend, dass sie sich das dauernd in Erinnerung rufen muss.

»Nein«, sagt sie und wiederholt dies mit einem Zittern in der ohnehin schon etwas leisen Stimme: »Nein.«

Er hat einen kleinen vorgetäuschten Seufzer und ein vorgetäuschtes Kopfschütteln für sie übrig.

»Yeah, du hast recht. Schätze, eine Hand ist okay, aber zwei Hände sind vielleicht schon etwas bedenklich. Was würden wohl Marcus und Hayley und Lucinda und der andere Typ denken, wenn sie hören, dass du mich an beiden Händen gefesselt hast?«

Sie weiß nicht, was sie mehr zittern lässt – diese bizarre Situation oder sein höhnischer Mund. Er scheint sie zu verspotten, weil sie dies für eine bizarre Situation hält, und das macht es nur noch schlimmer. Sie merkt, dass ihre Zähne klappern, und das liegt nicht daran, dass der Regen noch stärker auf die Scheune prasselt und durch die halb offene Tür spritzt.

»Sie werden denken, dass ich es tun musste, um zu gewinnen.«

»Es geht also immer ums Gewinnen.«

»Erzähl mir nicht, dass du glaubst, gewinnen ist nicht wichtig.«

Langsam verzieht er den Mund zu einem Lächeln. Schielt erneut bedeutungsvoll auf das Lederband an seinem Handgelenk.

»Gewinnen mag ja wichtig sein, aber andere Sachen machen mehr Spaß«, sagt er. Eine unerklärliche Wut ergreift jetzt von ihr Besitz, als sie den letzten Schritt nach vorn macht, um eine Hand in seine Hosentasche zu stecken.

Es war von Anfang an ein Fehler. Seine Jeans ist so eng, dass man kaum eine Hand in die Tasche schieben kann. Una kann sich nicht erklären, wie er den Zettel hineingesteckt haben will. Die Hand in die Tasche zu schieben ist genauso schwer wie der Versuch, Knete durch ein Nadelöhr zu drücken.

Und die ganze Zeit über beugt er sich leicht vor und lächelt geheimnisvoll. Er wartet nur darauf, dass sie kneift, sie ahnt es. Er spekuliert doch nur darauf, dass sie empfindlich und hilflos ist und ihm sagt, was für ein abgedrehter Typ er doch ist. Und dann könnte er verbal zurückschlagen und ihr vorwerfen, was für eine langweilige graue Maus sie ist und warum sie nicht zurück zur Hütte geht und Filet Wellington macht.

Dann zerrt sie richtig an seiner Tasche und zieht ihm dabei fast die Hose herunter. Er wirkt sogar erschrocken, aber auch nicht so erschrocken, wie sie es erwartet hätte. Seine Augen weiten sich, und er will einen Schritt nach vorn machen, aber das Band an seinem Handgelenk hindert ihn daran. Und sie denkt, dass sich ein heißes Vergnügen in seiner Miene ab-zeichnet ... aber sie ist sich wieder mal nicht sicher.

Das ist ansteckend, denkt sie, doch Vergnügen in dem Sinne erfasst sie nicht. Vielmehr hat sie das Gefühl, immer und immer wieder einen Stich in den Bauch zu erhalten ... und alles wird nur noch schlimmer, als sich die Worte »er mag das, er mag das, er mag das« in ihrem Kopf verselbstän-digen.

»Perversling«, giftet sie plötzlich los, aber er stößt nur ein ungläubiges Lachen aus und drückt gegen ihre Hand, die immer noch in seine Hosentasche will. Sein Blick gleitet über ihr ganzes Gesicht, bis ihr die Idee kommt, ihm auch noch die Augen zu verbinden, und das trifft sie genau dort, wo die Stichwunden an ihrem Bauch nicht verheilen. Doch dann sagt er: »Nur zu, schieb deine Hand tiefer rein.« Und da ver-gisst sie, was sie sagen müsste, kann den Gedanken nicht verfolgen.

Sie scheint alles vergessen zu haben, was einen normalen Menschen ausmacht.

Endlich berührt sie mit den Fingern Papier. Natürlich strei-fen die Finger auch anderes, aber es fällt ihr schwer, darüber nachzudenken. Als sie versucht, die Hand wieder herauszu-ziehen, streifen die Finger das Ding, über das sie nicht nach-denken möchte. Und er zieht zischend die Luft ein.

Dennoch ist sie nicht in der Lage ... aufzuhören. Sie sieht sich an dem Abendessentisch sitzen, leicht vornüber gebeugt über ihren Teller, und erzählt den anderen, wie sie Gabes Schwanz durch die Hosentasche hindurch gerieben hat. Und dafür könnte sie im Erdboden versinken.

Aber sie verfällt der Verlockung so schnell.

Insbesondere weil ihre Hand in der engen Denim fest-steckt, und sosehr Una sich auch bemüht, sie scheint die Hand nicht freizubekommen. Sie zupft und zerrt, aber dadurch erreicht sie nur, dass sein Schwanz dichter an ihre Finger schwillt, sein Körper ihrem näher kommt. Der Ausdruck in seinem Gesicht schwankt zwischen diesem wissenden Grinsen und einem angenehm überraschten Blick, der sie noch mehr verunsichert als das anzügliche Grinsen.

Daher konzentriert sie sich auf den am wenigsten beunruhigenden Aspekt des ganzen Debakels.

Sie fragt sich, ob er nun so grinst, weil er an den Balken gefesselt ist, oder weil er sie dazu brachte, ihre Hand so dicht an sein Gemächt zu bringen. Aber vielleicht bleibt das auch das Geheimnis seines egozentrischen Wesens. Insgeheim mag er es, an einen Balken gefesselt zu sein. Insgeheim will er seinen Schwanz an ihrer Hand reiben. Insgeheim ist er ein scharfer, sexbesessener Typ, während all die anderen Langeweiler sich mit öden Dates, einer korrekten Weinbestellung und Missionarsstellungen abgeben.

Wie es aussieht, erweist sich nichts von alldem als der am wenigsten beunruhigende Aspekt dieses ganzen Debakels. Selbst ihre Kleidung richtet sich immer stärker gegen sie: Die Hitze unter ihrer Tweedjacke ist nicht mehr zu toppen. Ihr ist sogar schon so heiß, dass sie sich gar nicht mehr so verhält, wie sie es von sich erwartet hätte, als er seine freie Hand zwischen ihre Körper führt und den Knopf ihrer Jacke berührt. Ihr erster Gedanke ist, ihm eine runterzuhauen, sich aufzuregen, doch letzten Endes tut sie nichts von dem und lässt es einfach geschehen.

Sie hat das Gefühl, endlich ausatmen zu können, obwohl sie gar nicht wusste, dass sie den Atem angehalten hat. Ihr ganzer Körper entspannt sich beim Ausatmen, verspannt sich dann aber sofort wieder, als Gabe mit seinem Mund ihre Lippen sucht. Sie beginnt leicht zu zittern und droht den Halt zu verlieren in den hochhackigen Schuhen, die sie jetzt am liebsten nicht getragen hätte.

Inzwischen hat er ihr den Mantel halb über die Arme gestreift – andere Sachen werden wohl noch folgen. Ihre Lippen haben sich jetzt gefunden, und die Sache nimmt Fahrt auf, und oh Gott, sie glaubt, seine herumtastende Zunge zu spüren ... denn dies ist kein einfacher, langweiliger Kuss mehr. Gabe löst sich halb von ihrem Mund, um im nächsten Augenblick seine Zunge gegen ihre zucken zu lassen, sodass jede empfängliche Stelle in ihrem Körper darauf anspricht.

Sie kann die Spitzen ihrer Titten spüren und die weichen Stellen an ihren Kniekehlen, die Armbeugen und die Innenseiten der Oberschenkel. Sie spürt ihren Nacken und ihre Spalte zwischen den Beinen. All diese Stellen blühen fast schmerzvoll auf. In diesem Moment begreift sie, warum jemand einen anderen Menschen fesseln möchte, denn sie will, dass diese Vorfreude und dieses Hinauszögern sich noch ewig hinziehen.

Das Wort *necken* blitzt hinter ihren geschlossenen Lidern auf. Bestimmt auch hinter seinen Lidern. Und bestimmt versucht er jetzt, seinen Schwanz an ihrem Körper zu reiben. Als sie sich dann von ihm löst und seiner freien Hand ausweicht, hört sie ihn sagen: »Du willst mich doch jetzt nicht so lassen, oder?«

Die Verzweiflung in seiner Stimme streicht erst über ihre Nippel, dann über ihre Klitoris – viel aufregender findet sie es noch, dass sie glaubt, er weiß all dies. Er scheint zu ahnen, welche Wirkung dieser verzweifelte Tonfall auf sie ausübt, denn kurz darauf zieht er einen Mundwinkel hoch.

Dann reißt er richtig an dem Lederband, von dem er sich bestimmt befreien könnte, um einen dramatischen Effekt zu erzielen.

»Muss ich erst das Zauberwort sagen, damit du mich befreist?«, fragt er. Sie stehen immer noch so dicht voreinander, dass sie seinen heißen Atem spüren kann. Sie weiß nicht, was sie als Nächstes sagen soll, und so verlässt sie sich darauf, dass ihr Körper ihr schon die richtigen Worte in den Mund legen wird.

»Vielleicht lasse ich dich frei, wenn du schmutzige Dinge zu mir sagst«, platzt es aus ihr heraus, vielleicht auch nur, weil noch nie jemand etwas Schmutziges in ihrem Beisein gesagt hat. Und wenn sie die Scheune erst einmal verlassen haben, wird wahrscheinlich nie wieder jemand etwas Derartiges zu ihr sagen. Zumindest wird sie wohl kaum noch einmal einen anderen Mann dazu ermuntern. Alan würde sie nie dazu überreden können, und selbst wenn sie es von ihm verlangte, würde er der Aufforderung nicht nachkommen.

Aber Gabe gehorcht, und er macht es besser, als sie gedacht hätte.

»Ich möchte in deiner weichen, nassen Fotze sein«, beginnt er.

Es sind nicht die Worte allein, die wahre Schockwellen in ihrem Körper auslösen. »Fotze« sorgt nur für einen kurzen Schauer, aber es ist seine Stimme, die sie fesselt. Seine mit einem Mal temperamentvolle, fast schwülstige Stimme, die jedes Wort ausdrücklich betont.

Sie weicht ein paar Schritte zurück und sieht, wie unzählige Emotionen über sein Gesicht huschen, doch da kann sie ihm nicht helfen. Sie weiß jetzt genauso wenig wie er, was sie machen sollen. All dies kommt ihr vor wie der wahnsinnige Endspurt auf der Zielgeraden in dem einzigen Rennen, das sie je laufen wird.

Er wird vielleicht an vielen Rennen teilnehmen, an verrückten Rennen, von denen normale Leute nur träumen können. *Soll er ruhig verwirrt sein*, denkt sie. Er soll nicht ahnen, was sie als Nächstes im Sinn hat. Jetzt kann sie nämlich endlich mal etwas Unerwartetes tun, das ihr keiner je zutrauen würde.

Aus Angst, doch noch einen Rückzieher zu machen, treibt sie sich innerlich an. Sie muss schnell handeln. Sie muss es tun, ehe sie die Sache nicht mehr in der Hand hat.

»Mach deine Jeans auf«, sagt sie, und die Worte kommen ihr kaum verständlich und nervös über die Lippen. Aber ihm scheint es egal zu sein, ob sie nun nervös ist oder nicht. Er scheint so high zu sein wie sie, und sie schätzt, dass alle Begegnungen dieser Art so laufen. Wahrscheinlich hat er Dutzende Dates ... und wird noch unzählige haben.

Wahrscheinlich weiß er gar nicht, wie normaler Sex geht.

Jetzt schaut sie ihn an, mit geröteten Wangen, geöffneten Lippen. Sein Schwanz ragt obszön auf und hebt sich blass ab von dem hellblauen Stoff der halb heruntergelassenen Jeans. Die Spitze seines Penis ist allerdings so rot wie Unas Wangen, und feucht, was sie noch nie zuvor gesehen hat.

Beinahe stöhnt sie, würde ihm dadurch aber zu viel von sich in die Hand spielen.

Stattdessen schält sie sich ganz aus ihrem Mantel. Und irgendwie folgt auch ihre Bluse. Und als er sich mit der freien Hand an den Schwanz fasst, verspürt sie den Drang, auch den Rock abzulegen.

Als auch der Rock wie eine Lache zu ihren Füßen liegt, massiert Gabe sich rhythmisch.

In seinen Augen lodern Lust und Vergnügen auf, und er strebt in ihre Richtung und murmelt Worte vor sich hin, die noch verzweifelter und sehnsüchtiger klingen, je mehr Sachen sie auszieht. Als sie ihres BH aufmacht und über die Arme streift, verteilt er die Tropfen auf seiner Eichel mit dem Daumen, wirft den Kopf in den Nacken und sieht Una unter halb geschlossenen Lidern an.

Auf ihren Brüsten fühlt sich sein Blick wie eine ungestüm streichelnde Hand an; streift ihre Nippel, die sich in der kühlen Luft aufrichten und sich dennoch heißer denn je anfühlen. Inzwischen hat sie sich fast ganz ausgezogen und fühlt sich immer noch von einer glühenden Hitze erfasst.

»Leck deine Finger und berühre deine Nippel«, sagt er und scheint sich mit seinen eigenen Worten weiter zu erregen. Und er massiert sich ruckartig, mit kurzen, schnellen Bewegungen, die sich wellenartig in ihm auszubreiten scheinen.

Als sie seiner Aufforderung nachkommt, hält Gabe inne. Sie hat noch nie gesehen, dass jemand das macht, aber sie versteht, warum er seine Eichel plötzlich fest zusammendrückt.

Damit er nicht zu früh kommt, denkt sie, und dann will sie sich am liebsten nur noch auf den Boden legen und sich von Gabe durchbumsen lassen. Sie zwickt sich in den rechten Nippel, um dieses brennende Verlangen zu dämpfen, merkt aber, dass ihre Lust dadurch nur noch stärker auflodert.

In schockierenden und obszönen Stellungen will sie dort auf dem Boden ficken, nass und klebrig und drängend und ohne aufzuhören. Und wenn es vorbei ist, möchte sie wieder von vorn anfangen, und immer und immer wieder, bis die kleinen Steinchen sich in ihre Haut bohren und sie nichts mehr riecht als Sex.

Stattdessen fordert er sie auf, den Slip auszuziehen und sich an die Klitoris zu fassen. »Das will ich sehen«, stöhnt er, als sie gehorcht. »Ich will sehen, wie du dich anfasst!«

In Gedanken wandert sie zurück zu jenem Buch mit den simplen, blöden Sexszenen, die eigentlich gar nicht detailliert beschrieben wurden, aber, Gott, wie sehr hatte sie diese Passagen geliebt! Sie weiß noch, wie sie sich berührte, als sie an Worte wie »angeschwollen« oder »drängend«, denkt, und an all die anderen Worte, die sie nicht gekannt hatte ... und jetzt fallen ihr all diese Begriffe wieder ein.

Sie erlebt ein ganz neues Gefühl – sie streichelt sich im Beisein eines Mannes.

Ihr Kitzler ist schon so geschwollen, und sie ist kaum überrascht, dass der Orgasmus sie fast überkommt, obwohl sie fast nichts gemacht hat. Sie hat bloß gesehen, wie er auf ihre bloßen Brüste und auf ihre feuchte Spalte gestarrt hat, und das reichte schon. Und natürlich der Anblick seines Schwanzes, dessen reife Eichel immer wieder in Gabes geballter Hand verschwindet.

»Komm her«, keucht er. »Komm zu mir.«

Und sie tut es. Sie nähert sich ihm, die Hand immer noch zwischen ihren Schenkeln, und drückt sich gegen seine Faust und seinen Schwanz. Ihre Münder finden sich wieder genauso schnell wie zuvor, und sie legt ihm ihre freie Hand auf die Schulter. Zieht ihn an sich, um jedes Zittern zu spüren, das durch seinen Körper läuft.

Als sie merkt, wie seine gefesselte Hand frei kommt und fest auf ihrer Taille ruht, zuckt ihre Klitoris unter ihren drängenden Fingern. Der Orgasmus erfasst sie, plötzlich und hart, und Gabe verschluckt ihr Stöhnen mit seinem Mund. Auch er stöhnt jetzt, und dann spürt sie heiße Nässe auf ihrem Bauch, auf ihrer Hand zwischen den Beinen.

Als sie blindlings tastet und seinen immer noch pulsierenden Schwanz berührt, zögernd und neugierig, wendet Gabe sein Gesicht ab und keucht laut in ihrem Haar.

Dann ist es vorbei. Ihre Beine geben nach, und sie zieht ihn mit zu Boden.

»Gott, das tat gut«, sagt er nach vielen tiefen Atemzügen und geballtem Schweigen. Aber sie muss den Kopf heben, um Gabe verstehen zu können. Sie bringt ihr Ohr dicht an seinen Mund und will ihn dazu bringen, es noch mal zu sagen, aber das tut er nicht, und daher hat sie sich vielleicht auch verhört.

Sie weiß, dass sie gleich aufstehen und zum Haus zurückgehen müssen. Jeden Moment wird dieses Zittern und schwere

Atmen und Im-Arm-des-anderen-liegen vorbei sein. Die kleinen Steinchen werden sich von ihrer Haut lösen und Una wird wieder sauber und nett aussehen.

Bald.

Sie dreht den Kopf zu ihm und drückt ihre Nase in sein Haar. Seine Frisur sah starr aus, als hätte er Haarfestiger benutzt, aber in Wirklichkeit fühlt es sich seidig an und riecht angenehm.

Aber all diese Dinge findet er vielleicht blöd, sie bedeuten ihm wahrscheinlich nichts. Er braucht sich wohl nicht in Erinnerung zu rufen, wie ihr Haar duftet, wie sich ihre Haut anfühlt oder wie es war, mal etwas anderes ausprobiert zu haben. Bestimmt probiert er ständig neue Sachen aus. Er ist ja auch *anders*.

Sie will dieses Anderssein in sich aufnehmen, damit sie sich auch später noch daran erinnert, wenn sie nicht mehr weiß, was für eine Person sie eigentlich geworden ist. An diesen Augenblick wird sie sich erinnern, an den Augenblick, der ihr Leben verwahrlost und hell zugleich aussehen lässt, und für einen kurzen Moment ist sie so benommen von ihren Gedanken an eine Zukunft, die unweigerlich eintreten wird, dass sie einen Kloß im Hals verspürt. Tränen brennen in ihren Augen.

Sie küsst ihn. Fest, so fest wie ihr Körper es zulässt, ehe sich der Schmerz meldet. Und, oh, wie freut sie sich, dass er reagiert! Er könnte sie jetzt von sich stoßen, gelangweilt, und sie einfach auf dem Boden liegen lassen ... bei ihren trüben Gedanken an die Zukunft, aber er scheint genauso hungrig zu sein wie sie.

Es kann ja noch nicht vorbei sein, kann nicht alles gewesen sein. Seine Hände winden sich in ihr Haar und drehen ihre Strähne auf, bis die Kopfhaut prickelt. Sein Körper schiebt sich über ihren, bis sie schwer auf den Boden gedrückt wird.

Nackte Haut auf Haut ist fast schon zu viel. In dieser elenden Zukunft wird sie sich wehmütig an diese Augenblicke erinnern, sie weiß es. Trotzdem spreizt sie ihre Beine und lädt ihn ein, ihre Pussy mit den Fingern zu erkunden, ihren Kitzler, und so streicht er durch die feuchten Stellen, die sie für ihn bereit hält.

Sie zuckt bei seinen Berührungen zusammen, zittert so kurz nach dem ersten Orgasmus, ist aber noch scharf auf mehr. Und er ist erst recht scharf – sie kann seinen steifen Schwanz an ihrem Oberschenkel spüren. Dick und lang ist er und lässt sie nicht mehr los.

Sie schließt die Augen, weil sie glaubt, ihn dann besser fühlen zu können. Sie reibt sich mit ihrer Pussy an seinen Fingern. Stößt rhythmisch mit dem Bein gegen seinen Schwanz.

Kurz darauf ist er steif genug, um mehr zu wollen. Und sie natürlich auch – sie stellt sich vor, wie er sie ohne Gummi fickt und dann seinen Saft auf ihre zerfließenden Pussylippen spritzt.

Dieser Gedanke brennt in ihr nach. Wahrscheinlich hat er gar kein Kondom bei. Und daher wird es wohl so werden: Ihre Säfte werden sich vermischen, sie werden sich so nah kommen, wie es nur geht, Haut auf Haut.

*Herrlich.*

Aber er hat offenbar andere Vorstellungen. Er schiebt sich ein Stück weit über sie und setzt sich dann auf ihre Taille, und er sieht so schlank und entspannt aus. Als könnte sie ihn nach ihren Vorstellungen formen. Sein Schwanz wippt vor ihren Augen auf und ab, bittet um Zungenzuwendung, und sie gehorcht. Sie streckt die Zunge heraus und leckt leicht über die glänzende Spitze, beobachtet, wie Gabe den Rücken durchbiegt und mit den Hüften nach vorn stößt.

Er gibt ein gezischtes »Ja« von sich, ehe er zum Höhepunkt kommen will: »Ich will dich verzieren.«

Natürlich weiß sie, was er meint. Er will, dass sie ihn leckt und massiert, bis er seinen Nektar überall auf ihren Brüsten verteilt – oder besser noch: Er will ihre Titten ficken und dann eincremen.

Allein bei dem Gedanken fängt ihr Kitzler an zu pulsieren.

»Also los«, sagt sie, worauf er seine Handfläche mit Spucke befeuchtet und dann seinen Schwanz in die Hand nimmt. Er lässt sich Zeit, den Schaft nass und glänzend zu machen, ehe er ihn der Länge nach zwischen ihre Brüste schiebt, wie sie es sich vorgestellt hat.

Es ist ihr beinahe unheimlich, wie wenig sie tun muss, um ihre Brüste zusammenzuschieben und einen Tunnel für den harten Stab zu schaffen. Der Schwanz fühlt sich schön feucht und fest in der Mulde an, und als Gabe wieder mit den Hüften stößt, kann Una jede hervorstehende Ader seines Schwanzes spüren.

Sie kann sich nur nicht entscheiden, ob sie auf seine Eichel oder in sein Gesicht schauen soll. Die pralle, rötliche Spitze sieht aus wie ein Edelstein zwischen den weißen Kuppeln ihrer Brüste, und wenn er nach vorn stößt, sieht sie, wie die Vorhaut gespannt wird. Sie sieht die ersten Tropfen in dem engen Schlitz schillern.

Sie weiß gar nicht, ob sie schon mal so nah an einem Steifen dran war, ohne dass er ihr in den Mund geschoben wurde. Aber es scheint ihm egal zu sein, ob sie nun die Lippen für ihn öffnet oder nicht. Jedes Mal wenn sie über seine Kuppe leckt, stöhnt er für sie, bis sie sich nur noch auf dieses Stöhnen konzentriert.

Sie leckt, leckt und leckt, um alles herauszuholen. Er schmeckt wie etwas Süßes und Angebranntes, und sie fragt sich, ob sie auch so schmeckt, als er seine Finger ableckt und Una dabei so erwartungsvoll ansieht.

So erwartungsvoll, dass er sich nicht zurückhalten kann, sich nach hinten lehnt – und er ist wirklich so biegsam, wie sie vermutet hat – und ihr einen Finger in die Pussy schiebt. Im Rhythmus seiner Hüften und seines Steifen dringt er in ihre Spalte. Als er einen Moment lang innehält, stößt sie ungeduldig die Hüften nach oben. Es muss seltsam aussehen, wie sie miteinander verbunden sind: Er stößt mit dem Finger in sie und drückt sie gleichzeitig nach unten, damit sein Schwanz zwischen ihren Titten vor und zurück gleiten kann.

Die Lust pulsiert durch sie. Er scheint es auch zu fühlen, denn er keucht und stöhnt für sie und wartet auf ihre Reaktion.

Sie reagiert, als er sich plötzlich verspannt und seinen Saft über ihren Brüsten und ihrem Hals verteilt. Es ist nicht so viel, aber etwas spritzt gegen ihre Wange und ihre Zunge. Sie blinzelt und dreht schockiert den Kopf weg, aber der Schock hält nicht lange an. Er verwandelt sich nämlich in etwas anderes und windet sich kitzelnd in ihren Unterleib und löst fast einen Orgasmus bei ihr aus.

Aber nur fast.

Nein – sie kommt erst, als sie ohne ersichtlichen Grund den Kopf dreht. Die Scheunentür schlägt nicht zu, und weder sie noch er hört jemanden kommen, aber sie schaut trotzdem zur Tür.

Und sieht Alan. Alan, der fast ihr Partner gewesen wäre. Er kommt gerade rechtzeitig, um zu sehen, wie sie die wohl schönste Perlenkette bekommt, und als er erschrocken die Luft einsaugt, reibt Una sich fest an Gabes Fingern.

Die Kette liegt kühl und feucht um ihren Hals. Ihr Körper spannt sich, bis sie kommt, kommt, kommt.

Alan ist fort, und sie läuft ihm nicht nach. Das kann sie ja auch gar nicht, weil sie noch voller Körpersaft und obendrein nackt ist, aber dennoch ist es komisch. Eigentlich müsste sie ihm nachlaufen, das weiß sie. Sie dürfte ja überhaupt nicht dort auf dem Boden liegen und solche Dinge machen.

Sie richtet sich langsam auf. Streichelt kurz über die feuchte Haut, ehe sie seinen Saft wegreibt. Nimmt den BH, zieht Bluse und Jacke an. Streicht ihr Haar zurück.

»Ich wusste es«, sagt er, und diesmal hört sie es klar und deutlich heraus. Sie hört diesen etwas flatternden, freudigen Tonfall. »Ich wusste, dass du so sein würdest.«

Sie kann sich nicht zu ihm umdrehen und ihn ansehen. Stattdessen erinnert sie sich, wie unbeholfen und unkonventionell sie selbst war, früher in der High School. Nie tat sie etwas *die ganze Zeit*. Nie fühlte sie sich sicher oder taff oder so, wie sie Gabe beschreiben würde.

Er ist der Außenseiter, denkt sie. Ich bin innen, bin die Introvertierte, und er sieht mich an.

»Ich wusste, dass du nicht so wie die bist«, sagt er, und sie spürt ihr Herz pochen und pochen, weil sie sich vorstellt, dass es noch weitere Rennen geben könnte. Eine Zukunft, die nur aus seltsamen und unkonventionellen Dingen besteht.

Erst jetzt dreht sie sich um, und er lächelt breit und ruhig. »Ich habe nur darauf gewartet, dass du ein klein bisschen anders bist, weißt du? Ich wusste, dass du anders bist, im Innern.«

# All Ways

Ich habe ihm etwas getan. Alle wissen es. Er geht noch kaputt daran; löst sich auf. Er war immer schon ein komischer Typ. Aber jetzt ist's vielleicht zu viel, und man findet ihn betrunken oder sogar tot auf dem Körper einer Prostituierten. Oder er taumelt nackt durch die Stadt und stirbt an Unterkühlung, oder er brettert mit irrer Geschwindigkeit gegen eine Backsteinmauer ... oder, oder, oder.

Wer weiß das schon? Jedenfalls hat er nichts mehr, woran er sich festhalten könnte.

Alle sagen, er wurde erschossen. Manchmal heißt es, er habe einen Schuss in den Schritt bekommen. Dann wurde er jedoch angeblich nicht angeschossen, stattdessen soll sein bester Freund explodiert sein. Er hat Kinder gesehen, die durch vom Krieg verwüstete Städte wanderten, ohne Arme, er hat Brandmale überall am Körper, er stieß auf so etwas wie Auschwitz, und jetzt ist seine Seele in eine tiefe Dunkelheit gefallen.

All das erzählt man sich über ihn, aber er sagt nie etwas, also kann man nichts davon bestätigen. Und eigentlich auch keinen Funken Wahrheit darin entdecken.

Zumindest weiß sie, dass er müde aussieht, und melancholisch, und auch leicht gelangweilt. Ganz so, als würde er bald aufgeben, unter dem Druck der Belanglosigkeit. Wie kann man das wahre Leben je vergleichen mit dem Horror, von vermummten Terroristen gefoltert zu werden, an irgendeinem Ort, von dem sie nie etwas gehört hat?

Er hat nicht das Recht, sehr viel besser auszusehen als früher ... wie sie ihn früher kannte, als sie sich etwas unbeholfen zu einem ersten Date verabredeten. Sie hat immer noch etwas von seinem Geschmack im Mund, aus der Zeit der feuchten Küsse auf der Rückbank von Michael Berritsons Ford Fiesta – Spearmint Kaugummi und Cherry Cola. Dann wieder Fritten und Soße. Und all diese Geschmacksrichtungen assoziiert sie mit einer sehnsüchtigen, unerfüllten Erregung.

Beinahe geht sie im *Fox and Badger* zu ihm. Aber nur beinahe. Sie will nur kurz Hallo sagen, wie geht's denn so, und ihn an die harmlosen Liebeleien erinnern. Doch dann denkt sie über das Wort »harmlos« nach und daran, wie beliebt und interessant und seltsam gut aussehend er damals war – und dann stellt sie sich vor, wie er sie fragt: »Und wer bist du noch gleich?« Was weiß sie, die ungeschickte, einmal Geküsste schon vom Krieg und von der Traurigkeit und vom Interessantsein?

Nichts. Absolut nichts. Die Rückbank des Fiestas, der wahllos konsumierte Rum, seine Hand, die sich unter ihr Jackett schob ... all das bedeutet nichts mehr. Sie kannte ihn ja überhaupt nicht, hatte nichts mit ihm zu tun, und das bewahrheitet sich, als er sie erwischt.

Er erwischt sie an einem Ort, an dem sie ihn nie vermutet hätte. Er war immer so cool, zu verschlossen, um an einem solchen Ort zu sein: In einem seltsamen, kleinen Schuppen mitten im Wald, voll mit Kram und altem Zeug.

Sie hatte geglaubt, der Schuppen gehöre jemand anders. Im Gras lag ein verrostetes Vorhängeschloss, als sie vorbeikam, als habe es irgendwann den Geist aufgegeben. Aber an dem Ort hielt sich niemand auf, ganz so, als wüsste niemand, dass es ihn überhaupt gab.

Abgesehen von dem alten, zotteligen Mr Larbeck, den sie für den Besitzer hielt. Er war vergangenen Winter gestorben, was wiederum erklärte, warum die Hütte verlassen und seither unberührt war. Und natürlich die Musik, diese ganze Musik, die auf einen zornigen und wahrscheinlich desillusionierten Mann schließen ließ – The Cure, Depeche Mode und The Manic Street Preachers.

Aber sie vermutet, dass Jamie Packer desillusioniert genug ist, es immer schon war. Er sieht wirklich desillusioniert aus, als er in seiner geheimen Höhle voller Wunder auf sie zukommt.

Sofort springt sie aus dem alten Lehnstuhl auf, der einen zerschlissenen, grünen Bezug hat. Das einzige andere Möbelstück ist ein Bett, das so gut wie aus nichts besteht. Erst jetzt erkennt sie, dass sowohl die Laken als auch die Kissen nach Art des Militärs gerichtet sind. Bevor er sich irgendwo hin übers Meer verfrachten ließ, hat er dieses Bett wohl so hinterlassen: Mit dem Geschmack der Armee.

Ihr fällt auch auf, dass er dort lebt oder zumindest jetzt wieder zurückkehrt. Zunächst hatte er in dem B & B gewohnt, aber sie weiß nicht mehr, wo er eigentlich wohnte, nachdem seine verrückte Mutter gestorben war.

Hier wahrscheinlich, vermutet sie, hier auf dieser Lichtung mitten im Wald.

Sie spürt, wie ihr die Hitze ins Gesicht schießt. Gott, was für ein Eindringling sie in den Augen eines Mannes sein muss, der schon als junger Kerl ziemlich schweigsam war.

Alte Gewohnheiten, denkt sie.

»Was hast du hier zu suchen?«, fragt er und unterbindet mit dieser direkten Frage alle Antworten, die ihr so durch den Kopf gehen. Wie zum Beispiel *Ich bin hier, weil es geheimnisvoll ist, weil mein Unterbewusstsein ahnte, dies sei dein Ort.*

»Was hast du hier zu suchen, Kes?«

Verdammt, sie kann sich erinnern, dass sie diesen Namen hatte. Dieses Abkürzen und Verstümmeln von Vornamen, diese seltsamen Spitznamen, die junge Leute einander geben. Aus Kesley machten sie Kes. Ihm erging es nicht viel anders: Man nannte ihn Packs.

Sie denkt, ich sage jetzt besser nichts. Wenn ich nichts sage, kann er mir hinterher keinen Strick daraus drehen und mich nicht zum Richtblock bringen, um mir eine Kugel in den vermummten Kopf zu jagen.

Alles scheint sich um Vermummung oder verhüllte Gesichter zu drehen.

»Was willst du hier, Kes? Weißt du ... erinnerst du dich, wer ich bin?«

Er sagt es so zurückhaltend wie eine gefeierte Persönlichkeit, und sie hatte es nicht anders von ihm erwartet. Aber die Worte »erinnerst du dich« sind ein bisschen ernüchternd.

»Tut mir leid«, plappert sie.

Seine Miene – fordernd, aber nicht zu böse – gefriert. Er hat kalte Augen, hatte sie immer schon, aber jetzt wirken sie noch kälter.

»Sollte dir auch leid tun. Und jetzt raus.«

Ihr Magen verwandelt sich in etwas Flatterndes, das ihre Kehle hinaufzufliegen versucht. Verdammt, Packs. Sie wusste, dass er so drauf sein würde – ahnte, dass sie ihm nichts bedeutete, denn was ist schon an einem Geknutsche eines Sommers? Dennoch, seine Worte sind hart. Sie hatten sich nicht mal voneinander verabschiedet, keine kindischen Versprechen wurden gemacht. Keiner schrieb den Namen des anderen aufs Etui.

Trotzdem schwingt so etwas wie Zuneigung mit, wenn sie an ihn denkt.

»Ich –«

»Du verschaffst dir unerlaubten Zutritt. Los jetzt.«

Die Hitze in ihren Wangen bringt sie innerlich zum Schmelzen. Sie muss an all die Gedichtbände hier drin denken, und an die Worte verrückter Liebe, die unterstrichen sind. Gott, er muss so betreten gewesen sein. Damals war es eine aufregende Entdeckung; jetzt ist es eine große Einmischung, und sie ahnt, dass er diese Worte fühlt, irgendwo in sich.

»Es tut mir echt leid, Packs«, sagt sie und hält ungeschickt auf die Tür zu. Oh, wahrscheinlich hat sie seine Abneigung gegenüber Leuten, die in seine Privatsphäre eindringen, nur noch vergrößert. Vermutlich musste er mit siebzehn anderen Männern in einem engen Graben liegen und wird das nie vergessen.

Aber als sie fast zur Tür hinaus ist, hört sie seine strenge Stimme. »Warte, warte mal. Was?«

Natürlich will sie nicht warten. Aber dieses »Was?«, lässt in ihr die Frage hochkommen, was für schreckliche Dinge sie womöglich noch getan hat. Dieses »Was«, lässt vermuten, dass sie etwas Schlimmes gesagt hat, und sie kann nicht gehen, ohne zu erklären, was sie Schlimmes gesagt hat ... obwohl ihr das nicht bewusst war.

Oder sie muss ihn auffordern, ihr zu erklären, warum es so schlimm ist.

»Was hast du eben –«

»Ich wollte –«

Sie kann den Satz nicht zu Ende bringen. Packs sieht so sauer aus, weil sie ihn nicht hat ausreden lassen, dass sie mitten im Satz die Lippen aufeinander presst. Das Verlangen, wieder etwas zu sagen, steigt, während die Stille sich ausbreitet, doch schließlich hört er auf, seinen Blick von einer Ecke in die andere huschen zu lassen und sagt viel leiser: »Packs hat mich schon lange keiner mehr genannt.«

In ihren Gedanken ist sie schnell bei einem Codewort. Dieses Codewort hat sie ausgesprochen, und nun ist er nicht mehr sauer auf sie. Aber vielleicht ist er es trotzdem noch. Krieg ist die Hölle und hat seinen Körper aufs Morden gedrillt.

»Nun ... ich ...«

»Nennen die Leute dich immer noch Kes? Ich wusste nicht, ob ich dich Kelly nennen sollte oder so.«

»Nein, nein, alles bestens. Kes ist prima. Ich kann dich nicht anders als Packs nennen, daher ...«

»Tut mir leid wegen –«

»Nein, schon gut. Gott, ich konnte ja nicht ahnen, dass das deine Hütte ist, und wenn ich's gewusst hätte ...«

»Das wusstest du nicht?« Seine Brauen stoßen über der Nasenwurzel zusammen, und endlich hört er auf, an dem Ärmel seiner erbsengrünen Wachsjacke herumzuzupfen. »Oh, ich dachte bloß ...«

Ist schon in Ordnung, dass er im Satz abbricht. Es ist klar, was er dachte. Dass sie vielleicht die ganze Zeit heimlich in sein Versteck gekommen ist und all seine Bücher geküsst hat. Hitze steigt ihr wieder ins Gesicht.

»Wenn ich das gewusst hätte, wäre ich nie hierhergekommen«, sagt sie, und er nickt die ganze Zeit.

»Klar«, meint er, und das ist noch verwirrender als sonst. Er denkt also nicht, dass sie gekommen ist, um all seine Bücher abzuknutschen? Was denkt er denn dann? Warum wurde er sauer, als er hörte, dass sie wusste, dies sei sein Schlupfwinkel?

»Ich geh dann mal lieber.«

»Nein, ist okay. Ist okay. Wie ist's dir denn so ergangen, Kes?«

Ihr Magen hat sich wieder beruhigt, aber dieses Flattern ist immer noch da. Doch jetzt scheint sich eher ihr schmerzendes Herz zu melden, das so sehr mit seinem Herzen mitfühlt. Wie unbeholfen er doch klingt! Als wisse er kaum noch, wie er sich unter Menschen verhalten muss. Bestimmt hat sein Verstand ihm zugeflüstert, einen anderen Menschen nach seinem Befinden zu fragen.

»Gut«, antwortet sie, während ihr Verstand ihr in diesem Augenblick rät, Packs nicht zu bemitleiden. Nein, kein Mitleid. Kein betrauerndes »Tut mir so leid, dass du so eine schlimme Zeit ... dort hattest«. Woher weiß sie, dass er eine schlimme Zeit hatte?

Aber das ist ja nicht zu übersehen.

»Du siehst gut aus.«

Ihre Stimmbänder versuchen, Laute zu bilden: *Du siehst überhaupt nicht gut aus. Du siehst richtig scheiße aus. Du siehst aus, als hätte dich einer aufgeschlitzt und dich mit Nichts gefüllt. Mit einem schönen Nichts, und dennoch ist und bleibt es nichts.*

»Du siehst ...«, fängt sie an und beendet den Satz schließlich zu ihrer Schande: »... gut aus.«

Gott sei Dank bricht er in ein bellendes Lachen aus und sagt dann mit einer Offenheit, die sie nicht erwartet hätte: »Echt? Ich dachte, ich sehe ziemlich scheiße aus.«

Vielleicht liegt es an seinem Lächeln. Er hatte immer schon ein klasse Lächeln – und es wirkte umso besser, weil er selten lächelte. Es sah oft so merkwürdig in seinem Gesicht aus, und jetzt ist es nicht viel anders. Die Melancholie verschwindet nie aus seinen Augen, und trotzdem hellt dieses Lächeln seine Miene auf, macht ihn zugänglicher. Es war immer ein kleiner Triumph, Jamie Packer zum Lächeln zu bringen.

Also liegt es wahrscheinlich an seinem Lächeln. Wie dem auch sei, sie hätte sich das bestimmt nicht getraut, wenn er nicht den ersten Schritt gemacht hätte. Vielleicht macht er den Satz nach vorn nur, um sie in den Arm zu nehmen – doch das In-den-Arm-nehmen war nie seine Stärke. Plötzliche, fordernde Küsse sind eher sein Markenzeichen.

Er ist groß, sehr groß. Sie hat schon fast vergessen, wie groß er genau ist, bis er seinen Körper an ihren drückt und sie sein Gesicht fürs Küssen nach unten ziehen muss. Sie erinnert sich, wie sie ihn einmal am Zigarettenautomaten geküsst hat – Gott, seine Küsse waren immer schon seltsam und unerwartet, sie hätte es längst wissen müssen – und wie er sich damals zu ihr herunterbeugen musste.

Es war schön, weil sie seine Absicht keinen Moment hatte falsch deuten können. Selbst wenn er sie hätte überraschen wollen. Mit einem Mal war seine Hand auf ihrer Brust – unerwartet. Aber jetzt überrascht es sie nicht, als er ihr eine Hand auf die Brust legt. Das ist wohl der Vorteil, wenn man älter ist und nicht mehr so ungeschickt, nicht mehr so gehemmt, wenn es darum geht, die Sexualität auszuleben. Es ist nun nicht mehr so neu und peinlich.

Doch auch jetzt fühlt es sich neu und peinlich an.

Sie hatten nie Sex. Waren nicht mal kurz davor gewesen – vielleicht weil er sie nie zu irgendwas gedrängt hat. Er hatte ja nicht mal darauf bestanden, mit ihr auszugehen, ganz so, als müssten sich Mädchen wie sie mit gelegentlichen Küssen zufrieden geben. Damals konnte er sich beim Küssen jedenfalls nicht zurückhalten.

Und jetzt scheint er es auch nicht zu können.

Sie müsste jetzt vielleicht beleidigt sein, oder sauer. Stattdessen durchfährt es sie heiß, weil sie sich vorstellt, dass er sich nicht zurückhalten kann und zu lange ausgehungert ausgehalten hat.

Natürlich hatte sie schon damals mit ihm bumsen wollen. Wollte es immer, aber sie traute sich nicht, ihn zu fragen. Und das bedauert sie am meisten – dass Packs nicht ihr erster Lover war. Stattdessen bekam sie einen Trottel ab, der sie nie so sinnlich und aufregend küsste wie Packs.

Er küsst sie auch jetzt noch sinnlich. Sein Mund ist butterweich und schmeckt immer noch nach den alten Sachen … wie Pfefferminze. Er löst sich sogar kurz von ihr, um sein Kaugummi rauszunehmen, aber das gibt ihr die Gelegenheit, ihren Pullover auszuziehen. Ihm seine Jacke über die Arme abzustreifen.

Als die Jacke am Boden liegt, hat sie den Eindruck, dass Packs zögert. Sie hört zwar nicht damit auf, ihre Bluse aufzuknöpfen, aber sie nimmt dieses Innehalten dennoch wahr. Doch dann nagt er an der Unterlippe – wappnet sich, denkt sie – und willigt ein.

Mit einer großen Hand umschließt er ihr Gesicht. Zieht ihren Mund wieder an seine Lippen, so fordernd wie früher. Manchmal hat sie die Augen geöffnet und dann gesehen, dass er sie beim Küssen beobachtete.

Auch diesmal beobachtet er sie mit seinen kalten, klaren Augen, und zum ersten Mal ist sie sicher, dass sie etwas in seinem Blick entdeckt, das nicht kalt ist.

Als Antwort wühlt sie ihre Finger in sein nicht ganz braunes, nicht ganz blondes Haar und findet es so weich wie früher. Seine Koteletten und sein Dreitagebart waren ihr immer zu struppig, aber sein Haar war seidig und toll.

Als seine Lippen bis zu der empfindlichen Stelle unterhalb ihres Ohrs wandern, kann sie nicht anders und flüstert: »Du bist noch so wie früher.«

Vielleicht liegt es an diesen Worten, vielleicht nimmt die Sache auch einfach Fahrt auf, jedenfalls macht er jetzt da weiter, wo sie aufgehört hat und knöpft ihre Bluse auf. Seine Zähne graben sich in ihr Ohrläppchen, als er ihr die Bluse über die Schulter streift, aber er scheint sich nicht von ihr lösen zu wollen, um ihr die Bluse ganz auszuziehen.

So fallen sie rücklings auf das Bett, haben aber die meisten Sachen noch an.

Das Bett protestiert. Sie ahnt, dass es nicht lange halten wird – ganz gleich, was sie noch alles vorhaben – denn sie ist zwar eine kleine Frau, aber er bringt einiges auf die Waage. Sie kann sich nicht vorstellen, wie er je in so ein Bett gepasst haben will. Seine Füße ragen unten über die Bettkante, und als er sich mit dem Ellenbogen abstützen will, hat er kaum genug Platz dafür.

Natürlich schiebt er sich nicht mit seinem ganzen Gewicht über sie. Ihm ist schon klar, wie groß und schwer er ist, doch manchmal stellt er sich ungeschickt an. Er ist überhaupt oft ungeschickt – als sie zum Beispiel jetzt ansetzt, ihm den schäbigen Pullover über den Kopf zu ziehen, packt er ihre Hand und hält sie fest.

Sie weiß, dass sie langsamer vorgehen muss. Langsam, schön langsam. Nähere dich mit Bedacht. Warte, bis seine anfängliche Scheu vor ihr abebbt, und dann versuchst du es nochmal. Sein Hunger ist offensichtlich, aber vielleicht will er nur, dass sie es beide genießen und nichts überstürzen.

Er könnte jederzeit aufhören. Vielleicht will er sie auch gar nicht wirklich.

Als sie den Kopf vom Kissen hebt und sich ihm wieder mit weichen, geschmeidigen Lippen zuwendet, geht sie zögerlicher vor. Sie nähert sich ihm und zieht sich wieder ein Stückchen zurück, bis seine Augen plötzlich zu glühen scheinen und er ihren Mund ruckartig mit seinen Lippen verschließt.

Danach lässt er sich auch endlich von ihr den Pullover ausziehen und zeigt nur dann Widerwillen, als er den Kuss einen kurzen Moment unterbrechen muss. Er macht nicht widerwillig mit, weil sein Körper von Narben übersät ist. Unübersehbar. Hatte er geglaubt, ihr würde das nicht auffallen? Selbst die Jungs, die weniger in Kämpfe verwickelt werden, kehren mit unauslöschlichen Andenken an die Kriegszone heim. Und sei es nur, dass sie zusammenbrechen, weil ihr Marschgepäck zu schwer ist, oder in den Straßen stolpern, die voll sind von Minenschlaglöchern.

Sie selbst schafft es ja nicht mal, nur mit Turnschuhen und

ohne Gepäck über eine normale Straße zu gehen, ohne sich Schrammen zu holen.

»Ich bin nicht mehr so ... im heiratsfähigen Alter wie früher«, sagt er und lächelt dann, und sie will dieses Lächeln am liebsten ganz in sich aufnehmen.

Sie berührt die Narben in seinem Gesicht – eine zieht sich über seinen Mundwinkel. Streicht langsam mit den Fingerkuppen über seine Wange, dann über die Narbe über seinem Auge, die wie ein kleiner Haken aussieht.

Er schließt die Augen, sie fährt mit den Fingern über seine geschlossenen Lider, worauf er einen leisen Seufzer ausstößt, der ihr Herz rührt.

»Küss mich, Kes«, wispert er. Er sagt es mit geschlossenen Augen.

Doch dann kann sie nicht über das Zerbrechliche in seinen leisen Worten nachdenken, in dem weichen Tonfall, in dem er jetzt spricht ... kann nicht länger genießen, wie groß und stark er sich überall anfühlt, wie zärtlich sie ihm zugetan ist, weil die Erregung wieder Oberhand gewinnt. Und das empfindet sie als so herrlich ... ursprünglich.

Den Mund noch auf ihre Lippen gepresst, reißt er an dem Knopf ihrer Jeans und zieht sie ihr dann herunter bis zu den Knien. Gleichzeitig fummelt sie an seiner dünnen Hose herum und glaubt einen Augenblick lang, dass er sie so ficken wird – die Hosen halb heruntergezogen, grob und wild und schmutzig. Ohne Kondom, denkt sie. Ich will, dass du mich mit deinem Saft füllst, und dann will ich dich schmecken. Gott, ich will wissen, wie du schmeckst.

Hier an diesem Ort. An diesem Ort vögeln ihr Körper und ihr Geist, und sie kann sich die schmutzigsten Sachen ausdenken, weil sie sich voll und ganz gehen lässt. Mein Körper hat mich dazu getrieben, denkt sie und lacht beinahe, aber er soll ja nicht glauben, dass sie seinetwegen lacht.

Also behält sie das alles für sich, während er noch damit beschäftigt ist, seine Stiefel loszuwerden, ehe er versucht, ihr die Bluse auszuziehen – oh, die Laute, die er von sich gibt, als der BH endlich fort ist und er die Brüste sehen kann, die er damals so fasziniert ertastet hat.

»Gott, du bist auch noch so wie früher«, entfährt es ihm. »Du hast dich gar nicht verändert.«

Und dann liebkost er ihre Brüste so eigenartig – umschließt sie mit seinen großen Händen und streicht dann darüber, bis er ihre Nippel zwischen Daumen und Zeigefinger hat. Ganz leicht zieht er nur, und erst da fällt ihr auf, wie erregt sie ist. Er testet es nur aus, will nur zum ersten Mal zugreifen, aber schon diese zurückhaltende Liebkosung sorgt dafür, dass sich ihre Pussy zusammenzieht, ihr Kitzler zuckt und ihr ganzer Körper dahinfließt.

Sie ist so nass, sie kann es schon hören, riechen, und er kann es bestimmt auch. Als er ihr zwischen die Schenkel fasst und ihre äußeren Lippen spreizt, scheint er überhaupt nicht überrascht zu sein. Es macht ihn an, ja. Aber überraschen tut es ihn nicht.

Sie muss seine Hand wegschieben, als er ihre Feuchtigkeit auf der Kuppe ihrer geschwollenen Klitoris verteilt. Es geht ihr dann doch zu schnell.

Endlich zieht sie die Jeans ganz aus und wartet ungeduldig, dass er es ihr gleichtut – und hilft ihm dann noch dabei. Er lacht sogar über ihren Eifer, doch die Belustigung hält nur kurz an, denn schon widmet er ihrem Körper wieder seine ganze Aufmerksamkeit. In seinen Augen ist ein Leuchten, und er verschränkt seine Finger mit ihren und drückt sie zurück aufs Bett, ohne ihr einen Blick auf seinen nackten Leib zu gönnen.

Wahrscheinlich ist es besser so. Sein Schwanz ist so groß, wie sie ihn sich immer vorgestellt hat … damals drückte seine Spitze auf der Rückbank des Fiestas in ihren Ober-schenkel.

Er nimmt sich einen Augenblick Zeit, in seiner Tasche nach Kondomen zu tasten, und als er eins hat, drückt er ihre Hände wieder über ihrem Kopf in die Matratze. Sie über-legt, welche Dinge ihm gefallen mögen, abgedrehte und schmutzige Dinge, die in seinem verworrenen Hirn entste-hen, aber komischer findet sie, wie ihr eigener Körper rea-giert.

Als sein Griff fast schmerzt und Packs sich über sie schiebt, prickelt ihre Haut und sehnt sich nach dem Gewicht von sei-nem Leib. Fast kann sie es nicht ertragen, wie sein Brusthaar über ihre prallen Brüste und die viel zu harten Nippel streift, und dann spreizt sie die Beine so weit, wie es das Bett und die Wände zulassen.

Er schiebt sich zwischen ihre Schenkel, aber dann hält er inne, was sie als frustrierend empfindet.

»Komm schon«, sagt sie. »Komm und fick mich.«

»Du willst, dass ich dich ficke. Nur ficken. Du willst, dass ich dich grob behandele.«

»Ja, ja, komm jetzt.«

Sie stößt die Hüften vor, und einen Moment lang blitzt es kalt in seinen Augen auf.

»Schlampe«, sagt er, und sie nimmt es ihm nicht übel, dass er sie so bezeichnet.

»Ich bin eine Schlampe. Für dich bin ich eine Schlampe. Seit zehn Jahren will ich mit dir vögeln – ich sehne mich danach, dass du mich endlich bumst.«

Jetzt drückt er ihre Hände noch fester, und beinahe schreit sie vor Schmerz. Wieder denkt sie, was er alles mit ihr ma-chen könnte und was er vielleicht schon alles getan hat. Hat Menschen grob behandelt, hat sie festgehalten. Hat sie be-straft, weil sie sich nicht richtig verhalten haben. Weil irgendjemand ihnen vorgeworfen hat, sich nicht angemessen verhalten zu haben.

»Du kannst mit mir machen, was du willst, Packs«, sagt sie. Sie bringt es atemlos vor, aber er schaut sie deshalb nicht missbilligend an. Er antwortet ihr, indem er langsam die Augen schließt und mit den Hüften vorstößt. Sein Schwanz gleitet über ihre Sexlippen, berührt den Kitzler und bleibt in der nassen Spalte. Sie will, dass er sich da an ihr reibt, seinen Schwanz über ihre Lippen gleiten lässt, aber er neckt sie nur – sich selbst und sie.

Es ist kaum zu ertragen. Sie begehrt gegen seine Hände auf – umsonst natürlich – und versucht, sich mit der Klitoris an seinem harten Schwanz zu reiben, aber Packs erhöht den Druck auf ihre Handgelenke noch und schiebt sich noch weiter auf sie, dass ihr kaum noch Bewegungsfreiheit bleibt. Er ist so schwer, dass es kaum noch auszuhalten ist. Und dann lacht er, er lacht … über sie?

Genau das bringt sie dazu, mit den Zähnen nach ihm zu schnappen. Dieses Lachen. Sie streift nur seinen Oberarm mit den Zähnen, doch ein seltsamer, schockierter Ausdruck huscht über sein Gesicht, bevor er sie auf das Bett drückt.

Doch seine Wut stachelt sie nur weiter an, und als er sich grob in sie stößt, ist es nicht schmerzhaft. Sie ist so bereit für ihn und erwartungsvoll, dass sie sich wie unter einem kalten Schwall Wasser fühlt. Ihre Muschimuskeln spannen sich sofort fest um das dicke, harte Ding in ihr, aber auch das löst eine zuckende Lust in ihr aus.

Sie keucht, worauf er sie fast besorgt anschaut, doch sie ist sich sicher, dass ihre rotierenden Hüften ihm mehr über ihren Zustand erzählen als alles andere. Sein Körper ist so hart, dass sie meint, sich mit ihrem Kitzler überall reiben zu können, und sein Schwanz drückt und drückt und drückt gegen diese heiße, anschwellende Stelle in ihr.

Seine kurzen, festen Stöße spiegeln die heftigen Bewegungen ihrer Hüften. Ihre Hände brennen in seinen, und ihr Kitzler pocht und schwillt, bis Packs so einen verzweifelten, erhitzten Laut von sich gibt, einen ungläubigen Laut – »Ahh«, stöhnt er, während sie stammelt: »Oh, Gott, es ist so geil, so geil.«

Sie kommt hart, zittert innen wie außen, ausgelaugt von allem: von seinem Schlupfwinkel, den Gedichten, seinen klaren, kalten Worten zu Beginn, von der Erinnerung, diese kleine Narbe oberhalb des Auges geküsst zu haben. Sein dicker Schwanz treibt sich rhythmisch in sie, sein Körper ist wie ein Anker, der sie nach unten drückt.

Aber er hört noch nicht auf. Er wispert etwas an ihrem Ohr – mit so dunkler, zögernder Stimme –, dass sie seine Hände drücken soll, und erst da merkt sie, dass nur *er* fest zugedrückt hat. Sie hatte den Schmerz genossen, den er ihr bereitete, und hatte Packs gewähren lassen, und war nicht darauf gekommen, den Druck zu erwidern ... vielleicht als Geste des Trostes. War es das, was er suchte? Trost?

Selbst bei so einer intimen Nähe ist er schwer zu durchschauen. Er stößt seinen Schwanz in sie, manchmal so hart, dass man meinen könnte, er wolle sie grob behandeln und es auch noch genießen, dann wiederum stößt er sanfter zu, langsamer, als wäre er wirklich sauer, dass sie es »ficken« genannt hat ... weil er vielleicht mehr will.

Sie kommt ein zweites Mal, als er gerade das Tempo rausnimmt. Als er ihren Arsch umfasst und sie weiter öffnet und sie langsam fickt, glänzt der Schweiß auf seiner Stirn, jeder Atemzug ist wie ein Stöhnen. Sie hat nun die Hände frei. Eine legt sie ihm auf die Mulde der Hüfte, um ihn weiter zu sich zu ziehen, so wie sie es mag, und sie sagt es ihm auch: »Oh, genau so.«

Und im nächsten Moment bricht eine riesige Woge der Lust über ihr zusammen – es wird ihr fast zu viel, zu viel.

Dankbar küsst sie sein Gesicht, verteilt überall kleine Küsse, befriedigt und erschöpft. Aber er ist noch voller Spannung und nimmt sie immer noch, stößt die Hüften hoch, als fürchte er, es nicht zu schaffen.

Sie legte den Kopf aufs Kissen, und er dreht den Kopf zur Seite. Vielleicht fühlt er sich in diesem Moment so. Als würde er es nicht schaffen.

Eine verwirrende Idee, die etwas von dem aufgeheizten Vergnügen fortnimmt, aber vielleicht reicht es ja, wenn sie aufmunternd über seinen Rücken streichelt, ihn küsst, ihn zärtlich verwöhnt. Ihr Mund auf seinem. Er runzelt die Stirn, die Augen noch geschlossen, aber es fällt ihr nicht schwer, ihn ein wenig zur Seite zu drücken.

Er scheint zu kapieren, was sie im Sinn hat, und dreht sich mit ihr, und sein Schwanz gleitet aus ihr, was er offensichtlich stark wahrnimmt – sein Atem kommt nämlich zischend, geht in ein Keuchen über –, doch irgendwie hindert ihn noch etwas. Es hindert ihn noch, als sie sich halb über ihn beugt und im Begriff ist, ihn in den Mund zu nehmen ... da hält er sie mit einer Hand zurück.

»Nein«, murmelt er, und das ist noch schlimmer. Aber dann fügt er schwer atmend hinzu: »Nein, fick mich. Setz dich auf mich. Fick mich.«

Sie setzt sich rittlings auf ihn, von neuer Erregung beseelt. Es ist immer toll, das Verlangen in der Stimme des anderen zu hören – umso mehr, wenn dieser andere Packs ist.

Sie kann ihn nicht ganz aufnehmen, auch wenn sie schön feucht und entspannt ist. In dieser Stellung fühlt er sich riesig an, und als er mit den Hüften nach oben zuckt, beginnt sie zu keuchen. Bedenken flattern über sein Gesicht, doch er stößt weiter mit den Hüften – diesmal allerdings etwas sanfter.

Als sie sich auf ihm nach vorn beugt und ihm die Hände

flach auf die Schultern legt, stöhnt er, und seine Lider flattern zu. Je fester sie ihn reitet, desto besser scheint er es genießen zu können, bis sie ihn regelrecht in die Matratze drückt und vor Erregung brennt.

Er ist immer noch nicht gekommen, aber sie ist sich sicher, dass sie es noch einmal schaffen kann. Sie spürt, wie sich ihre Sexmuskeln um seinen Schaft krampfen, und ihr ganzer Körper vibriert wie unter Stromstößen. Er sieht so gut aus, wie er da unter ihr liegt, und sich anstrengt und sich auf die Unterlippe beißt.

Seine Hüften zucken wieder nach oben, und mehr braucht sie nicht. Die Stöße setzen sich in ihr fort und rauben ihr die Sinne, bis sie seine Schultern zu fest umkrallt und ihre Nägel in seine Haut bohrt. Sie hört ihn kaum, als er sie bittet, noch fester zu drücken, aber sie begreift es sofort, als seine Hand die ihre bedeckt und diese bohrenden Nägel noch tiefer in sein Fleisch treibt.

Sie reißt die Augen auf und starrt ihn an, immer noch zitternd und außer Atem.

»Fester«, sagt er, und sie gehorcht nur, weil da dieser verzweifelte Ton in seiner Stimme ist, diese Verzweiflung in seiner Miene.

Als sie so fest zudrückt, dass die Haut reißt, zucken seine Hüften hoch, und er versteift sich unter ihr. Sie spürt, wie sein Schwanz pulsiert, lange und intensiv. Und das nachfolgende Stöhnen ist der reinste Laut der Erlösung, den sie je gehört hat.

Alles scheint wunderbar und entspannt und voller Nachspüren zu sein – bis er plötzlich aufsteht und sich anzieht. Dabei hätte sie noch ewig nackt mit ihm auf dem Bett liegen mögen. Sie hätte nichts dagegen gehabt.

Warum er sich so gehetzt anzieht, weiß sie auch nicht.

»Komm wieder in dieses unbequeme Bett«, fordert sie ihn auf, ehe sie begreift, dass es das wohl gewesen ist. Ein Spaßfick und tschüss. Die Erkenntnis erfasst sie wie eine kalte Welle, als sie diese überhasteten Worte gesprochen hat.

Aber er dreht sich zu ihr um, erschrocken, halb im Pullover steckend.

»Du willst, dass ich . . .«, beginnt er, aber die Worte scheinen wieder in seinen Hals zurückzukriechen.

»Willst du nicht?«, fragt sie und stützt sich auf ihre Ellenbogen. Ihre Brüste sind gut zu sehen, und um sich weiter Mut zuzusprechen, denkt sie an seine Miene, mit der er sie ansieht. Lass ihn das noch einmal sehen. Lass ihn an mehr denken als nur einen Fick.

»Ich dachte . . .«

»Dachtest was?«

»Dass du es willst.«

Sie lacht beinahe, aber sein intensiver und leicht erschrockener Gesichtsausdruck hindert sie daran. Er sieht schuldbewusst aus, denkt sie, aber das kann sie sich auch nicht erklären.

»Sei nicht blöd«, versucht sie es, und die Schuld zieht sich ein wenig zurück aus seinem Gesicht.

»Du hast also nichts dagegen?«, tastet er sich vor, und in Gedanken geht sie all das durch, was sie bislang gemacht haben. Gegen was sollte sie etwas haben? Aber da ist immer das Risiko, dass er ihr etwas Schauerliches erzählt, wenn sie ihn fragt.

Du hast also nichts dagegen, dass ich Kinder folterte. Dass ich dich fesseln und dann vergewaltigen wollte.

»Ich kann mich . . . manchmal nicht zurückhalten. Wenn du es nicht getan hättest, hätte ich es getan.«

Hättest was getan?, denkt sie. Gott.

Und dann kapiert sie, was er meinen könnte, und diesmal muss sie doch lachen.

»Meinst du das ... mit den Fingernägeln? Packs, sprichst du davon?«

»Das ist nicht lustig, Kes.«

»Oh, Gott, *das* meinst du also. Ich dachte, du fängst gleich mit etwas ganz Furchtbarem an. Es macht mir nichts, wenn du bei Schmerzen kommst, du kleiner Trottel.«

Er öffnet den Mund, sagt aber nichts.

»Meinst du nur das? Ich hab ja kaum was gemacht. Gott, Packs, zieh die Sachen wieder aus und komm zurück ins Bett. Zieh dich an, wenn du mir die Arme oder Beine abhacken willst oder mir Fotos von gequälten Kindern zeigst.«

»Es stört dich also nicht. Überhaupt nicht.«

»Warum sollte es mich stören? Wie meinst du das? Weil du ... was? Meine Fingernägel in deine Haut gebohrt hast? Das ist ja noch nicht mal *S&M Monthly*, Packs ...«

Er fährt sich mit beiden Händen durchs Haar, bis sie sich im Nacken treffen. Seine Unterarme sind bestimmt tolle Ohrstöpsel.

»Du findest das also absolut nicht abgedreht.«

Es beunruhigt sie nicht sehr, dass seine Fragen alle als Aussagen formuliert sind.

»Wieso sollte ich? Du hast doch nichts gemacht!«

»Dann ist es also ganz normal, ja?«

»Vielleicht nicht ... ganz, aber ...«

Sein Blick schweift fort von ihr. Er lässt die Arme sinken. Sie hat das Gefühl, dass er irre viele Worte auf der Zunge hat, weil seine Lippen sich dauernd öffnen und schließen und doch kein Wort formen.

»Ich hätte nicht gedacht, dass du so abgehst in der Kiste, Babe.«

Zu ihrer Erleichterung lacht er jetzt.

»Ich hab mir eher Sorgen gemacht, dass du nicht richtig dabei bist.«

»Oh, mein Gott, nein, Kes. Nein«, meint er und schüttelt vehement den Kopf.

»Dann komm wieder ins Bett«, sagt sie, und das tut er dann auch. Er küsst sie und zieht sie fest an sich, dass sie kaum noch Luft kriegt.


Beim nächsten Mal wartet er auf sie, sie weiß es. Da ist dieser ängstliche, aufgeregte Ausdruck in seinem normalerweise so reglosen Gesicht, und es ist keine Überraschung, dass sie es an der Bar nicht bis zu den Drinks und Gesprächen schaffen. Sie marschiert einfach in den *Fox and Badger*, und er schaut erwartungsvoll zu ihr auf, und im nächsten Moment sind sie in dem schäbigen Bad.

»Was willst du also jetzt machen?«, fragt er.

Und das steigert ihre Aufregung.

Schnell macht sie seine Gürtelschnalle auf, während sein Mund ihre Lippen streift. Er drängt sie in eine der Kabinen, die Tür knarrt, und sie sind eingepfercht in dem engen Raum. Das kalte Porzellan der Schüssel beißt kurz in ihre Waden, ehe sie ihn hart gegen die inzwischen geschlossene Tür drückt.

Die Tür ist natürlich ein dünnes Teil und protestiert, aber sie muss ihn ja auch nur halten, bis sie seinen Gürtel in der Hand hat. Dann macht er einen Schritt nach vorn und hält die Hände über Kreuz.

»Ich bin eine gefährliche Killermaschine«, sagt er. »Ich weiß nicht, zu was ich fähig bin.«

»Hände hinter den Rücken«, antwortet sie. Wenn sie redet, kann sie nicht lachen, und sie vermutet, dass auch er lachen will – aber vielleicht auch wieder nicht.

Bei diesen Gedanken macht sie sich bewusst, dass Sex-strafen Spaß machen. Wirkliche hingegen nicht. Es könnte okay sein, dass die Aufregung das Bewusstsein in diesem Punkt ausschaltet, aber womöglich auch nicht.

Sie schlingt den Gürtel um seine gekreuzten Handge-lenke – die er nun gehorsam hinter dem Rücken hat – und zieht ihn dann stramm. Das Leder knarrt und weigert sich.

Er übrigens auch. Aber es ist mehr ein Lufteinziehen durch die Zähne, als das Leder sich in seine Haut gräbt. Schon will sie den Gürtel etwas lockern, aber da stößt Packs sie mit sei-ner Schulter an.

»Nein«, raunt er. »So ist's perfekt.«

Umso größer ist ihr Verlangen, jetzt endlich das zu ma-chen, was er ihr zuvor nicht erlaubt hatte.

Jetzt, da seine Hände gefesselt sind und der Schmerz ihn offenbar durchfährt, hält er sie nicht mehr auf. Er lässt es zu, dass sie in die Hocke geht und ihm die Jeans bis auf die Knie herunterzieht – er hat ja auch sonst keine andere Wahl – und seinen bereits steifen Schwanz befreit. Als sie einen Moment zögert, stößt Packs mit den Hüften nach vorn. Seine Spitze berührt ihre Lippen.

Jederzeit kann er einfach nach vorn stoßen und ihren war-tenden, gierigen Mund ficken. Wahrscheinlich könnte er sich auch von dem Gürtel befreien, aber dann wäre er bestimmt nicht so erregt wie jetzt.

Sie kratzt mit ihren Fingernägeln über seine Oberschenkel, und er keucht. Sein Schwanz zuckt vor und wippt, daher nimmt sie ihn in die Hand. Drückt zu, aber nicht fest genug, um Schmerzen hervorzurufen.

»Oh, ja, mach weiter so«, sagt er, aber in einem Ton, den sie gar nicht an ihm kennt. Ein zitternder, verunsicherter Tonfall, der voller Erregung ist. Sie spürt, wie ihre Sexmuskeln sich regen, wenn sie ihn sich so aufgegeilt vorstellt.

»Willst du, dass ich dir einen blase?«, fragt sie, und er stößt in ihre Hand, die sie ganz ruhig hält. Er schaut auf sie herab, aber nie hat sie seine Miene so voller Erwartung und Verlangen gesehen.

»Mach weiter, mach weiter.«

Sie leckt ihn zunächst. Als sie jung waren, wäre es beinahe dazu gekommen, und sie weiß noch, wie sie damals zu Hause im Bett lag und sich vorstellte, wie er wohl schmeckte, während sie sich streichelte. Es schmeckt gar nicht bitter, sondern eher süßlich.

Und sie ist kein Mädchen mehr, daher fällt es ihr nicht schwer, die Sache anzugehen. Als sie mit den Zähnen über seinen Schaft wandert und dann leicht an der Eichel saugt, schiebt er die Hüften vor. Zwischen zusammengebissenen Zähnen stößt er einen unverständlichen Laut hervor, doch dann hören sie die Tür zum Toilettenraum klappern, sodass Packs seine Gedanken für sich behalten muss.

Sie halten inne und lauschen, was der Eindringling macht – die Tür zu der Kabine ist nicht verriegelt. Aber dann hören sie das Geräusch von einem Reißverschluss und ein Hüsteln, und es scheint okay zu sein, weiterzumachen.

Er beißt sich auf die Lippe und zuckt mit den Hüften vor, aber dadurch schiebt er seinen Schwanz nur tiefer in ihren heißen, wartenden Mund. Sie sieht, dass er zur Decke schaut auf der Suche nach Inspiration, aber nichts kann so inspirierend sein wie ihre tätige Hand, während sie ihn hart lutscht.

Die Gürtelschnalle rattert gegen die Tür, während er stößt, weil er sich nicht mehr zurückhalten kann, ihren Mund zu ficken. Sie muss daran denken, was er gesagt hat – dass er gefährlich sei und so weiter – und sieht ihn über sich, wie er sie mit den Hüftstößen erdrückt ... seinen zu großen Schwanz hemmungslos zwischen ihre Lippen treibt.

Der Gedanke reicht schon, und so schiebt sie ihre Hand

unter ihren Rock, in ihren Slip und sucht ihre pulsierende Perle. Ihre linke Hand ist jetzt etwas lockerer an seinem Schwanz, aber Packs scheint das egal zu sein. Sie merkt, dass er sie ansieht, dann aber schnell wegschaut und sich ein heiseres »Oh, verdammt« verkneifen will.

Es ist so wie zuvor – erschrocken öffnet er den Mund, versteift sich plötzlich am ganzen Körper. Ein schluchzender Laut entfährt ihm. Und dann kommt er in ihrem Mund, cremig und voll.

Und noch während er abspritzt, erreicht auch sie ihren Höhepunkt. Die schmierigen Fliesen unter ihren Knien, die unbekannte Person irgendwo im Toilettenraum, der anschwellende pumpende Schwanz und der süße Geschmack von ihm.

Als sie gegen seinen Oberschenkel sinkt, ihre Wange an seiner rauen Behaarung und den festen Muskeln, hört sie den anderen Mann von jenseits der Tür: »Ist alles okay, Mann?«


Vielleicht befindet sie sich in einer nach unten kreiselnden Drehbewegung, aber es fühlt sich nicht so an. Seine Küsse sind warm und nass auf der Rückbank des alten Autos ihres Vaters. Sie parken einfach da, wo sie immer parken und lachen darüber. Meistens will er nur küssen und ihr den Pullover über den Kopf ziehen.

Sie zündet sich eine Zigarette an, während er seine Jeans aufmacht, die Augen auf ihre jetzt bloßen Brüste gerichtet, und sein Kopf sackt in den Nacken, sobald seine Hand an seinem aufragenden Schwanz ist. Sie wispert ihm ins Ohr, es zu machen, sich gehen zu lassen, und im letzten Moment – die Zigarette brennt dicht an der empfindlichen Haut seines Halses –, kommt er, weicht aber ihrem immer besorgteren Blick aus.

Zwei Dinge gibt es, von denen will er mehr: Schmerzen und Vermeidung jeglichen Blickkontaktes. Er meint, es sei ihm gar nicht unangenehm, aber sie weiß, dass er nicht aufrichtig ist. Deshalb will er auch, dass sie ihm die Augen verbindet, ehe sie damit weitermacht, was ihm am besten gefällt: Beißen.

Er liebt es, gefesselt zu sein, und er mag es, wenn sie ihn beißt und ihm vorher die Augen verbindet. Zuerst hatte er sich immer ihre Hände auf seine Augen gedrückt, aber inzwischen sind sie bei Tüchern und Krawatten.

Sie kann nicht sagen, dass es nicht erregend ist. Es ist alles ziemlich aufregend mit ihm, selbst wenn sie bis an die Grenzen stoßen.

Als sie den Schal um seine Augen legt und den Stoff dreht wie eine Zofe, die ihre Herrin ankleidet, zittert er am ganzen Körper. Beim ersten Mal, als er sich die Augen mit ihren Händen zuhielt, meinte er: »Wenn ein Sinn aus ist, sind die anderen umso lebendiger.«

Und sie stellt sich vor, diesen Weg weiter zu beschreiten und schmilzt dahin. Als er vollkommen nackt vor ihr sitzt, sagt sie beinahe zu ihm, sie sei jetzt an der Reihe. Er solle all das nun mit ihr machen.

Doch sie weiß, dass er das nicht will. Schon bei der Vorstellung, er könne ihr vielleicht Schmerzen zufügen, zuckt er zusammen. Es passt ihm ja schon nicht, wenn er so schwer auf ihr liegt.

Aber sie mag es. Jetzt ist es sogar schon wie die Verlockung des Verbotenen. Jetzt, als sie ihm leicht in die Rundung seiner Schulter beißt.

»Fester«, sagt er, und sie gehorcht.

Sie beißt ihn nun überall und hinterlässt Spuren auf seiner Haut, die wie rote Ketten aussehen. Er windet sich, aber sie weiß längst, was das bedeutet. Nicht aufhören, sondern weitermachen! Fester, mehr, härter. Als sie ihn rücklings aufs Bett drückt und ihn leicht an der empfindlichen Stelle zwischen Hals und Schulter beißt, pendelt sein feuchter Schwanz gegen ihren Bauch.

Sie ist sich ziemlich sicher, dass er nur durch die Strafen kommen könnte.

Aber sie lässt es noch nicht zu. Zuerst will sie, dass er sie mit verbundenen Augen am ganzen Körper abtastet, damit er Stellen findet, ohne genau zu wissen, wo er gelandet ist. Er drückt einen forschenden Finger in ihren Bauchnabel und streift die Rundung ihrer linken Brust. Seine Berührung ist so zart, so zart wie man es sich nur wünschen kann, aber es ist ihr nicht genug.

Sie will seine Fingernägel spüren, so wie er ihre spürt. Und seinen Mund will sie, beißend. Sie testet ihn – drückt seine Hand fester auf ihre Haut –, aber da zieht er sich sofort zurück.

Als sie dann seine Nägel über ihre Schenkel zieht, ist er nicht mehr so widerwillig, und sie küsst die Kuppe seines Schwanzes. Und leckt ihn und drückt seine Hand fester gegen ihren Arsch.

»Drück fester«, sagt sie, aber er gehorcht erst, als sie ihm weitere Vergnugen mit dem Mund in Aussicht stellt. Als sie ihn leckt und sich dann zum vierten Mal zurückzieht, setzt er sich auf und bohrt ihr seine Finger in die Pobacken.

Dieser Griff fühlt sich fest und köstlich an. Sie glaubt, das kalte Geheimnis in ihm aufgedeckt zu haben, das sie immer schon schlummernd in ihm vermutet hat.

»Beiß mich«, wispert sie. »Beiß mich, und dann leck ich dich, bis du kommst.«

Aber wie es scheint, ist eine Forderung wie diese zu viel, und plötzlich reißt er sich die Binde vom Kopf. Hört auf, fest zuzupacken. Er sieht verärgert aus, denkt sie, aber da steckt noch mehr hinter seinem Groll. Eine verletzliche Seite an ihm, Verunsicherung.

Aber es ist okay, glaubt sie, weil sie sich sicher ist.

»Fick mich, Packs«, fordert sie ihn auf. »Drück mich nach unten und fick mich, und ich tue, was immer du willst.«

»Ich werde nicht . . .«, beginnt er, aber dann nimmt sie ihm die Augenbinde weg und verbindet sich selbst die Augen. Sie hört, wie er die Luft einzieht, und einen Moment lang fragt sie sich, ob er jetzt jeden Augenblick davonstürmt.

Aber dann umfasst er ihre Handgelenke ziemlich fest, und sie schießen über die unsichtbare Linie hinaus.

»Also gut«, entfährt es ihm knapp. »Wenn du es so haben willst.«

Er dreht sie und stößt sie herum, als wäre sie nichts, und dann ist ihr Gesicht auf dem Kissen und er zwängt sich zwischen ihre Schenkel. Es ist nicht so, wie sie es sich vorgestellt hat, aber es kommt wahrscheinlich dem nahe, was er jetzt braucht.

»Wollen das nicht alle Frauen?«, fragt er, als er die Handgelenke übereinander legt. Sie glaubt, dass er sie fesseln wird, aber das tut er nicht. Er drückt sie nur und äußerst sich abwertend und abweisend gegenüber allem, was Frauen vielleicht wollen.

Das Verlangen in ihr ihm zu sagen, dass dem nicht so ist, zerreißt sie fast, aber sie schweigt. Er braucht ja nicht zu wissen, dass sie es liebt, ihn zu beißen, ihn zu fesseln und ihn mit verbundenen Augen zu sehen. Das ist alles so neu für sie, dass sie Tag und Nacht daran denken muss.

Aber es ist nicht Furcht, die sie zu diesen neuartigen Dingen treibt. Und wenn es nicht Angst ist, die ihn dazu bringt, sie nur zu ficken, wenn sie gefesselt und sozusagen geknebelt ist, so ist es auch nichts anderes eigentlich.

Sie weiß, wie sich das anfühlen muss. Sich in etwas zu verwandeln, das man nicht ist. Ein Tier zu sein, schwach zu sein, und nie kommt diese alte mysteriöse Liebe zu einem zurück, und man lebt ins Nichts hinein und darüber hinaus.

»Ja, ich will es. Los, Ficker, fick mich«, stöhnt sie, und es stimmt ja auch. Sie brennt geradezu darauf, dass er sie wild und erbarmungslos nimmt, denn sie hat keine Angst davor, wie sie es auch immer haben will.

Und sie will, dass er auch keine Bedenken hat.

Als er ihre Handgelenke mit nur einer Hand schmerzhaft zusammendrückt, schleicht sich Erleichterung in ihre Erregung. Beide stöhnen sie jetzt, als sein Schwanz sich zwischen ihre Schenkel schiebt, durch ihre Spalte gleitet und kurz ihren Knopf streift, ehe er hart in sie dringt, dass sie zusammenzuckt.

Viel mehr als zucken kann sie sowieso nicht machen, weil er sie festhält. Sie windet sich unter ihm, doch er hält sie fest, und die Stille unterbrechen nur sein gehetzter Atem und das klatschende Geräusch seiner Hüften gegen ihr Hinterteil.

Daher füllt sie diese Stille weiter für ihn aus und beschreibt ihm, wie sich all das anfühlt, wie nass er sie macht, wie sehr sie es mag, wenn er sie mit seinem dicken, langen Schwanz bumst. All das fällt ihr nicht schwer, zumal seine Stöße unregelmäßiger kommen, überlagert von einem Keuchen.

»Oh, weiter, weiter – ich will es. Willst du mir nicht geben, was ich haben will? Willst du nicht in meiner cremigen Pussy kommen? Oder willst lieber in meinen Mund spritzen, in mein Gesicht, auf meine Titten? Wie willst du es haben, Packs?«

Er hält fast inne, glaubt sie, als sie von ihrem Mund, ihrem Gesicht und ihren Titten spricht. Aber das allein ist vielleicht nicht der Grund. Jedenfalls stößt er so fest zu, dass das Bett gegen die Wand knallt; ihre Nippel reiben grob über das kratzige Laken, und ihre Pussy zerfließt und krampft sich um seinen Schwanz.

Jetzt lässt er ihre Handgelenke los und umfasst ihre Arschbacken fester, und sein Griff ist so hart, dass er sich mit allen anderen Empfindungen verbindet. Sie kann all diese Gefühle in sich kaum aushalten, die durch sie hindurch fahren. Erleichterung und Freude und das zitternde Pulsieren ihres Orgasmus.

Die Laute, die er von sich gibt, wie jemand, der sich aufgibt.

Und dann ist es still, vollkommene Ruhe.

Er lässt sie ganz los, bewegt sich aber nicht fort. Nein, er rührt sich erst, als sie sich umdreht und merkt, dass ihre Arme steif sind. Sie glaubt, dass er ihren Gesichtsausdruck sehen kann – ein Ausdruck von Schmerz, doch in Wirklichkeit empfindet sie nur tiefe Befriedigung.

Und dann zieht er sich ganz zurück. Sie reißt sich die Binde vom Kopf und sieht, dass er seine Augen bedeckt hat. Seine Kieferpartie ist verspannt, und er weicht bis zur Wand zurück, als sie die Hand nach ihm ausstreckt.

Zu weit, denkt sie, oh nein, so weit weg.

Kurz bevor sie erneut die Hand nach ihm ausstreckt, gibt er nach. Sie weiß, dass er dagegen ankämpft, aber er lässt es dennoch zu – erst zögerlich, bis er sie einmal schnell und hart umarmt. Er zieht sie an sich und drückt sie so fest wie er zuvor ihre Handgelenke gedrückt hat ... während des strafenden Ficks.

Aber dieser Schmerz fühlt sich gut an.

»Ist schon in Ordnung, Packs«, sagt sie, als er sein Gesicht in ihrem Haar vergräbt. Er schluchzt einmal – geweint hat er nie schnell. Nicht einmal als Davey Waites seine Hand in der Speisezimmertür einklemmte.

Sie streichelt sein Haar.

»Alles okay. Ganz gleich, was du machst, du tust mir damit nicht weh. Das weißt du doch, oder?«

Er umarmt sie noch fester.

»Und ich weiß, dass ich es nie schaffen werde, dass es weggeht. Aber ich kann's versuchen. Ich will es versuchen. Ich will es immer und immer versuchen.«

Und dann flüstert er an ihrer weichen, noch unversehrten Haut ihres Halses: »Hör nie auf damit.«

# Toby Hood probiert Süßes

Er ist nur noch eine Meile von dem Haus seiner Großmutter entfernt, als der Motor streikt. Und natürlich helfen keine Flüche und kein übertriebenes Drehen des Schlüssels im Zündschloss. Also muss er zu Fuß weiter, mit einer riesigen Kühlbox unterm Arm. Es wird schnell dunkel, und um ihn herum meilenweit nur Bäume.

Irgendjemand wird seinen siebenhundert Jahre alten Jeep finden und ausschlachten. Oder er wird von irgendwelchen Hinterwäldlern bedrängt. Er ist schon eine Weile unterwegs, als ihm einfällt, dass er ja auch den Autoclub hätte anrufen und gemütlich im Wagen hätte warten können.

Aber Denken war nie seine Stärke.

Nicht, dass er dumm ist. Er weiß, dass er nicht blöd ist. Keiner findet im zarten Alter von achtundzwanzig einen Partner, ohne etwas an sich zu haben. Aber bei ihm kommt dieses »etwas« dauernd anderen Sachen in die Quere, und diese anderen Sachen lassen ihn dann ziemlich . . . linkisch erscheinen. Er ist so ein Tagträumer, ist mit dem Kopf immer woanders, ist zu naiv. Er weiß, dass er der Typ ist, der immer was für irgendwelche Streiche übrig hat.

Er spürt, dass er nicht allein ist, noch ehe sich ihm die Frau aus dem Wald anschließt und mit einem Lächeln sagt: »Es wird furchtbar dunkel. Was macht so ein niedlicher, weicher Typ wie du hier im Dunkeln auf der Landstraße?«

Er glaubt, dass sie recht hat. Es wird wirklich schnell dunkel. Und mit der Einschätzung, er sei niedlich und weich, liegt sie wohl auch richtig. Oh, lieber würde er vorgeben, groß und machohaft zu sein, aber in Wirklichkeit ist er groß und machohaft genug, um zuzugeben, dass er wie ein großer Welpe aussieht.

Ja, diese seltsame Tussi sieht ihn so an, als wäre er ein großer Welpe. Sie lächelt wieder und entblößt ihre kleinen runden Zähne. Sie schimmern im abnehmenden Licht.

»So, Kumpel. Wie heißt du? Wir können nicht gemeinsam über die Landstraße pilgern, ohne den Namen des anderen zu kennen.«

Er überlegt, ob er lachen soll. Warum hat sie die ganze Zeit die Hände in den Taschen? Sieht irgendwie komisch und übermütig aus. Und wie sie sich gekleidet hat! Sie sieht aus wie eine Frau aus dem achtzehnten Jahrhundert – sie trägt einen langen blauen Mantel und eine so seltsam eng anliegende Hose. Und dazu noch Stiefel. Stiefel, die ihr bis zum Knie gehen und glänzen.

Aber aus dem Lachen wird ein halbes Schnauben, und er wirft einen Blick über die Schulter. Und dann bringt er nur heraus: »Woher bist du gerade gekommen?«

Seine Stimme klingt leicht belustigt, und das findet er okay. Das macht diese kleine Begegnung angenehm. Er fühlt sich wohl. Sieht sie denn nicht, wie wohl er sich fühlt?

Sie zuckt mit den Schultern. »Ach, weißt du. Von hier und dort, von irgendwo her. Sag mal, Boss, wie wär's, wenn du mir mal sagst, woher *du* eigentlich kommst. Und vielleicht, wohin du willst?«

Ihr Lächeln sieht echt aus, aber er könnte schwören, dass ihre Augen sich verengen. Ihr Blick huscht zu der Kühlbox, die er unterm Arm hat. Eine kleine pinkfarbene Zungenspitze schiebt sich zwischen ihre Lippen und fährt kurz über die obere Zahnreihe.

»Mein Auto ist liegen geblieben«, antwortet er. Eigentlich

will er das gar nicht erzählen. Es kommt einfach so aus ihm heraus. Ihre leuchtenden Augen erlauben keinen Ungehorsam.

»Verstehe, verstehe«, meint sie, und auch ihr musikalischer Tonfall erlaubt keinen Widerspruch. Ihr Singsang klingt komisch und hypnotisierend zugleich und weckt in ihm das Verlangen, laut zu lachen.

Wahrscheinlich wäre das unpassend.

Erneut mustert er sie vorsichtig und merkt, dass seine Haut zu prickeln anfängt, denn er sieht, dass sie ihn unverwandt beobachtet. Eine ihrer Augenbrauen – die viel zu dick sind für die Art von Frauen, die er sonst so kennt – scheint permanent hochgezogen zu sein, und die Farbe ihrer Augen schein zu changieren. Und dann ihr Haar – wo endet es, verdammt nochmal? Es sieht aus wie ein riesiger, wilder Busch. Es fällt ihr lang über den Rücken und schmiegt sich an ihre bleichen Wangen.

»Ach, übrigens, ich heiße Wendy.«

Sie sieht aber nicht wie eine Wendy aus. Aber er weiß nicht, warum sie lügen sollte.

»Tobe«, sagt er daraufhin, und wünscht im selben Moment, er hätte gelogen. Oder wünscht zumindest, er hätte einen weniger vertraulichen Namen gewählt. Komischerweise muss er an all die Warnungen aus Schulzeiten denken, als er noch klein war. Hütet euch vor Fremden. Nehmt keine Süßigkeiten von Frauen in polierten Stiefeln an.

Und so weiter.

Man sollte eigentlich keiner Frau, auch wenn sie keine Süßigkeiten hat, den Spitznamen verraten. Er weiß ganz sicher, dass er förmlicher hätte sein müssen. Tobias Hood, hätte er sagen müssen. Rechtsanwalt.

Aber stattdessen ist er nur ein unbeholfener Idiot mit einer Kühlbox, der Süßigkeiten von Miss Schimmerzahn annimmt.

Er wünscht, er würde endlich aufhören, sie sich mit Süßigkeiten vorzustellen. Da hilft es auch nichts, als sie ihm tatsächlich welche anbietet. Sie hält ihm die kleine Papiertüte hin und erklärt, um was es sich bei der klebrigen, grünen Masse handelt – Apfelbrause, meint sie.

Aber das glaubt er nicht recht.

Und trotzdem hält ihn all dies nicht davon ab, doch zu probieren. Er braucht nur einen Blick auf die glänzenden Süßigkeiten zu werfen, und schon läuft ihm das Wasser im Mund zusammen.

Dann versucht er, nicht mehr an das Süße zu denken, sondern an die Pasteten in der Kühlbox, die er als selbstgemacht ausgeben wird. Die halbe Wassermelone, die er so schön eingewickelt hat. Alles in der Box ist sorgfältig eingepackt, denn obwohl er ein furchtbar schlechter Koch ist, sagen alle, er sei richtig nett ... für einen Typen.

Und diese komische Wendy verunsichert ihn nur. Sie sieht aus, als wollte sie ihm durchs Haar raufen. Sie gibt sich überlegen und beherrscht, spielt ein Spiel mit ihm, dessen Name er nicht kennt. Ihr gerissenes Lächeln müsste man in einem Gemälde festhalten, ein Lächeln, das unheimliche Dinge verheißt. Dinge, die ins Fleisch schneiden.

»Wohin willst du denn nun, Boss?«, fragt sie, und er denkt an all die hungrigen Stellen in seinem Magen, die sich nun ineinander schieben. Wenn er ein Stück von der Pastete essen würde, bräuchte er vielleicht nicht mehr an die Süßigkeiten zu denken. Und auch nicht an ihre schimmernden Zähne, an die changierenden Augen.

»Zum Haus meiner Großmutter«, antwortet er, aber seine Stimmbänder möchten andere Varianten ausprobieren: »Gib mir was von deinen Süßigkeiten« oder »Ich muss zurück zu meinem Auto«. Und vielleicht esse ich dann jede Menge Pastete und Wassermelone.

Aber als er sich noch einmal in Richtung des Jeeps umdreht und dann wieder nach vorn guckt, merkt er, dass sie verschwunden ist.

Es ist stockdunkel und so kalt, dass er sich an die Kühlbox kuscheln möchte, als er das Haus der Großmutter erreicht. Der Mond steht zwar hoch am Himmel, konnte Toby aber nicht den Weg leuchten – jetzt strahlt er hell und silbern auf das Gewirr in Großmutters Garten. Die Schatten klaffen tief zwischen den Rosenbeeten, und der Pfad ist komplett verborgen.

Vorsichtig geht er weiter und denkt immerzu an die Pasteten in der Box. Stellt sich vor, dass er lang zwischen den dornigen Rosen liegt und darauf wartet, dass ihn jemand dort findet. Er denkt an die Frau mit den kleinen Zähnen und der wechselnden Augenfarbe. Sie beugt sich über ihn, um all die Kratzer mit gerissenen Küssen zu versorgen.

Dann schüttelt er diese Bilder ab und betätigt die Klingel. Und klingelt, klingelt und klingelt. Er ruft »Großmutter!«, dann »Irene!« und schließlich: »Hey, lebst du noch?«

Aber die letzte Frage ist nicht lustig, weil Großmutter immer noch nicht antwortet. Es war auch nicht komisch, als sie sich während der Silberhochzeit seiner Eltern tot stellte und nicht schlafend. Und jetzt ist es auch nicht komisch. Zumal er friert und sich vor lauter Angst dauernd umsieht – als wäre da noch jemand!

Aber was genau soll da sein? Etwa gerissen lächelnde Frauen, die wahrscheinlich Trickbetrüger oder Diebe sind...?

Er versucht, die Tür zu öffnen. Natürlich schließt seine Großmutter immer ab und sitzt dann im Schaukelstuhl vor der Tür, das Gewehr auf dem Schoß. Daher ist es nicht gerade beruhigend, als er die Tür unverschlossen vorfindet. Seine Nervenenden finden neue Wege, sich zu melden. Er zittert sogar. Dabei hat er sich immer für jemanden gehalten, der nicht so schnell zittern wird. Seine Freunde halten sich bei Horrorfilmen Kissen vors Gesicht, und keiner geht gern freiwillig in die untersten Etagen des Parkhauses.

Aber er braucht keine Kissen, und im Parkhaus gibt es ja schließlich Kameras, und es ist nicht wie hier, draußen in der Einsamkeit, nur umgeben von Bäumen und dem kalten Mondlicht und klebrigen Süßigkeiten.

»Hallo?«, ruft er, aber niemand antwortet. Doch er ist sich sicher, ein Knarren im Haus zu hören. Ansonsten ist es überall so still – irgendwo muss es wieder knarren. Irgendwelche Geräusche wird es doch geben in dieser silbern beleuchteten Stille.

Als etwas im noch glimmenden Kamin knackt, lässt er fast die Kühlbox fallen.

Das ist das Seltsame an dieser Stille. Eine ganz besondere Stille, die nur eintritt, wenn gerade jemand den Raum verlassen hat. Und nun wartet man, dass dieser Jemand jeden Augenblick zurückkommt. Man wartet und wartet . . . und vielleicht kommt die Person auch nie zurück.

Es ist die Stille des Nichtwiederkommens.

Er verspürt ein Kribbeln am ganzen Körper. Die Box stellt er auf den Boden und schließt leise die Tür hinter sich, aber jetzt ist er gefangen in der Stille und dem knackenden Kaminfeuer. Es ist an der Zeit, wieder zu rufen, aber aus irgendeinem Grund tut er es nicht. Stattdessen geht er die Treppe nach oben, und bei jedem Schritt pocht sein Herz schwer und langsam in seiner Brust.

Die Tür zum Schlafzimmer seiner Großmutter steht offen, leicht zu erkennen in dem kühlen Schimmer, den der Mond durch das Fenster am Ende des Korridors spendet. Normalerweise sind die Jalousien unten, aber jemand hat sie offen gelassen. Oder aufgedreht.

Als er jedoch die Schwelle betritt, ist die Jalousie zuge-
dreht. Es ist so dunkel wie in einer Höhle.

Trotzdem kann er noch die Umrisse seiner Großmutter im
Bett erahnen. Sie ist entweder tot oder bewusstlos, eins von
beidem. Denn sie reagiert auch nicht auf die Schritte auf den
polierten Holzdielen.

Er geht bis zum dicken Teppichläufer – nur noch einen
Schritt vom Bett entfernt –, bevor sie sich regt unter all den
Stapeln aus Decken und Laken und anderen Dingen.

Doch alles, was er sehen kann, ist das Weiß ihrer Zähne,
die ... so seltsam aussehen.

»Großm–«, fängt er an, aber da sieht er schon, dass das
dort eigentlich nicht seine Großmutter sein kann. »Großmutter, hast du eine neue Prothese?«

Und dann schiebt sie die Decken zur Seite und scheint auf
ihn zuzukommen, obwohl sie sich in Wirklichkeit nur vorbeugt und gedehnt spricht: »Ich glaube nicht, Boss.«

Sein pochendes Herz setzt einen Schlag aus, und ein Laut
des Schreckens formt sich in seiner Kehle. Doch er bringt ihn
nicht heraus. Stattdessen entlockt ihr gerissenes Lächeln ihm
fast ein Lachen – was ist sie doch für ein seltsames kleines
Geschöpf! Wie sie ihn anstarrt mit diesen belustigten und
sich ständig verändernden ...

»Was hast du für große Augen?«, sagt er und beobachtet,
wie sie sich mit der Zungenspitze über die Zähne fährt.

»Lass uns sehen, was du so für große Sachen hast, Boss«,
erwidert sie, und obwohl er glaubt, etwas Bedrohliches liege
in der Luft, verspürt er diese prickelnde Aufregung in seinem Bauch.

Sie hat kaum etwas am Leib. Keine glänzenden Stiefel
mehr, keinen langen Mantel. Stattdessen schmiegt sich ein
hauchdünner Stoff an die Rundungen ihrer kleinen Brüste,
und von der milchweißen Haut heben sich die rötlichen Nip-

pel ab. Ein ähnlich zartes, durchscheinendes Gewebe bedeckt das V zwischen ihren Beinen, aber er kann dort keine dunklen Schatten entdecken.

Rasiert ist sie dort, denkt er. Eine bloße, hungrige Pussy.

»Wo ist meine Großmutter?«, fragt er, aber in seinem Kopf spielt nur der Song »Bloße, hungrige Pussy«. Die plötzlich einsetzende Aufregung wirkt sich nun weiter unten aus und lässt ihn nicht mehr los.

Sie löst sich von den Decken und Laken, schwingt die Beine über die Bettkante, nähert sich ihm wie ein schleichendes Raubtier . . . worauf er zurückweicht.

»Wo ist sie?«, will er immer noch wissen, und diesmal zuckt sie mit den Schultern.

Dieses Achselzucken könnte echt sein. Denn was sollte diese junge Frau mit einer alten Dame gemacht haben? Wieso sollte sie ihr etwas angetan und sich dann in das Bett der Alten gelegt haben?

Nein, nein, nein, das ist alles zu seltsam. Wahrscheinlicher ist es, dass er ihr einfach gefiel und sie sich dann auf die Lauer gelegt hat, um ihn zu verführen. Hat sie es sich so in ihrem fiebrigen, wechselhaften Geist zurechtgelegt? Seine Großmutter ist offensichtlich . . . weit weg, auf einem anderen Planeten.

Wendy lässt ihre Finger über seinen Unterarm trippeln.

»Du zeigst mir deins und ich zeige dir meins«, trällert sie fast in einem Singsang, und obwohl er der Meinung ist, ohnehin schon alles sehen zu können, zögert er nicht.

In seinen Gedanken ist er längst bei all den Szenarien mit fremden Frauen. Diese Geschichten von zwei geilen Frauen, die dich auf dem Heimweg begleiten und alles mit sich machen lassen. Das Mädchen im Zug, das dich so eindeutig ansieht, um im nächsten Moment vor dem aufragenden Monument deines Schwanzes auf die Knie zu sinken.

Und jetzt das hier. Die Geschichte von einer Frau, die du irgendwo auf offener Straße aufgabelst und die es gar nicht abwarten kann, dich zu vernaschen.

Nichts von alldem hat er je erlebt. Jetzt sieht er in der Rückschau sein bisheriges Leben im neuen Licht der Restriktionen und Widrigkeiten. Einst widersetzte er sich Tawny Parker, als sie nackt baden wollte – er hatte ihre Absicht durchschaut: Sie wollte beim Ficken im Pool des College erwischt werden. Und einmal ließ die viel zu junge Freundin seiner Schwester ihre Brüste aufblitzen, als er gerade aus dem Bad kam. Auch da hat er sich zurückgehalten.

Im Widerstehen ist er spitze. Er hat sogar schon mal daran gedacht, einen Keuschheitsgürtel zu tragen. Im Leben geht es nicht immer darum, sich das zu nehmen, was man haben will. Es geht auch um das Geben, und Gott müsste eigentlich wissen, dass der kleine Toby in seinem kleinen, beschaulichen Leben schon viel gegeben hat.

Doch wenn man es recht betrachtet, geht es auch hierbei ums Geben. Da ist Einiges, was er ihr geben könnte. Wenn sie säuselt: »Oh, ja, hol ihn raus, Hengst«, gehorcht er. Er macht die Gürtelschnalle und den Reißverschluss der Jeans auf, um den Druck auf seinen nach Freiheit strebenden Schwanz zu lindern ... es ist ja nicht so, dass er ihr nichts geben könnte.

Er hofft, sie mag, was er ihr zu bieten hat.

Es scheint zumindest so. Sie grinst übers ganze Gesicht, und er vermutet, dass sie eine Art von Tanz beginnt. Ihre kaum vorhandene Kleidung rutscht ihr dabei vom Leib, was ihm nur recht sein kann. Und es stimmt: Als auch der kleine, gazeartige Slip fort ist, sieht er, dass ihre Pussy blank rasiert ist.

Für ihn sieht sie einen Moment wie ein Mund aus. Als Wendy sich bewegt, gehen die Lippen ihrer Pussy ein Stück weit auf und kommen dann wieder zusammen, und sie glänzen. Er stellt sich vor, wie sie wohl schmecken mag ... etwa wie diese klebrigen Süßigkeiten mit Apfelgeschmack, die er sich bis jetzt versagt hat?

Sie steckt sich einen Finger in ihre Spalte und leckt sich dann den Finger.

»Köstlich«, verkündet sie und fügt gleich hinzu: »Dann wollen wir mal sehen, wie du schmeckst, Boss.«

Natürlich denkt er, dass sie jetzt vor ihm auf die Knie sinkt. Seine Hose windet sich um seine Fußknöchel, sein Schwanz ragt steil nach oben ... alles andere sähe ja auch komisch aus.

Aber das scheint sie alles nicht zu interessieren.

»Also«, sagt sie, »worauf wartest du noch? Leg dich aufs Bett, Boss. Ich knie nicht vor dir, nein, nein, nein, so ein Mädchen bin ich nicht.«

Er zögert, fängt dann an, sich des Pullovers und der Hose zu entledigen. Er fragt sich, ob sie jetzt von ihm erwartet, dass er sie erst um Erlaubnis fragt. Vielleicht möchte sie ja, dass er noch mit der Hose zum Bett schlurft – und tatsächlich, als er sich mehr stolpernd als gehend zum Bett bewegt, klatscht sie in die Hände. Klatscht in die Hände und kichert und befördert ihn mit einem Tritt in den Hintern zum Bett.

Jetzt liegt er auf dem Bett seiner Großmutter, ob er nun mag oder nicht. Ehe er sich aufrichten kann, ist sein Gesicht bedeckt von gehäkelten Decken, die Beine haben sich in der Jeans verheddert, den Pullover hat er auch noch halb an. Dankbarerweise prallt sein Schwanz nicht direkt auf die Matratze, sondern reibt über weiche Laken.

Er kleckert schon fast. Er ist zum Platzen voll da unten. Voll und eingeengt, und er tropft wie ein alter Wasserhahn. Mit einer Hand streicht er sich über die feuchte Kuppe seines Schwanzes und beißt sich auf die Unterlippe. Normalerweise ist er gar nicht so schnell erregt, jetzt aber steigert sich die Lust in atemberaubende Höhen.

»Oh, schau an!«, ruft sie. »Du bist ja voll erregt.«

Und schon klettert sie auf ihn wie ein Äffchen, und ihre bloße Pussy gleitet über seine Haut, als Wendy sich über ihn schiebt.

»So weich«, stöhnt er, als er sie dort berührt, doch sie schlägt seine Hand nicht weg, wie er es eigentlich erwartet hat. Vielmehr reibt sie mit diesen weichen Sexlippen über seinen tastenden Finger, und ihre Lippen öffnen sich einen kurzen Moment einladend. Sie ist so saftig wie ein reifer Pfirsich, und als er einen Finger hineinschiebt, schnurrt sie.

»Wie schöne, lange Finger du hast, Toby«, sagt sie, während sie sich in den Hüften wiegt und ihn ermuntert, in sie zu stoßen.

Natürlich sagt er ihr nicht, wie sehr er es hasst, Toby genannt zu werden. Er kann es ihr deshalb nicht sagen, weil sie seinen Schwanz tief in den Mund nimmt, während er mit einer Hand zwischen ihren Schenkeln ist.

Ihre Lippen schließen sich so rot um seinen Schaft wie die Rosen draußen, und er stellt sich vor, wie viel Lippenstift an seinem Schwanz bleiben mag – aber das kann man ja sowieso nur bei Licht sehen. Er sieht sich in seiner Wohnung, wie er dort die Kleidung auszieht und all die Flecken bemerkt.

Er glaubt, ihre Fingerspitzen hinterlassen eindeutige Spuren an seinen weichen Flanken. Als sie aufhört, mit den Nägeln über seine Haut zu kratzen, fühlt er ein brennendes Kribbeln.

Aber sein Körper lässt es erst gar nicht zu, dass der gute Tobias allzu viel über Streifen und gerötete Stellen und Flecken nachdenkt. Denn Wendy scheint keinen Würgereflex oder Kieferknochen zu haben. Sie öffnet einfach den Mund und verschluckt seinen Schwanz ganz, und sie ist so heiß wie glühende Kohlen.

Tatsächlich fühlt sie sich überall heiß an. Er fühlt die Hitze ihrer Pussy an seinen Fingern, spürt, wie heiß ihre Schenkel auf seiner Haut ruhen. Mit ihren Handflächen scheint sie Feuer auf seinem Bauch zu verteilen; mit den langen Haaren versengt sie ihn und hinterlässt Asche.

Doch in Wirklichkeit vermutet er, dass *er* diese ganze Hitze verströmt. Sein Schwanz schwillt weiter an in der feuchten Höhle ihres Mundes – er würde gern zustoßen, wenn sie ihn nur ließe.

Aber sie lässt ihm keinen Freiraum, und er befürchtet, dass sie ihn jeden Moment ganz aufsaugen wird. Die Muskeln seiner Oberschenkel zittern; er sieht, wie seine Bauchmuskeln flattern – da ist dieser Schmerz. Aber eigentlich ist es kein Schmerz im herkömmlichen Sinn, wenn du deine Hüften nach oben stößt, um mehr zu bekommen.

Und das will er ja auch.

Gott, es ist schon so lange her. Er kann nicht damit aufhören, sich überall dort anzufassen, wo sie ihn gerade nicht berührt, damit das Gefühl bleibt und sich weiter ausbreitet. Damit er noch was davon hat, wenn er wieder zu Hause ist und es nichts zu tun gibt. Ja, nächste Woche, wenn er wieder daheim ist und nichts zu tun hat. Nächstes Jahr vielleicht. Dann muss er sich überall berühren, um dieser anwachsenden Lust Herr zu werden.

Er zwickt seine eigenen Nippel und zittert wie ein feiger Hund, kann sich mit seinem Stöhnen nicht zurückhalten. Es könnte sein, dass sie wieder kichert, an seinem Schaft. Könnte aber auch nicht so sein. Wie dem auch sei, Vibrationen fahren durch sein steifes Fleisch und verstärken diesen Schmerz noch. Der Schmerz ist überall. In seinen Nippeln, die noch fester gezwickt werden möchten. In seinen Hoden, die schon so fest und gespannt sind, dass sie praller nicht sein können.

Aber so schnell will er noch nicht kommen. Doch sie ist erbarmungslos. Bei jedem Versuch, den er unternimmt, um den Orgasmus aufzuschieben, sorgt sie dafür, dass er dem Höhepunkt näher kommt. Mit geschickten Fingern reibt sie über den Schaft. Sie wirbelt mit der Zunge um die Eichel herum und saugt immer wieder fest, sodass er in diesem Wechselspiel die Kontrolle verliert. Wenn sie eins nach dem anderen machen würde, dann könnte er damit umgehen.

Aber so ist es zu viel.

Sie macht obendrein auf Show. Sie öffnet den Mund und schiebt nur die Zunge heraus, alles schimmert im Halbdunkel, auch die Kuppe seines Schwanzes. Und dann zuckt sie mit der feuchten Zungenspitze über die empfindliche Unterseite seiner Eichel.

Und als wäre das nicht genug – die zuckende Zunge sehen zu müssen –, küsst sie ihn. Sie küsst ihn aber nicht auf die Lippen, aber es ist so herrlich, als hätte sie es getan.

Es ist definitiv der Kuss, der ihn kommen lässt. Es quillt aus ihm, ehe er etwas unternehmen kann. Er sieht zu, wie die vollen Spritzer ihren Kussmund bedecken, und das macht die Kleckerei nur noch schlimmer. Sein Schwanz zuckt in ihrer Hand, Spritzer seines Safts sind auf ihrer Wange, und irgendwann kann er nicht mehr hingucken.

Es ist zu aufregend, hinzuschauen. Und jetzt wird er vielleicht verrückt, weil er in ihr Gesicht und ihren Mund gespritzt hat.

Aber er hat den Verstand nicht verloren. Stattdessen hört er sie sagen: »Machen wir's noch mal, Boss. Was meinst du?«

Noch ehe er den Kopf heben kann, klettert sie über ihn. Wieder fühlt er ihre nasse Pussy und zittert, und zittert erneut, als sie ihr vom Saft besudeltes Gesicht an seins drückt.

Natürlich versucht er gleich zu fliehen. Er kann sich selbst riechen und schmecken und das ist doch wirklich eine Schweinerei, aber anstatt zu fliehen, überkommt ihn wieder dieses Zittern. Insbesondere als sie an seinem Ohr flüstert: »Bei mir brauchst du dich nicht zu verstellen, Boss.«

Er wünscht, sie würde ihn nicht dauernd Boss nennen. Aber was sie dann noch so gesagt hat. Ja, der Rest, das ist okay.

Als sie ihn mit offenen Lippen küsst und er mehr von sich selbst schmeckt, erwidert er den Kuss. Und dann ist es kein großer Schritt mehr – er leckt ihre Wange sauber, und es schmeckt süßer als Süßigkeiten.

»Gefällt es dir, wie du schmeckst?«, will sie wissen.

Und dann beißt sie ihn seitlich in den Hals, beißt ihm in die Schulter, in den linken Oberarm.

Wieder denkt er an Flucht. Er will ihr sagen, dass sie aufhören soll, weil er doch blaue Flecke kriegen wird. Die Leute werden sehen, was passiert ist. Dann halten sie ihn nicht mehr für so niedlich und sauber.

Aber sie hält ihn noch rechtzeitig auf.

»Stillhalten, oder du wirst nie angemessen dekoriert«, sagt sie, bevor sie ihn so fest in die Hand beißt, dass er zusammenfährt. Seine Hüften zucken.

Doch sie macht unbeirrt weiter. Sie knurrt sogar. Ihre kleinen weißen Zähne hinterlassen wirklich schöne kleine Male auf seiner Haut.

Als sie endlich von ihm ablässt, brodelt eine neue Hitze in ihm. Wie Zorn, denkt er, aber auch irgendwie anders. Er will am liebsten seine Haut abstreifen und neu beginnen, oder zumindest nackt irgendwo hin rennen, so schnell er nur kann.

Vielleicht rennt er dann nackt ins Büro.

»Warum hast du das gemacht?«, verlangt er zu wissen.

»Bist du verrückt, Toby? Bist du wirklich, wirklich echt sauer auf mich?«

Und dann schnappt sie nach ihm, die Zähne klacken laut aufeinander. Sein Magen beginnt zu rumoren.

»Du solltest mir vielleicht die Flügel etwas stutzen«, meint sie und zaubert aus dem Nichts ein kleines, farbiges Tütchen hervor. Ein Tütchen, im dem Süßes stecken könnte, aber in diesem Fall nicht. »Das wirst du vielleicht brauchen.«

Während er das Kondom überstreift, das er gar nicht bei ihr vermutet hätte – als käme sie aus einer anderen Welt, in der es so etwas nicht gibt –, posiert sie für ihn. Sie geht auf alle vieren und spreizt die Beine. Dann kniet sie sich hin und drückt den Rücken durch, sodass ihre kleinen Titten hervorstehen und ihr Po noch mehr Konturen bekommt. Sie springt tänzelnd über den dicken Teppich, streckt die Zehen raus und schwingt ihre kleinen Beine.

Wenn er sie nicht so gern hätte ficken wollen, hätte er sie bestimmt gefragt, ob sie diese Show weitermachen könnte.

Stattdessen fragt sie ihn, wie er sie nehmen will; mit diesem koketten Kichern und einem leisen Grollen in der Kehle, den Kopf keck zur Seite gelegt. Einen Finger verspielt am Mundwinkel.

Er kann sich gar nicht erinnern, wann ihm eine Frau zuletzt die Entscheidung überlassen hat. Francine bestieg ihn immer und sprintete los. Marcie wollte lieber auf dem Rücken liegen und brauchte etwas auf ihrem Mund.

Er fragt sich, ob Wendy überhaupt schon mal etwas in ihrem Leben bedeckt hat. Ob sie das Konzept verstand. Sie grinst mit ihren schillernden Zähnen, als er ihr sagt, sie solle sich zum Kopfende wenden, die Hände an der Wand.

»Bist du sicher, Boss?«, fragt sie, aber er traut sich nicht zu, ein Wort herauszubringen. Stattdessen nickt er nur übereifrig.

Als er endlich seine Hände um ihre Hüften schließt, fühlt es sich so toll an, dass ihm ohnehin die Worte fehlen. Er stellt sich vor, dass seine Fingernägel Spuren hinterlassen, und ist so voller Vorfreude, dass er fast vergisst, weshalb er hinter

Wendy ist. Mit tastenden Fingern sucht er ihr nasses Loch und erschreckt sich fast, wie weich und saftig sie doch ist.

Sie ist so eifrig, dass sie seinen Steifen umfasst und an ihre Spalte zieht, aber da kommen ihm die Worte über die Lippen, so schnell, dass er selbst gar nicht mehr mitkommt.

»Hände an die Wand!«, befiehlt er, und als sie diesmal knurrt, knurrt er zurück.

Er zieht an ihren Hüften. Sein Schwanz gleitet hinein, leicht und samtig. Es ist alles so leicht – sie zu ficken, die Großmutter zu vergessen, zu vergessen, was für eine Person er vorher gewesen sein muss. Er stellt sich vor, wie seine Großmutter die Treppe heraufkommt und sie beide erwischt. Und bei diesem Gedanken stößt er mit den Hüften nach vorn, sodass sie keucht und verdorben für ihn stöhnt. Ihre Pussy fühlt sich so hungrig an und umschließt und saugt an seinem Schwanz, bis er sicher ist, dass er jeden Moment bei dem Druck platzen wird.

Fast ist es so, als müsse er von ihr fort – eine Lawine von Gefühlen, die ihn ganz schwindelig macht –, aber er beherrscht sich. Stattdessen packt er sie bei den Hüften und zieht … und ist verblüfft, als ihre Sexmuskeln ihn noch fester umklammern. Sie wackelt verzweifelt mit dem Hintern für ihn. Das Kitzeln in seinem Unterleib brennt heißer, und die Reibungshitze scheint ihn jeden Moment vollständig zu verbrennen.

Sodass er sogar Angst kriegt, noch einmal an ihren Hüften zu ziehen.

Bis sie ihm einen Blick über die Schulter zuwirft, einen Blick aus dunklen Augen. Ihr Mund ist schief. Und sie murmelt genauso düster: »Bei mir brauchst du dich nicht zu verstellen, Tobias.«

Er hat keine Ahnung, was sie meint, aber dadurch bringt er sich nur noch mehr in dieses Stoßen hinein und hat die

Hände so fest in ihre Hüften gekrallt, dass er die Konturen der Knochen darunter fühlen kann. Er treibt sich härter in sie, bis ihre Hände die Wand hinaufrutschen, aber sie öffnet sich ihm so weiter. Ihr Arsch wippt zurück gegen seine Stöße.

Der Schweiß steht ihm auf der Oberlippe. Nachher wird er es bestimmt merken, jemanden gefickt zu haben, so anstrengend ist es. Und er bumst sie jetzt wirklich richtig. Ein richtiger, schmutziger Fick, er rammt sie gegen das Kopfende des Betts und gegen die Wand und grunzt dabei wie ein Tier. Er kann sich nicht mehr beherrschen, auch nicht als sie keucht.

Und bei ihrem Gekeuche wäre er fast gekommen. Er spürt, wie sich alles in ihm zusammenzieht, tief unten, aber richtig gut wird es erst, als er ihren Mund mit seiner Hand bedeckt. Er hält ihr den Mund zu, woraufhin sie ihm mit ihren kleinen Zähnen in den Zeigerfinger beißt.

Bei dem Schmerz lässt er unkontrolliert die Hüften nach vorne schnellen. Sein Schwanz schwillt in ihr an, der heiße Saft steigt brennend auf und ... oh, Gott, ja. Der Laut, den er ausstößt, scheint ein halb entsetztes »Oh!« zu sein, aber genau weiß er es nicht.

Doch die Laute, die sie von sich gibt, hat er im Ohr. Sie windet sich, stößt hohe, fast kreischende Töne aus. Und obwohl er vollkommen leer gepumpt ist, dass er auf ihr zusammensacken könnte, hält er sich tapfer auf den Knien und lässt zu, dass sie sich weiter gegen ihn drückt.

Erst als sie an seine Brust zurücksinkt, nimmt er die Hand von ihrem Mund.

Die Bisswunde bleibt, wie er vermutet.

Immer noch betrachtet er bewundernd das Mal an seinem Finger, als sie aus dem Bett hüpft und wieder in ihre Kleidung schlüpft. Zuerst schaut er nur fasziniert zu und kann sich nicht erklären, warum sich jemand in so einer merkwürdigen Reihenfolge anzieht – Stiefel vor der Hose, und plötzlich scheint sie sich zu wundern, warum sie die Hose nicht ankriegt –, doch schließlich entdeckt er dieses durchtriebene Lächeln auf ihren Lippen.

Er braucht eine Weile, um sich begreiflich zu machen, warum sie sich in aller Eile anzieht. Doch er kapiert es endgültig, als seine Großmutter ins Schlafzimmer platzt: Das Gewehr im Anschlag.

Seine ersten Gedanken richten sich gar nicht auf die Waffe. Stattdessen läuft praktisch sein ganzer Körper rot an, und sofort versucht Toby, seinen immer noch auf und ab wippenden Steifen unter einem Kissen zu begraben. Doch sein Zustand scheint seine Großmutter nicht im Mindesten zu interessieren.

Sie konzentriert sich vielmehr auf die liebliche, verrückte Wendy, die immer noch nackt ist und nur Stiefel trägt. Wendy scheint überhaupt nicht überrascht zu sein und bleckt die Zähne in Großmutters Richtung.

»Du schon wieder!«, speit Großmutter. »Elende kleine Diebin!«

Und dann, sehr zu Tobys Erstaunen, feuert sie die Waffe ab. Genau auf Wendy.

Aber die schlaue Wendy ist viel schneller. Ehe er weiß, wo sie ist, oder überhaupt die Chance hat, ihr beizustehen, ist sie aus dem offenen Fenster auf den Sims gesprungen.

Dort hockt sie dann wie ein Ritter in glänzender Rüstung, der gekommen ist, um das Fräulein aus dem Turm zu befreien. Fast hört er sie sagen: »Kommt schnell, Lady, und fort sind wir im Schutze der Nacht.« Ja, diese Worte bildet er sich ein, bis sie ihre Zähne erneut aufblitzen lässt.

»Wir sehen uns, Boss«, sagt sie, und im selben Moment als das Gewehr wieder schießt, springt sie. Sie springt in die Tiefe und ist fort.

Natürlich will er seine Großmutter sofort fragen, was die

junge Frau gestohlen hat. Er will wissen, wo sie die ganze Zeit über gewesen ist. Hat sie etwa im Wald einen Dieb gejagt? Doch stattdessen rennt er zum Fenster. Und dabei stört ihn nicht einmal die eigene Blöße.

Er muss immerzu an sie denken. Da steht er am Fenster und starrt in die Dunkelheit und denkt an die junge Frau mit dem wilden Haarschopf und den kleinen Zähnen. Und an ihrem perfekten kleinen Leib trägt sie nur Stiefel. Sie rennt und rennt nun durch den wilden Wald, fort von dem Jäger und seiner tödlichen Waffe.

»Bist du in Ordnung, Junge?«, fragt seine Großmutter hinter ihm. Und sein Herz pocht und pocht und der Geschmack von süßlich-sauren Süßigkeiten klebt ihm am Gaumen.

# Die Dinge, die mich schwach werden lassen

Es fängt immer auf die gleiche Weise an, wann immer ich schwach werde. Alles fängt harmlos an, unverdächtig, und von da an stellt sich in mir alles auf den Kopf.

Bei Z hatte es unterschiedliche Gründe. Ich konnte nicht widerstehen, nicht nur weil alles so zahm wirkte, sondern weil es so herrlich war. Ja, es waren herrliche, erfreuliche Dinge, die mich auf den Pfad der Zerstörung lenkten. Oh, das seidige, schwarze Haar in seinem Nacken! Ich wollte es streicheln, als wäre es das Fell eines Tiers.

Das Haar in seinem Nacken ließ mich verspielt werden. Ich brauchte nur daran zu lecken, bis er mir sagte: »Geh weiter nach unten, unten, unten«, was ich auch tat.

Denn die erstaunliche, elektrisierende, tierhafte Rundung seines Rückens mochte ich ebenfalls sehr. Wenn er sich auf allen vieren über mich schob, fühlte sich diese Rundung steil und seltsam an. Das erregte mich auf unaussprechliche Weise, und von da an musste ich dem vorgegebenen Pfad folgen.

Und ich ertastete die kleine Mulde in der Mitte. Hungrig machte ich mich über diese kleine Mulde her, zu gierig, um ihn in diesem verträumten, halb schläfrigen Zustand zu halten. Das Tier erwachte dann wieder, und ich würde zahlen müssen, weil ich dem Verlangen nachgab.

Das war das Gute an Z. Er mochte es auf zweierlei Weise. Manchmal drückte er mich aufs Bett und ließ es mich ausba-

den. Dann sagte er grobe und verdorbene Sachen zu mir, wie
»Willst du, dass ich jedes Loch ausfülle, du kleine Schlampe?«, doch an anderen Tagen betrug er sich fast unschuldig
und zärtlich und sehnsuchtsvoll und konnte es kaum glauben, dass ich ihn lutschte.

Mir gefiel, was er dann sagte. »Oh, nein, ich halt's nicht
mehr aus, oh, Gott, du machst es, du machst es.«

Beinahe so als wäre er ein Mädchen.


A war auch wie ein Mädchen, aber auf andere Weise. A war
geil wie ein brünstiges Tier, besessen von Sex, und doch hatte
er immer ein Lachen auf den Lippen. Er war nicht so ernst
wie Z, was zu ein paar hübschen Spielchen führte.

Auch wenn A toll war – mehr noch als Z –, so lag es an der
Verspieltheit, dass ich bei ihm nachgab. Alles war wie ein
Lachen. Alles war lustig, entspannt, ohne Sorgen.

Und dann steckte er die Zunge in seinen Mundwinkel
wie ein Fragezeichen und legte sich vor meinen Augen auf
das Bett und sagte: »Komm und fick mich, du scharfes
Ding.«

Und das tat ich.

Er versuchte mich immer davon zu überzeugen, dass ich
etwas Bestimmtes machen sollte, was ich immer schon mal
ausprobieren wollte. Aber wenn ich damit beschäftigt war,
ihm mit einem umgeschnallten Dildo in den Arsch zu ficken
und meine Titten seinen Rücken kitzelten, dann war es
eigentlich sein Keuchen und Prusten und Gequatsche, das
mich anmachte.

Der Rest war eher seltsam, als wäre ich außerhalb meines
Körpers. Als hätte ich mit einem namenlosen Typen an der
Tür die Rollen getauscht und schaue nun zu, wie mein
Freund gebumst wird. Ich sehe noch lebhaft seinen Schwanz

vor mir – wie ein dicker, roter Stab, unberührt, die Bälle hochgezogen. Die Bauchmuskeln spannen und entspannen sich.

Ich fragte ihn, wie es sich anfühlte, und er erzählte es mir.
Er hatte nie Probleme, mir alles zu erzählen, mein A. Er
platzte gleich heraus: »Als ob man nach außen gestülpt wird.
Heiß und voller Spannung und gut, so gut, oh, Mann«, sagte
er dann zu mir. »Ich glaube, ich kann sogar so kommen, ohne
irgendetwas auf dem Schwanz zu haben.«

Und so war es auch. Während ich ihn von hinten mit dem
Dildo bumste, hatte er sich den Bauch vollgespritzt. Ich sah
einen Mann vor mir, der sich vollkommen öffnete und verletzlich war und die Hände in die Laken krallte. Sich für mich
öffnete.

Ich liebte A.


C liebte ich noch mehr.

Mit C war es diese mühelose Männlichkeit. Diese raubtier-
artige, brüllende Seite an ihm, die er nicht extra zeigen oder
betonen musste. Es war einfach da in seiner rauen Stimme, in
seinen stahlblauen Augen, in der Art und Weise wie er sich
kleidete, in seinem Charisma.

Das alles weckte in mir Sehnsucht nach ihm, nach meinem
C, und so kam es, dass ich nachgab. Er machte mich ganz verrückt, ehe mir überhaupt bewusst war, dass ich so viel für ihn
empfand, und als es so weit war, kroch ich auf dem Boden zu
ihm.

Er lehnte sich dann lang und gemütlich auf dem Sofa
zurück, während ich so tat, als wäre ich eine Stripperin.
Mir gefiel es, die Hure für ihn zu spielen. Ich mochte es,
wenn er mich aufforderte, mich auf den Kaffeetisch zu stellen
und zu bücken, bis er meine schön feuchte Spalte sehen
konnte.

Er meinte, ich hätte einen Arsch wie ein Pfirsich, und leckte mich dort überall. Ich weiß noch genau, wie erschrocken ich war, als seine Zunge die Rille zwischen den Backen fand, aber so war es eben mit C. Er war immer bereit, die schmutzigsten Sachen zu machen. Je schmutziger, desto besser.

Wenn wir in einem vollen Bus oder Zug standen, schob er meine Hand in seinen Hosenschlitz. Mich durchfährt es heute noch heiß, wenn ich an den Augenblick zurückdenke, als sein Saft mir dicklich über die Hand quoll. Doch seine Miene blieb ausdruckslos, die Augen kühl berechnend wie eh und je.

Ich weiß noch, als er es mir besorgte – er schob mir seine Hand in dem 310 nach Totting unter den Rock. Mit dieser rauen Stimme eines cleveren Geschäftsmanns sagte er: »Komm schon, du weißt doch, dass du es willst.«

Das hatte er schon einmal zu mir gesagt, als er mein hintertes Loch mit einer duftenden Creme einrieb und mir versprach, dass es nicht wehtun würde. Physische Dinge tun bei C nie weh. Manchmal war er schweinisch und schockierend und undurchschaubar, aber all das zusammen löste ein Prickeln in mir aus.

Ich masturbierte immer, wenn ich auf ihn wartete – daran sieht man, wie toll ich ihn fand. Natürlich erriet er immer, dass ich nicht hatte warten können, und bestrafte mich entsprechend. Ich lag dann auf dem Boden, mit einer Hand ans Wasserrohr gekettet, nackt, über Stunden. Hier und da gewährte er mir einen Leckerbissen – leckte über meine Klitoris, massierte mich mit ätherischen Ölen –, doch dann lag ich wieder Stunden da. Er schob mir seinen Schwanz in den Arsch – ja, es war aufregend, aber es reichte noch nicht, um mich kommen zu lassen.

Ich weiß noch, wie ich einmal auf meinem polierten Holzfußboden lag und seinen cremigen Saft zwischen meinen

Pobacken spürte; meine eigene Feuchtigkeit machte alles nur noch unbequemer, sodass ich hätte weinen können.

Ich war den Tränen nahe, weil sein Erfindungsreichtum mich so erleichterte – seine teuflischen Einfälle, die er sich nur für mich ausdachte. Zu wissen, dass ein Mann wie er existierte! Einer, der die Führung übernahm, ohne ein Arschloch zu sein, der keinen Zweifel daran ließ, dass er dich anbetete, der aber auch gemein werden konnte, wenn es sein musste . . . ja, *er wusste immer, was gerade nötig war.*

Was könnte ich noch über einen Mann wie ihn berichten?

Aber was mir am besten gefiel: Wenn alles vorüber war, bildeten sich um diese stahlblauen Augen Fältchen, und dann brach er in Lachen aus, in das ich einfach mit einstimmen musste. Nie war er zu gemein oder zu ernst, ließ kaum einen Tag mit mir im Bett aus und kicherte oft wie ein Schuljunge los.

Ich habe immer noch ein Foto von uns beiden, auf dem wir lachend zu sehen sind. Er hält mich im Arm.


Bei S war es das Tanzen.

Ich meine, klar, er war niedlich. Und lustig. Doch dann zog er sich während des Tanzens nach und nach aus, und ich ging ein wie eine Frau, die einen Straight Flush hat.

Aber das Eigenartige an ihm war der Umstand, dass er etwas Loserhaftes an sich hatte. Sein trauriger, hängender Schnurrbart. Sein Auto, das nie ansprang, seine fünfhundert Jobs, die meistens deshalb endeten, weil er jemandem mit der Faust ins Gesicht schlagen wollte. Seine miese Laune war dann meist wilder als seine Fähigkeit, wirklich zuzuschlagen.

Ich weiß gar nicht, wie oft ich ihn dasitzen hatte und ihm sagte, er solle beim Nasenbluten den Kopf in den Nacken legen und sich eine kalte Kompresse auf den Nasenrücken drücken.

Als er das erste Mal für mich tanzte, lachte ich lange und laut. Ich musste einfach lachen, weil ich es nicht fassen konnte, dass ein Typ, der sich mit zwei bulligen Kerlen in einer Bar angelegt hatte und sich dann von mir wieder aufpäppeln ließ, jetzt davon überzeugt war, mich verführen zu können. Ich meine, klar, er war niedlich. Und lustig.

Aber Verführung? Nein, kein Stück.

Leider wusste er wohl, dass er sich gut bewegen konnte und damit auch die beabsichtigte Wirkung erzielte. Er vollführte etwas, das wie Spagat aussah, aber doch keiner war. Er verbog seinen zuvor schlaff aussehenden Körper in einer Weise, sodass ich eine Lehrstunde in Flexibilität erhielt.

Und während dieser Vorführung entledigte er sich seiner Kleidung. Er tanzte und prahlte mit einer Männlichkeit, die ihm gar nicht zustand, und ich glitt vom Sofa.

Er hob mich auf, verknotete mich halb und brachte mich in neue Stellungen, und nachdem wir uns durch die Seiten 5 bis 50 im *Kama Sutra* gekämpft hatten, schlang er sich um mich. »Ich weiß, es tut weh«, meinte er. »Ich werde dir aber nicht noch mehr wehtun, okay? Wir werden einfach ein bisschen Spaß haben, bis die Schmerzen von selbst weggehen.«

Vielleicht war es auch gar nicht das Tanzen, das mich nachgeben ließ. Vielleicht war es nur der Schmerz, Schmerz, Schmerz meines stählernen Freunds mit den blassblauen Augen.


Bei R tat es weh. Ich schätze, ich konnte nicht loslassen, als wir Kids und die besten Kumpel für immer waren. Doch eines Tages sah er toll aus, ich aber blieb der Loser.

Daher war es klasse, als ich ihn eines Tages wiedersah und mit ihm fickte, bis der Loser aus mir heraus war.

Ich meine, versteh mich nicht falsch. Ich ziehe nicht herum und bumse mit Leuten, weil ich mich wie ein Loser fühle. Es geht nicht um Bestätigung.

Außer wenn ich mit R zusammen bin. Oh, er hatte einen schlechten Einfluss auf mich.

Aber ich mochte das. Es gefiel mir umso mehr, weil ich zum erstem Mal einen Typen dominierte. Zwei Sachen kamen zusammen – die Verderbtheit und mein Wunsch, dass er nackt herumlief, seinen Schwanz eingeklemmt zwischen seinen Beinen. Bei R hatte ich mich sexuell so high gefühlt wie seit C nicht mehr.

Ich erinnerte mich an die Spielchen, die C und ich manchmal gespielt hatten, und nutzte sie jetzt in einem neuen Zusammenhang – R war an den Bettpfosten gefesselt und musste sich zu meinem Vergnügen dort winden. Ich war sogar noch gemeiner als es C jemals war, denn ich kitzelte R mit Federn und hauchte bloß mit der Zunge über seinen unglaublich harten Schwanz.

Wie er schluchzte und mich anflehte! Es ist viel leichter, einen Mann auf die Folter zu spannen, weil man genau sehen kann, wann er nachlässt – und dann ist Leck- und Lutschzeit, bis er wieder ganz erregt ist.

Ich habe nie jemanden gesehen, der so kam wie er. Letzten Endes gab ich nämlich nach und erlaubte ihm, sich selbst zum Höhepunkt zu bringen. Sein Saft spritzte ihm sogar bis ans Kinn, und es kam immer mehr und immer noch mehr, bis ich dachte, R habe keine Flüssigkeit mehr im Körper.

Aber er hatte immer noch einen Steifen, als wäre all das nicht genug gewesen. Ich ritt ihn, feucht und klebrig wie er war. Etwas von seinem Saft lief mir noch über die Titten und den Bauch, während er mit den Hüften nach oben stieß und mich härter zu ficken versuchte. Aber ich bediente zunächst mich selbst und kam gleich mehrmals, bis ich ihm erlaubte, ein zweites Mal abzuspritzen.

Wenn er nicht immer wieder angekrochen gekommen wäre – manchmal hockte er dann schluchzend vor meiner Tür –, hätte ich mich wegen der ganzen Spiele ziemlich schlecht gefühlt. Manchmal schäme ich mich schon noch, kurz bevor ich masturbiere und an ihn denke, wie er sich an meinem Bettpfosten verrenkt.


Bei M waren es, denke ich, die Muskeln. Aber vielleicht belüge ich mich da auch selbst.

Wie konnten es denn die Muskeln sein? Geh in ein Fitness-Center und wirf wahllos einen Dartpfeil. Und schon triffst du einen selbstverliebten Typen, der nur zu gern die Muskeln für dich spielen lässt.

Aber M ließ seine Muskeln nicht spielen. Es schien ihm sogar egal zu sein, ob einem nun auffiel, wie toll er gebaut war. Aber er war toll gebaut: ein Monolith, der mir im Weg stand. Manchmal schien es ihm regelrecht unangenehm zu sein, dass er so starke Arme hatte. Und wenn ich ihn fragte, warum ihm das unangenehm sei und wieso er sich nicht einen Job suchte, bei dem es keinen kümmerte, wie groß er war, dann sah er mich aus den traurigsten Augen an, die ich je bei einem Mann gesehen habe.

Yeah. Das war der Grund, warum ich bei M schwach wurde. Dieser Blick wie schmelzende Schokolade in einem gestählten Körper. Und ich brauchte mich nicht einmal durch die harte Schale zu bohren. Ich fragte einfach. Unterhielt mich mit ihm. Er schien erstaunt zu sein, dass sich eine mit ihm unterhalten wollte.

Die meisten Girls, so sagte er mir, wollten bloß bumsen.

Ich sagte ihm, ich könne es den Girls nicht verübeln. Es war natürlich schade, dass sie nur mit ihm bumsen wollten, weil er Arme wie Baumstämme hatte, und nicht weil er Gedichte schrieb, die nicht so furchtbar waren, wie man vielleicht hätte vermuten können.

Er hatte auch einen Sinn für Humor, mein M. Er sah die lustige Seite an seiner Situation.

Es dauerte allerdings eine Weile, bis er mit seiner rauen Stimme fragte: »Willst du also sehen, was ich hab?«

Großer Gott, ob ich es wollte? Ich hatte mich so lange in Geduld üben müssen, um nicht den Eindruck zu vermitteln, es gehe mir nur um seinen Body. Also wartete und wartete ich, bis ich sicher war, dass er mich neckte, bis er diese Worte sagte und ein durchtriebenes Lächeln folgen ließ. Und ich unter dem Gewicht meines eigenen Verlangens zusammenbrach.

Er musste mich wie ein Steinzeitmensch zum Bett schleifen, musste sich mich über die Schulter werfen – was er mühelos schaffte. Ich weiß noch wie heute, dass er mich praktisch mit einer Hand hochhob.

Er ist immer noch der einzige Mann, der mich regelmäßig an irgendwelchen Gegenständen bumste. Manchmal brauchte er auch gar keine Stütze – denn er stand einfach mitten im Zimmer und sagte, ich solle meine Beine um seine Taille schlingen. Manchmal schob er mich auch höher, bis ich fast auf seinen Schultern saß. Dann hatte er die Hände an meinem Arsch, und ich küsste mit meiner Pussy sein Gesicht.

Ich fließe immer noch dahin bei dem Gedanken, dass ich es vermutlich nicht mehr spüren werde: Die Stoppeln auf seinem Kopf, die an den Innenseiten meiner Schenkel kitzelten.

Bei N waren es die Augen. Oder wahrscheinlich die Tatsache, dass er der schönste Mann der Welt ist.

Nein, eher die Augen. Seine seltsamen, weit auseinander stehenden, absolut grünen Augen.

Ich war fast ein bisschen eingeschüchtert, wie attraktiv N war. Manchmal traute ich mich gar nicht, ihn anzuschauen, weil ich befürchtete, er würde sich vor meinen Augen in Luft auflösen. Er hatte einen verrückten Job, und das bedeutete, dass er öfter verschwand. Dann war er für längere Zeit fort und tauchte urplötzlich wieder auf, schwarz am ganzen Leib und mit einem Geruch nach Maschinenöl. Sehr seltsam!

Und, oh, verflucht ... er konnte fließend Russisch sprechen. Wie konnte ich das nur vergessen? Er sprach Russisch – was mich in meinem von Lust geblendeten Geist dazu verleitete, in Gedanken an verrückte KGB-Orte zu gehen – und schlüpfte zu mir ins Bett, ganz in Leder gekleidet, und flüsterte mir Dinge ins Ohr.

Manchmal fickte er mich auch, wenn er nackt war. Aber ich will nicht lügen: Ich mochte es, wenn er die Sachen anbehielt. Mir gefiel es, wenn er unter meine Decke kroch – mein Körper war warm, seiner noch eiskalt – der raue Stoff seiner Jeans an meinen Beinen, das Leder seines Jacketts, das über meine Nippel strich. Schon bei diesem Gefühl musste ich stöhnen, aber dann sah ich seine katzenartigen Augen in der Dunkelheit aufblitzen ... nahm den fremdartigen Geruch an ihm wahr und manchmal, Gott, manchmal benutzte er Handschuhe.

Ja, er trug Handschuhe. Und dann legte er mir diese eingehüllten Hände auf die Brüste, und ich wölbte mich seinen Handflächen entgegen. Er sagte schmutzige Dinge auf Russisch, die immer viel verdorbener klangen, als sie wahrscheinlich waren, und dann sprach er heiser und war wild ... oh, dieser N!

Die lange Zeit ohne ihn war schnell vergessen, sobald er wieder bei mir war … so hatte das Warten sich gelohnt und die Augenblicke waren umso intensiver. Und natürlich wurden unsere Treffen immer intensiver.

Einmal brach er in meine Wohnung ein. Ich hatte ihm nämlich keinen Schlüssel rausgelegt wie sonst immer. Vielleicht ahnte ich, was er tun würde. Vielleicht auch nicht.

Wie dem auch sei, er brach ein – und zwar so geschickt, dass ich am nächsten Morgen nicht mal sagen konnte, wie er es eigentlich geschafft hatte. Dabei war mir klar, dass er durchs Fenster gekommen war, während ich zitternd im Bett lag, halb sicher, dass er es sein musste.

Ich nahm nämlich den Geruch von Maschinenöl wahr. Ich schrie immer noch, als er mir mit einer behandschuhten Hand den Mund zuhielt. Schrie, stöhnte aber gleichzeitig.

Ich sehe immer noch, wie seine Oberschenkel und sein Schwanz aussahen, wenn er die Jeans nach unten gestreift hatte. Mit einer Hand hielt er mir währenddessen den Mund zu und ging so schnell und grob vor. Er war sauer auf mich gewesen, glaube ich – war ungeduldig. Er mochte es nicht, wenn die Dinge nicht so waren, wie sie sonst immer waren: Weil der Schlüssel nicht am richtigen Ort lag, hatte er klettern und einbrechen müssen, und dann schrie ich auch noch.

Aber ich musste einfach schreien und gleichzeitig stöhnen. Und er befahl mir, seinen Schwanz zu lutschen, und grub mir die lederbekleidete Hand ins Haar.

Er konnte stundenlang durchhalten, mein russischer Spion, und ließ nicht los. Nachdem ich ihn gelutscht hatte, fickte er mich – natürlich hatte er mich vorher ausgezogen. Es gefiel ihm, wenn ich vollkommen nackt dalag, er aber im Dunklen blieb, verborgen, und an dieses Mal kann ich mich besonders gut erinnern, weil er mich da so weit wie möglich spreizte: Die Beine so weit, wie es eben ging, die Arme an die Bettpfosten gefesselt.

Wie ein Schmetterling.

Ich brauchte kein Russisch zu verstehen, um zu kapieren, was er mir da ins Ohr raunte, während er seinen Schwanz langsam zwischen meine Sexlippen gleiten ließ. Der Fluss zwischen meinen Schenkeln brauchte keine Übersetzung. Es war selten in meinem Leben passiert, dass ich schon kurz nach Beginn eines harten Ficks kam.

Später, oh ja, später liebte er mich in allen Variationen. Er kannte sich perfekt aus, als hätte er ein Handbuch gelesen oder einen fantastischen Kurs besucht. Sex muss ein Wahlfach in der Spionageschule gewesen sein. Wie man eine Frau leckt und leckt und leckt, bis sie den Verstand verliert.

Er blieb immer, bis er alle Jobs erledigt hatte, und mit »Job erledigen« meine ich alle Bereiche der Sexpalette. Er mochte das Ficken und er mochte prickelnde, leidenschaftliche Gefühle, gegen die viele Leute sich sperren, weil sie nicht ertappt werden wollen.

Okay, ich könnte auch sagen, dass er ein melodramatischer Idiot ist, der in Wirklichkeit für FedEx oder sonst wen arbeitet, aber tief in meinem Herzen glaube ich das nicht. Manchmal sah er so aus, als habe er das Ende der Welt gesehen.

Und eines Tages kam er dann überhaupt nicht mehr zu mir.


Ich schätze, du ahnst, dass es da auch noch J gab.

Den habe ich mir bis zuletzt aufgehoben, weil er derjenige war – ja, ich weiß es –, der dir am meisten ähnelt. Er ist ein taffer Typ, dieser J. Ich liebte ihn wirklich – mehr noch als alle anderen – und es lag an dieser Liebe und an der Ähnlichkeit mit dir, dass ich bei ihm schwach wurde.

Natürlich kamen und gingen auch andere, die so aussahen wie du. Manchmal empfinde ich mehr als an anderen Tagen, oder bin bereit für noch mehr und noch seltsamere Sachen. Dann aber auch wieder nicht. Mit J verbrachte ich ein nettes Vorstadtleben, und bei so was denkt man immer an die große Langeweile. Keine Leidenschaft, kein Sex.

Aber Gott, das stimmt nicht. Wenn überhaupt, dann waren wir schlimmer. Es ist schwierig, sich bei jemandem zu verbiegen, den man nicht so gut kennt. Gib mir fünf Jahre mit einem Typen, und ich könnte seine Anatomie mit verbundenen Augen skizzieren.

Ich vertraute ihm, das war der Punkt. Ich vertraute ihm und begehrte ihn gleichzeitig, selbst als er allmählich alt aussah – er war viel älter als ich – und nicht mehr so spritzig war wie früher.

Trotzdem hatten wir öfter Sex als die meisten in der Nachbarschaft. Es gab genug bedauernswerte Ehefrauen in der Gegend, die ihre Männer offenbar nicht leiden konnten, und sich immer erzählten, wie oft es ihnen gelang, nicht mit ihnen zu vögeln. Und dann saß ich immer da und fragte mich, ob mit mir irgendetwas nicht stimmte.

Ich wollte J unbedingt vögeln. Ich wollte es so sehr, dass ich ihn auslaugte. Nachmittags um drei gingen bei uns die Vorhänge zu, weil er mich auf dem Fußboden im Schlafzimmer liebte … oder in dem saunaartigen Schrank am anderen Ende des Hauses, oder in der Dusche, oder ein- oder zweimal im Garten, während die Nachbarn grillten.

Ich glaube, ich war ein wenig verwirrt, weil ich so anders war als die anderen Frauen, aber ich wusste auch, dass es mir so gefiel. Ich mochte es, Verlangen nach J zu verspüren.

Hauptsächlich deshalb, weil ich es hasste, jemanden zu wollen, der so aussah wie er.

Und so komme ich schlussendlich zu dir. Bei dir werde ich nicht schwach werden. Du bist lediglich Alpha und Omega. Ich fange mit dir an und höre mit dir auf, und obwohl ich sicher bin, dass ich dich dem Staub der Erinnerung überantworten sollte und der naiv fantasierenden Jugend, so ist mir dies nie gelungen.

Ich denke immer noch jeden Tag an deinen Namen und wundere mich. Ich wundere mich, weil ich dies nie ohne dich geschrieben hätte. Oder ein Teil von mir wäre nie so gewesen, wenn du nicht existiert hättest. Du hast in mir das Feuer entfacht für herrlich dunkel schillernde Männer, um es mal so auszudrücken.

Aber in Wirklichkeit ist die Sache noch anders. Ich weiß, dass es nicht die Männer waren, die mich schwach werden ließen. Und du warst es auch nicht.

Es liegt allein an mir, in meiner Person. Ich bin es, bei der ich schwach werde. Immer und für alle Zeiten werde allein ich es sein.

*Diese Geschichte lässt Sie nicht mehr los …*

Fredrica Alleyn
DIE GEISELN
Erotischer Roman
Aus dem Englischen
von Markus Berg
320 Seiten
ISBN 978-3-404-16098-3

Fiona und Bethany sind Gefangene. Geiseln der berüchtigten Trimarchi Brüder, denen Fionas Mann Geld schuldet. Bis dieser das Geld aufgetrieben hat, müssen die Frauen den Trimarchis gehorchen. Und das tun sie gern. Schließlich sind die italienischen Brüder äußerst geübte Liebhaber …

Bastei Lübbe Taschenbuch

*Von der Kunst der Verführung …*

Robyn Russell
DIE GALERISTIN
Erotischer Roman
Aus dem Englischen
304 Seiten
ISBN 978-3-404-16645-9

Die Galeristin Eden hat fast alles: Schönheit, Erfolg, Geld. Was sie nicht hat, ist ein Mann. Eine bewusste Entscheidung – bis ihr die eigene Libido einen Strich durch die Rechnung macht. Denn plötzlich bemerkt sie, wie sexy die jungen Künstler sind, die in ihrer Galerie ein und aus gehen …

Bastei Lübbe Taschenbuch